U0165886

生生不息

生命教育議題融入國文教學教案設計

方薪喻、丘慧瑩、吳玟臻、林庭慧

夏千芊、袁嘉良、張力元、張恩慈

許琨婉、黃辰奕、黃郁淇、黃婷微

黃玲錚、陳學積、陳傑豪、陳法融

游清桂、彭海峰、鄭羽倢、楊曉菁

楊　菁、賴柏蓁、鄭惠文、蕭羽涵　著

五南圖書出版公司 印行

生生不息
彰化師範大學生命教育課程的拼圖

丘慧瑩

國立彰化師範大學國文學系教授／主任

　　從小，我就對「生命的意義」有著無盡的好奇，我不記得我是否對人提問，只知沒有人給我答案。念了小學，學校的川堂有這樣的標語：「生命的意義，在創造宇宙繼起之生命」，國中時，讀到張載的「為天地立心，為生民立命，為往聖繼絕學，為萬世開太平」，高中時讀到〈赤壁賦〉：「自其變者而觀之，則天地曾不能以一瞬；自其不變者而觀之，則物與我皆無盡也。」這些不管是教條的灌輸、思想的啟蒙、文學的感悟，反正都成為聯考填鴨下的囫圇吞棗。等到再大一點點，成為一位老師，雖然也沒有學生跟我提問「生命的意義」，但我卻在教學的過程中，發現那些從小到大印象深刻的「考試重點」，似乎隱隱在呼喊：這是妳要的答案嗎？而我，始終在尋找。

第一片拼圖

　　103學年度，接下彰化師大通識教育中心主任的工作，上任的第一件事，便是撰寫教學卓越計畫特色通識的部分，我們設定以生命教育結合生涯發展，藉服務學習落實的「三合一」「生命探索發展與實踐」通識課程，成為推動的方向，其目的是讓傳統生命教育增添生涯發展的規劃而落實，讓傳統服務學習增添生命與生涯的明確目標而紮實。「生命探索發展與實踐」核心通識課程的哲學基礎，即「大學之道」。「大學之道」乃成人之學，以「在明明德，在親民，在止於至善」為三綱領，而以「格

物、致知、誠意、正心、修身、齊家、治國、平天下」為具體施行的條目；引領大一學生「格物致知」的「內自省」工夫，經由課程活動推進，學生進而了解自己優勢和興趣所在，發展生命圖像，正是「誠意正心」的努力結果。「外實踐」的工夫是配合生（職）涯輔導機制，讓學生對未來確立生涯願景，進而引發內在動機去達成目標，追求自我實現。生涯不再是被動的安排，而是主動掌握生命自主權，啓發願景，做出選擇，並負起自己生命的責任，此時則進入「修身」的階段。經由人生哲理思辨，探索生命意義，透過服務學習經驗，確立大我小我相生相成的生命態度和社區意識。配合體驗性課程，加深個人與他人的合作，累積體驗反思及討論深化自我覺察和解決問題能力。課程的設計，引領學生以「求真求善」的態度，逐步累積未來「齊家」的能量。當個人小我能充分發揮一己能力時，國家社會「治平」便可期待。透過開放卻又有明確指向性的基本架構，給授課教師較大的彈性空間，以便結合老師自身的生命經歷與特質，師生共同學習人生的智慧、探究人生三問：「為何而活、如何活著、活出該活的生命」。整體課程設計形成循序往復的迴圈：探索自己生命、探索生涯發展、投入服務實踐、反思生命意義、定位核心自我、發展生涯願景、形成自主實踐動力。在過程中透過不斷的反思及人我互動，培養批判與思考能力，透過團隊合作（雙贏思維）及問題解決而更認識自我，確定自己的生涯走向及自發性實踐的力量，建造出大學生的生命並開拓其思維和生命經驗。

　　此一課程在眾多熱心熱情的校內外伙伴協助下，推動「生命探索發展與實踐」通識必修課程，一切都顯得水到渠成。[1]

---

[1] 有關本校推動「生命探索發展與實踐」課程的相關過程，參見筆者〈創新、務本、專精、力行的彰師通識〉，收在宋秀娟主編：《大學通識教育典例：整合型典範理念與實務範例》（彰化：大葉大學，2016）、〈大學生命教育課程之建構、推動歷程經驗分享：以彰化師範大學通識教育為例〉，收在紀潔芳主編：《創新與傳承：大學生命教育課程規劃與教學實務》（新北：心理出版社，2021）。

第二片拼圖

　　108學年度，主任職的「無縫接軌」——回到國文系擔任主任，重心自然放回系上的課程中，想起文學作品除了優美的文字辭藻外，更是作者真實生命的展現：孔子的「求仁得仁」、「道不行，乘桴浮於海」、「不得中行而與之，必也狂狷乎！狂者進取，狷者有所不為也」，孟子的「窮則獨善其身，達則兼善天下」，給了我教導學生進退出處的原則；《世說新語》中那些任性、放曠的文人，用他們的生命對時代發出怒吼或哀鳴；王維的「獨坐幽篁裡，彈琴復長嘯」的自我觀照，杜甫「朱門酒肉臭，路有凍死骨」的感嘆；東坡「也無風雨也無晴」的豁達、易安「人比黃花瘦」的柔情；關漢卿說「賢的是他，愚的是我，爭什麼？」、喬吉說「白，也是眼，青，也是眼」……，透過作品，我們分享作者的悲歡離合，感受他們的喜怒哀樂。王國維提到的「人生三境界」：「古今之成大事業、大學問者，必經過三種境界：『昨夜西風凋碧樹。獨上高樓，望盡天涯路。』、『衣帶漸寬終不悔，為伊消得人憔悴。』、『眾裡尋他千百度，驀然回首，那人卻在，燈火闌珊處。』」這種生命的領悟，提醒我們在亂花迷眼的山山水水中，又能見山是山見水是水。更遑論當下最熱門的AI人工智慧，以撒・艾西莫夫（Isaac Asimov）小說中不只有科學、人文、哲學等豐富意涵，其所創立的「機器人學三定律」，似乎早早就預示著人類與人工智慧的未來。凡此種種，突然感覺當國文老師是何其的幸運，因為有著取之不盡用之不竭的生命教育素材，隨時隨地都可以藉著課文的講解，在字裡行間追索作者的生命情意，透過教學的互動過程，回過頭來映照年青學子的生命。

　　為了將這分感動擴充出去，特別邀集系上的專兼任老師，新編一本更能貼近大學生需求的大學國文課本，因為大一國文，也是影響全校的必修課程。我們將主題定調為「自我・人我・物我——文學與生命的對話」，文學作品是作者生命靈魂的展現，大學裡的國文課程，不能只介紹文本的結構、修辭、技巧，其中還有更多的生命情意、生命抉擇、價值思辨、自

我探索與自我對話需要深掘，透過文學的閱讀，讓年輕的學子有充分的能量面對「新鮮人」這樣的生命歷程轉換。

感謝詹千慧老師擔任統籌的工作，及眾多老師的協助，讓這本新教材得以成形。

第三片拼圖

彰師國文是傳統的師培系所，培育了無數優秀的中學國文教師，面對108課綱素養導向的教學，我們培育的師培生，對國文教學應更有前瞻的理念與眼光。109學年度，受託在國文系開設師培課程：「國文課程設計」，於是我又開始新的嘗試。第一年，我教學生設計模組課程，因為國文教學不應是以一課一課為單位，或受制於段考、學期的片斷，而應有整體課程地圖、能力連貫的宏觀教學預設；第二年，我教學生設計校本課程，以結合不同領域的跨域設計，呼應聯合國十七項永續發展目標（SDGs），並尋找普高、技高、綜中等不同類型學校特色；第三年，我教學生以十九項議題融入課程的教案設計，在這些重大議題中，我選擇我最擅長的以生命教育議題融入國文科的教案，因為文學作品中，最易察覺知性與感性的衝突、愛與被愛，覺察人的有限與無限，體會人的自我超越、追求真理，反思生老病死與人生無常的現象，探索人生的目的、價值與意義。

為了讓學生更有動力，我們結合了師資培育精進計畫及楊菁老師執行的「敘寫生命─青春與土地的對話」計畫，舉辦教案競賽，參賽的對象雖是全校同學，但主要是鎖定修「國文課程設計」、「國文系教材教法」、「國文教學實習」課程的學生。我們請了中學端教學經驗豐富的謝依樺、張嘉惠兩位老師評審，透過試教與講評，讓得獎同學（組別）再次修正調整教案；我們期待這些教案，成為他們未來在教育現場可用的資源。楊曉菁老師說：這樣的教案，應分享給更多的現場老師知道，如此用意不只是重視、推廣生命教育議題融入國文科的教學，可讓教學現場的老師有參考

的依據，更重要的是影響更多正在成長中的孩子，從中汲取更多面對生活世界的力量。在她多方的奔走聯繫，不厭其煩的追蹤教案修正成果後，有了本書的誕生。

　　從全校通識，到大學國文，再到師培課程，無論是教或學，彰師大生命教育相關課程的拼圖，一片片的出現，逐步擴大。我們希望藉由這樣一點一點，一步一步的踏實前進，讓彰化師大的生命教育課程，越來越完整，生生不息。生命的意義，不就是延續嗎？延續生命，除了繁衍後代這一種實質面的意義，更重要的是精神層面將思想藝術文化延續下去。活得有意義，所以要為天地立心、為生民立命，那是一種使命與承擔。活出應活的生命，就是把握剎那即永恆，讓每一分鐘都精彩。這本《生生不息——生命教育議題融入國文教學教案設計》，是野人獻曝，卻也是我們小小的企圖與心意，感激這一路上幫助過我們的人，也藉此拋磚引玉，希望能引起更大的迴響，因為用生命影響生命，何其美好！

文學與生命的相遇

楊菁

國立彰化師範大學國文學系教授

在這裡，文學與生命相遇了。

筆者接觸生命教育，緣於擔任本校通識教育中心人文社會組組長，當時通識中心主任丘慧瑩已與校內師長們成立生命教育種子教師社群，著手規劃生命教育課程架構及內涵，並在104學年試辦「生命探索發展與實踐」課程，105學年正式列入必修學分。筆者在任職期間，擔任本課程教師社群召集人，協助種子教師們學習各種教學知能、收集資料及建立教材庫。且自104學年即開始教授此門課，並107學年執行教育部教學實踐計畫「問答、體驗與實踐融入生命教育課程」；108年度執行「教育部生命教育校本特色學校課程及文化計畫——生命教育動起來課程精進計畫」，並編寫《生命探索發展與實踐課程手冊》。

自通識中心卸任後，適逢丘慧瑩主任轉任國文系主任，同時將生命教育的精神與理念帶到國文系，以國文課與生命教育結合作為實際落實的方式，並由本系詹千慧老師負責，著手編寫新的大學國文教材，擬以文學作品連結及探索生命的各種課題。筆者則繼續教育部計畫，109年執行教育部補助學校辦理生命教育特色校園文化——「紮根生命：覺察練習曲之自我探索」。111年執行教育部補助大專校院辦理生命教育校園文化推廣與深耕計畫「敘寫生命—文學與自我對話」；112年執行教育部補助大專校院辦理生命教育校園文化推廣與深耕計畫——「敘寫生命—青春與土地的對話」。在計畫執行期間，藉由教師工作坊，幫助國文教師了解生命教育的內涵，並且協助規劃、開發新大學國文教材，搜羅對生命具啟發的文學

作品來落實生命的教育；同時辦理相關競賽，以創作方式帶領學生敘寫生命，藉由書寫進行與自我內在的對話。

　　因於高中108課綱已將生命教育列為必修一學分，本校作為培育中學教師的重要機構，為使師培學生對生命教育有所了解，因此配合「敘寫生命－文學與自我對話」，舉辦了「創意教案競賽」。藉由大一國文課程與生命教育教學，呼應教育部課程跨域鼓勵學生多元學習的理念，透過優秀教案的競賽，將生命教育議題融入課程核心素養導向的教案設計中。

　　文學作品中本就有太多有對生命的感懷及生命的感悟，藉由教案競賽，學生可在文學作品中掘發創作者對生命的思索，同時在教學活動設計中，以適切的方式帶領學生體會文學內涵及生命的關懷。

　　自高中生命教育被列為必修一學分，大學端的生命教育又更被重視。筆者教授「生命探索發展與實踐」課程至今已經八年，雖然累積了一些教材及教學方法，但是至今仍然沒有適合大學生命教育的教科書，足見編寫相關教材實為一艱鉅的任務。生命教育除了可單獨開設課程外，另有課程融入的方式可以進行，在課程中融入生命教育，或藉由課程帶領學生思索生命、探討生命。就這方面而言，文學相關課程便具有取之不盡的資源。文學作品是文字、思想、情感的綜合表現，書寫者透過優美的文字、生動的辭采，宣洩、抒發個人的情感、思想，除了表現個己情志，更擴及生活、社會、家國天下的關懷，在在映現著每個生命的靈魂與意志。因此，如何從文學作品掘發生命情意、生命關懷，帶領學生從文學作品中映見自己，與自我對話，讓自我生命有所轉化與昇華，這既是國文老師們的責任，也是本教案設計的理念所在。

　　當今科技已經發展到高峰，物質慾望的追求仍是大部分人生活的常態。但是生命如果有一套法則，那麼應該是心靈由外而內的回歸，以及由下而上的提升，只有這樣，生命才能在迷惑茫昧中見到光明，在無常變動中找到定向。本系楊曉菁老師主持編寫的這本教材，為本校學生們在教案競賽優秀作品的成果累積。這本教材同時也是本校通識生命教育課程的延

伸，在中學國文課中、生命教育計畫凝結聚焦、生根，而後開花結果，這個果實是實用的，具啓發性且可操作的，獻予愛好文學、教授文學、探究文學及關懷生命的人，有一天，果實的種子將繼續撒落，成為生生不息的傳承力量。

CONTENTS
目 次

生生不息 ── 彰化師範大學生命教育課程的拼圖 / 丘慧瑩 (3)

文學與生命的相遇 / 楊菁 (8)

文學如何探看與觀照社會：生命教育議題融入國文
課程的演繹 / 楊曉菁 ••••••••••••••••••••••••••••••••• 1

教案 •• 9

【畫菊自序】 畫非花 誤非悟 ──〈畫菊自序〉的生命思辨
／夏千芊、陳法融、鄭惠文、袁嘉良 ••••••••••••••••• 10

【畫菊自序】 〈畫菊自序〉── 嘉義女子圖鑑／黃辰奕、蕭羽
涵、林庭慧、黃玲錚 ••••••••••••••••••••••••••••• 40

【赤壁賦】 蘇軾也會累 ── 壓力哪裡來？少年的煩惱與因應
／陳學積、黃郁淇、陳傑豪 ••••••••••••••••••••••••• 54

【赤壁賦】 真正的大局觀 ── 蘇軾〈赤壁賦〉／張恩慈 •••••• 68

【赤壁賦】 破繭蘇蝴蝶 ── 時間盡頭的答案〈赤壁賦〉
／黃婷微 ••••••••••••••••••••••••••••••••••••• 82

【晚遊六橋待月記】 〈晚遊六橋待月記〉── 記敘生命之美
／游清桂 ••••••••••••••••••••••••••••••••••••• 101

【小王子與狐狸】 「就這樣被你馴服」──〈小王子與狐狸〉
／彭海峰、張恩慈、鄭羽倢 ••••••••••••••••••••••••• 123

【小王子與狐狸】　那朵獨一無二的玫瑰／吳玟臻・・・・・・・・・・135

【鴻門宴】　層層推開的心門──〈鴻門宴〉終極關懷／鄭惠文
・・・・・・・・・・・・・・・・・・・・・・・・142

【第九味】　〈第九味〉──滋味之外的味外味／許琨婉、
賴柏蓁、游清桂・・・・・・・・・・162

【陋室銘】　「哥陋的不是房子，露的是那鋒芒畢露的才德」
之劉禹錫〈陋室銘〉／黃辰奕・・・・・・・・・177

【散戲】　沖刷一切的時代洪流──洪醒夫〈散戲〉／許琨婉
・・・・・・・・・・・・・・・・・・・190

【諫逐客書】　看「諫」過去，「逐」起橋梁──從〈諫逐客
書〉搭起我的生命觀／張力元・・・・・・・・207

【項脊軒志】　〈項脊軒志〉──時間與空間中的自我養成記
／方薪喻・・・・・・・・・・・・・・・・232

【歸去來兮】　面對生命中的失落──〈歸去來兮〉／賴柏蓁
・・・・・・・・・・・・・・・・・・・251

文學如何探看與觀照社會：生命教育議題融入國文課程的演繹

楊曉菁

國立彰化師大國文學系助理教授

壹、議題自身與其融入課程的意義、內涵及樣態

一、議題自身融入課程的意義及內涵

十二年國民基本教育，簡稱「十二年國教」，後通稱為「108課綱」，其主軸以「核心素養」作為課程發展脈絡，並將「議題」融入各課程領域，這是十二年國民基本教育課程綱要（以下簡稱十二年國教課綱）的重要特色。

《國教課程總綱》明訂融入的十九項議題均具重要性，其中有些議題在《總綱》中被納為核心素養（如：品德、生命、科技、資訊、多元文化、閱讀素養、國際教育）；有些議題單獨設立學科科目（如：生命、科技、資訊、生涯規劃，有課時及學分）；有些議題則在領域課程綱要中納入學習重點（如：性平、人權、環境、海洋、法治、能源、安全、防災、家庭、戶外教育、原住民族教育）。上述各項議題都關乎一個學生在成長與學習歷程中，所需意識及面對的層次。

其中，文學作為人文社會學科的一環，人文學科的本質在於理解人類社會的現象、問題和變遷；認知人類行為的原因和動機，這些關於人類、文化與社會等多樣性的內容，可讓我們思辨人之為人的個體經驗，人與他人之間的連結關係，人與宇宙萬物間的共存互融等。

根據國家教育研究院所提供的新《課綱議題融入手冊》說明書中所提

到的重點，值得思考的是：

　　「議題」何以重要？「議題」為何要融入課程之中，成為具討論性的內容？我們知道教育的目的不僅在知識的學習與積累，知識如何轉化成可運用的素養或是能力，進入到每個個體的生活與生命裡，這是教育的終極目標。因此，「議題」不僅涉及對問題尋求解答，更在探討各種可能的替代解方（多元觀點），並分析各種答案背後的觀點（價值立場），為支持的價值尋找理論的基礎，進而產生行動，讓議題所面臨的是實際現場問題能夠獲得解決。而這一系列從「議題討論」──「尋求多元觀點」──「觀點與價值的聯繫」──「產生行動以解決問題」的歷程，能夠訓練學生思辨、推論等批判性思考（Critical Thinking）能力。具體而言，議題具以下特性[1]，以下內容摘要自國教院所頒布的《課綱議題融入手冊》。

㈠時代性

　　隨著時代思潮與社會變遷，某些議題的重要性較以往更為突顯，學校教育有必要加以重視，以促進學生在當代社會面對這些議題的理解與表現，成為良好國民與世界公民。

㈡脈絡性

　　各國依國際情勢與國內環境，會關注或倡議某些議題，甚至列為國家重要政策；民間團體或社群亦可能基於所追求理想，特別關注某些議題，倡議學校教育應納入該等議題。

㈢跨域性

　　議題通常難以從單一的學科知識即可全面理解與解決，其跨領域的性質使得議題需由跨領域角度去探究，以獲致較寬廣的理解，從而對爭議性的問題得以有效回應與處理。

---

[1]　《課綱議題融入手冊》（臺北：國家教育研究院，2020年版），頁3。

㈣討論性

　　有時，議題也是人類社會發展中具高度討論的問題，社會各界對該議題可能存在對立觀點和意見，其處理攸關社會發展，需要藉由教育加以耙梳釐析。

㈤變動性

　　議題可能因社會變遷，在內涵上發生改變，甚至有新議題的不斷出現。因此，議題或因時空的改變，其內涵將產生質變；或因時代更迭，議題會有所增減。

　　具體言之，議題融入不僅強調知識的理解與應用，亦重視價值信念的建立、問題解決的技能與具體行動的實踐，可以提升領域知識內容學習的教育價值。其次，議題融入可以藉由議題的特性促進領域知識內容的連結，包括跨領域知識內涵、生活實務經驗與情境等之連結。再者，就教學策略而言，議題融入需要採用批判探究、討論對話、體驗與實作等多元教學方法以完成，這也能促使教學活化，讓傳統講述式教學法產生激盪與衝擊。

二、議題融入課程的樣態

　　事實上，議題融入課程時，其核心是希望召喚學習者思考自我、人我、他我與社會之間的關係，關注當代社會現象與發展，而非將視野停駐在課本上的知識與內容而已。因為，學習的終極目的在於解決人類生存、生活、生命等諸多面向所產生的問題。所以，批判思考及問題解決的方法論建構，是議題融入課程的重要目標之一。

　　根據教育部的規範，議題融入課程可以約略歸納出如下三類方向：

1. **議題融入式課程**，是以原有領域或科目課程內容為主體，將原有課程內容與相關議題進行連結、引申以進入教學之中。
2. **議題主題式課程**則以議題為主體核心，結合相關領域的共同概念，確

定課程單元之主題，將學習的內容經由延伸、統整或轉化，形成更完整的議題課程知能。

3. **議題特色課程**，係指將議題作為學校之特色課程，學校教師可透過共同參與課程設計，發展各校適切的跨領域統整之特色課程。[2]

貳、生命教育議題的內涵

生命教育的主軸在於對生命終極意義進行探索，對各種價值進行思辨，並轉化為實踐的動力。由此，生命教育的學習主題涵蓋了「哲學思考」、「人學探索」、「終極關懷」、「價值思辨」與「靈性修養」等五大範疇。其實質內涵則以「人生三問」為核心，其中「人為何而活？」乃是對於人生終極關懷問題的思考，「人應如何生活？」則反映對於價值思辨的不斷淬煉，「如何能夠活出應活的生命？」是知行合一的問題，而知行合一則是靈性修養的目標。然而，探索人生三問需建基於良好的思考素養與對人的正確理解，因此「哲學思考」與「人學探索」為進行人生三問的基礎與方法。[3]

以下就「生命教育」議題之五大範疇內涵進行概述：

1. **哲學思考**：哲學思考是對議題進行理性反思，培養正確思考所需之知識、技能、情意與態度，以提升思考之素養。適切的思考素養引導學生覺察人我的偏見與成見，提升客觀公正、同理傾聽的能力，促進理性溝通與對話。

2. **人學探索**：人學探索是對於「人是什麼？」、「我是誰？」等問題進行探究，藉由人性論與自我觀的理解，肯定每一個人都不只是時空中具延展性的「物」或「客體」，同時也是不能被物化或工具化的「主體」，從而建立個人尊嚴與尊重人我生命的適當態度。

---

[2]　綜整與摘要自《課綱議題融入手冊》（臺北：國家教育研究院，2020年版），頁12-13。

[3]　《課綱議題融入手冊》（臺北：國家教育研究院，2020年版），頁77-78。

3. **終極關懷**：人生不只有工作或生涯發展的問題，還有生命有無意義、如何面對生命的苦難與死亡、如何確立人生目標等更終極性的課題。終極關懷乃是整合生死、人生哲學與宗教的重要課題，讓學生能夠分辨快樂、幸福、道德與至善之間的關係，掌握人生的意義，建立生命的終極信念。

4. **價值思辨**：在科技高速發展的資訊、網路、媒體時代中，不僅道德與倫理問題日趨複雜，美感經驗與健康訊息也日益多元豐富，因此更需要具備討論這些議題的價值思辨能力，以釐清日常生活及公共事務中的價值迷思並尋求解決之道。

5. **靈性修養**：人有能力察覺到自我生命的有限性，進而生發超越的嚮往，「靈性」指的是自我超越、追求真理、愛與被愛、望向永恆的精神特性。[4]

　　認識生命的價值、了解生命的本質、尊重生命的權利和責任，引導學生在有限的生命裡實現圓滿，達到至善的境界，是生命教育溫柔的關懷。並且，生命教育議題與聯合國十七項議題SDGs所關注的內容有部分疊合處，如：目標三：Good Health and Well-Being，確保健康的生活方式，促進各年齡人群的福祉，其宗旨也是完成得於人類的生活與生命之關懷。

參、教案設計的思維與意義

一、教案設計的幾點思考

　　教案是教師為了進行教學活動、完成教學目標而設計之具體課程實踐計畫。教案所呈現的是教師的教學思維、設計與規劃，它是教學活動的基礎和依據，所以要有設計理念，並且，其理念要立基於學習者中心加以規劃。關於教案寫作的要點，可從以下幾個面向進行釐清與辨析：

---

[4]　《課綱議題融入手冊》（臺北：國家教育研究院，2020年版），頁77-78。

1. 具備清楚的課程設計理念
2. 明瞭各階段之學習重點及學習目標（可參考課綱手冊之各學習階段學習建議）
3. 依據學生學習目標錨定教師教學目標
4. 依據學生能力及課程內容選擇適當的教學策略與方法
5. 建構具體的教學步驟。
6. 提供多元的評鑑方法與規準。

　　教案設計的教學目標應該明確、具體、可操作性強，並與學生的學習需求相符。教學內容應該合乎學生起點行為，並且具備系統化、條理性的特質。此外，教師應該將學生所需學習的知識點、議題、能力及素養等依照學生需求，設計出從簡單到複雜，由淺而深的課程內容，且教學步驟應該具體清晰，以便於透過教學協助學生建立學習鷹架。再者，關於檢驗學生學習成效之評量，應當採取更多元可行的方式，如：測驗、作業、報告、討論（口說或文字），全面理解學生的學習進度和效益。教師可以藉由教案的實踐過程，反思教學過程中的問題和不足，透過滾動性修正，及時進行調整和改進。

二、國文科教案設計的先備觀點及脈絡性

　　「國文教育」具有立意於「**型塑、傳遞文化道統**」或是關注於「**訓練、培養語文能力**」等兩種不同的想像。因此，國文課既要有「語文力」的薰陶，也當形塑「人文力」的涵養。而這兩者，在課堂裡到底是要切割明白、清楚分項教學？還是互榮共構地融於一爐呢？新課綱裡強調的「議題導向」、「跨域整合」、「情境脈絡」、「多元選修」等學習目標及課程。這些目標該如何與「國文課」深切綰合呢？我們得以見到的是：不同議題與文化的文本活潑地附麗於教材編選之中。不過，文本與議題要能完全接軌，以呼應當代社會現象或需求，有時並不容易，如何擺脫生硬地套用，避免僵化地形成模組，以激發學生的獨立思辨與解決問題的能力，這

是高中國文教學重要的目標之一。人文學科畢竟不能完全同於理工學門，除了解決問題，它也要激發想像與思辨。

　　目前教學現場所要解決的現象是：「知識本體」與「應用方法」到底如何「交融」與「共構」，才能雙贏加分，而非產出一種制式的生硬套用之模組。簡而言之，中學國文教學的新挑戰是：如何達到不是為了跨域而橫向，不是為了科技而數位；學科如何既有本體價值，又能產生實用效益。於是，在進行議題融入國文課程時，於生命教育議題融入國文教案設計時，撰寫者（教學者）必須先具備的問題意識是：「主」與「客」（從）各是什麼？議題融入課堂時，您是在教授「生命教育」，還是進行「國文教學」？教案撰寫時，到底該以何者為主要之設計軸心，如何聚焦而不發散？如何序列又有系統？這是議題融入國文課程時及教案撰寫時必須好好掌握的分際。

肆、結語

　　隨著新課綱到來的滾滾滔滔之勢，議題導向的課程實踐成了熱門的探討。不過，議題融入國文教學（語文課程）並非全新的召喚，文學本來就承載著作者對種種議題的關懷與思考。唯，隨著108課綱對於議題融入課程的重視，提醒教學者於教學設計中再一次聚焦和定錨，讓課堂的討論因聚斂而精緻，讓文學的感動因停留而深刻。

　　生命教育是一個重要的議題，它探討人類生命的價值、意義、尊嚴和倫理。生命教育的目的在於使人明瞭個人與群體的生命價值，從而培養出一種對生命的尊重和珍惜之態度。教師可通過各種方式以進行教學，如閱讀文本、觀察人際互動、體驗式課程、探究式活動等引領學生進行各種嘗試，讓他們親身體驗生命的奧妙；亦可藉由指導學生觀察和探究周圍生態系統（人類之外），以考察生命之間的相互關聯性。

　　於是，我們率先從生命議題融入國文課開始入場，在文學的呼喚之

下，期許學生透過文本的啓發，開展深度思考。例如，從〈陋室銘〉和
〈赤壁賦〉中學習面對生活挫折、突破生命困境的思維與態度，由〈鴻門
宴〉開展人性的討論與選擇的命題；在〈小王子與狐狸〉故事中學習如何
愛人與被愛；藉著〈晚遊六橋待月記〉體驗平凡中的不平凡……。

　　在議題融入課室已經成爲人文學科教學的新視域之際，期待此書的出
版能產生拋磚引玉之效。無論從大學端到中學端，對於想爲文學教育、人
文關懷等注入新意的教師，藉由本書教案之教學邏輯梳理，學習單所釀造
之思辨、提問等新方法之建構，對於生命教育之抽象概念及實踐動力要如
何教給學生？本書提供了一些初步發想。全書收錄的教案，有的在文本的
關鍵處設計提問，透過討論以提煉問題意識；有的則在議題的觀照下，連
結不同文本以深化思考；又或者設計情境任務，讓學生在挑戰中培養出能
力。凡此，關於生命議題與文學教育的互融，期許藉著教案設計與教學實
踐以激發出新詮釋與新方法。

教案

【畫菊自序】

畫非花 誤非悟──〈畫菊自序〉的生命思辨

領域／科目	語文領域／國語文	設計者	夏千芊、陳法融、鄭惠文、袁嘉良
實施年級	普通高級中學二年級	總節數	共4節，200分鐘
單元名稱	畫菊自序		

設計理念	〈畫菊自序〉藉由畫菊一事，指出張李德和順應自己的喜好長期投入藝術創作，並表明成婚後，仍不忘其理想。菊在中國古典文學裡富有芳潔的意象，自屈原以降，廣為傳頌，陶淵明「採菊東籬下」便是一例，故文本中「敢藉陶彭澤之黃花」以菊為畫作主題，實有以畫追慕先賢、自我期許之思。 　　本教案設計聚焦在張李德和〈畫菊自序〉中的價值思考，融入生命教育中的「價值思辨」，先引導學生討論議題並思考兩性間「事實」與「觀點」的落差，再建構自身對兩性的觀點，以期培養學生友善、包容、尊重的生命態度。

設計依據		

| 學習重點 | 學習表現 | 1-V-2 聽懂各類文本聲情表達時所營構的時空氛圍與情感渲染。
2-V-1 以邏輯性語言精確說出各類文本的文體特質、表現形式與題材內容。
5-V-1 辨析文本的寫作主旨、風格、結構及寫作手法。
5-V-3 大量閱讀多元文本，探討文本如何反應文化與社會現象中的議題，以拓展閱讀視野與生命意境。
2-V-2 討論過程中，能適切陳述自身立場，歸納他人論點並給予回應，達成友善且平等的溝通。 | 核心素養 | S-U-A2
透過統整文本的意義和規律，培養深度思辨及系統思維的能力，體會文化底蘊，進而感知人生的困境，積極面對挑戰，以有效處理及解決人生的各種問題。 |

學習內容	Ad-V-4 非韻文：如古文、古典小說、語錄體、寓言等。 Bb-V-1 自我及人際交流的感受。 Cb-V-4 各類文本所呈現社群關係中的性別、權力等文化符碼。 Bd-V-1 以事實、理論為論據，達到說服、建構、批判等目的。		S-U-B1 運用國語文表達自我的經驗、理念與情意，並學會從他人的角度思考問題，尋求共識，具備與他人有效溝通與協商的能力。
議題 融入	實質內涵	生命教育 生U5 覺察生活與公共事務中的各種迷思，在有關道德、美感、健康、社會、經濟、政治與國際等領域具爭議性的議題上進行價值思辨，尋求解決之道。	
	所融入之 學習重點	Bb-V-1 自我及人際交流的感受。 Bd-V-1 以事實、理論為論據，達到說服、建構、批判等目的。	
與其他領域 / 科目的連結		無	
教材來源		教育部公告普通型高級中等學校推薦選文十五篇〈畫菊自序〉	
教學設備 / 資源		黑板、電腦、投影機、學習單、講義、音檔	

學習脈絡

1. 學生能識別作者生平及文本形式
2. 學生能說明文本內涵、結構及寫作手法
3. 學生能評述兩性間觀點與事實的落差
4. 學生能建構自身對兩性的觀點

節次	學習脈絡	閱讀認知歷程	學生表達 方式	學習單 / 講義
1	認識作者、回顧文體、連結生命	訊息檢索、廣泛理解	課堂問答、書寫	附錄一
2	理解課文、省思自我、統整歸納	訊息檢索、發展解釋、廣泛理解、省思評鑑	課堂問答、書寫	附錄二、附錄三

節次	學習脈絡	閱讀認知歷程	學生表達方式	學習單／講義
3	敘述探究分析文本、思考隱藏的角色、釐清事實與觀點	訊息檢索、廣泛理解、省思評鑑	課堂問答、書寫、上臺發表	附錄四、附錄五
4	換位思考、連結生命經驗、省思自我、總結與回饋	訊息檢索、省思評鑑	課堂問答、書寫、上臺發表	附錄六

教學活動設計		
教學活動內容及實施方式	時間	備註
第一節 **課堂準備** ㈠學生：事先閱讀過一次課本作者介紹、課文。 ㈡教師：〈母系社會〉歌詞、音樂檔案、作者生平補充講義、駢文流變補充講義、學習單。 **一、引起動機** ㈠教師引導學生討論〈母系社會〉歌詞背後含意，進而帶入課文〈畫菊自序〉。 1. 教師投影〈母系社會〉歌詞，並播放其部分段落（01:38-02:53）。 2. 教師詢問學生在歌詞中描述了女性在現今社會的身分。 3. 教師肯定學生回答，並將學生引導到今日課文〈畫菊自序〉。 **二、發展活動** ㈠教師介紹作者生平與補充 1. 教師發下學習單（附錄一） 2. 教師說明作者生平，提及「一、作者生平補充」上能符合作者身分為詩人、家庭主婦、畫家、政治家身分的事件。	5分鐘 15分鐘	 搭配附錄一： 1. 年表為作者聲明的補充說明。 2. 引導學生深入認識作者背景。

教學活動設計		
教學活動內容及實施方式	時間	備註
3. 教師提問學生在張李德和的生平紀事裡，印象最深刻的事件為何。 4. 教師請學生回答。 5. 教師給予正向性回饋，並引導學生作答「二、作者生平問題與思考」（附錄一）1.～3.。 6. 教師於學生作答時在課堂間巡視，關注學生答題狀況。 ㈡駢文流變補充。 1. 教師說明講義（附錄一）「三、駢文流變」。 2. 教師講述駢化，並比較駢文、散文間的差異。 3. 教師提問學生駢化、駢文、散文間的差別。 4. 教師給予學生正向性回饋，並再次強調重點。 5. 教師舉講義（附錄一）「㈢、歷代駢文舉例」，強化學生印象。 6. 教師提問學生講義（附錄一）的七篇文章節錄中是否有相異之處。 7. 教師給予學生正向回饋，並引導學生發現駢、散差異之處，此處應強調駢化手法。	20分鐘	藉由認識駢化作用，對比駢文、古典散文的格式與對讀先前國中所學〈與宋元思書〉格式，再應用至本課完成第二個學習目標——學生能辨識駢文文本形式。 著重在行文格式的差異，而非文意理解。
㈢教師引導學生完成駢文格式對比，並請學生將結果作答於學習單上。 1. 教師請學生作答講義（附錄一）「㈣、大家來找碴」。 2. 教師於學生作答講義（附錄一）時於課堂巡視。 3. 教師將講義（附錄一）「二、作者生平問題與思考 4.第四題」、「㈣大家來找碴問題三」派為回家作業，請學生於下堂課繳交。	10分鐘	
第二節		
課堂準備 ㈠學生：複習作者生平及駢文流變、已預習課文內容、課本。 ㈡教師：備課駢文體例、序跋及文本內涵、結構及寫作手法等、課本、設計學習單及預期回答。		

教學活動設計		
教學活動內容及實施方式	時間	備註
(四)教師複習上節課程內容 1. 教師收回上堂回家作業。 2. 教師提問學生有關駢文流變的要點（如：「四六文」這個說法的起源來自於誰的著作？）。 3. 教師請學生回答。 4. 教師給予學生正向性回饋並強調要點。 5. 教師提問學生張李德和特殊的生平事蹟（如：她的三絕是哪三絕？她是哪些場所的主人？）。 6. 教師請學生回答。 7. 教師給予學生正向性回饋並強調要點。	5分鐘	此處以講述法為主，旨在使學生對駢文體例有初步認識。
(五)教師發下學習單（附錄二）說明駢文體例及何謂序跋 1. 教師講解何謂序跋。 2. 教師提問學生為什麼作者要寫序？ 3. 教師請學生回答。 4. 教師給予學生正向性回饋並做重點提醒。 5. 教師講解駢文的特色、優劣及句式。 6. 教師請學生在接下來的課文講解中注意講義上的要點是否與內文相呼應，會進行提問。	8分鐘	搭配附錄二，歸納序跋和駢文要點。
(六)教師講解課文內容 1. 教師於黑板上講解課文首段。 2. 教師首先說明文內出現的第一個駢句（「人為萬物之靈，志有萬端之異」）。 3. 教師提問學生此段的駢句可否在講義（附錄二）中找到 4. 教師請學生回答。 5. 教師給予學生正向性回饋。 6. 教師說明駢句中的對偶修辭及隱藏內涵（如：在典故運用上選用一男一女，暗自闡述自己的期待）。 7. 教師提問學生首段的段落大意。	27分鐘	此部分以講述法及探究（問思）教學法為主，教師先帶領學生開啟閱讀，再一邊閱讀文本，一邊提問，使學生思考更深於文字的文本內涵，並藉由表達使學生融會貫通，充分理解。

教學活動設計		
教學活動內容及實施方式	時間	備註
8. 教師請學生回答。 9. 教師給予學生正向性回饋並做統整說明。 10. 教師於黑板上講解課文末段。 11. 教師講解駢散夾雜及抽換詞面的運用。 12. 教師提問學生在文本中看到什麼典故。 13. 教師請學生回答。 14. 教師給予學生正向性回饋及深入的典故說明。 15. 教師講解文章結尾的隱藏意涵（畫菊花可能是暗自表示自己是如管夫人一般的才女，因管夫人擅長梅蘭竹，自己便接續將四君子補齊）。 16. 教師提問學生末段的段落大意。 17. 教師請學生回答。 18. 教師給予學生正向性回饋並做統整說明。		
(七) 教師發下學習單（附錄三）檢視學生學習成果 1. 教師快速說明何為SWOT以及學習單執行方式。 2. 教師請學生各自練習（附錄三的正面）。 3. 教師於學生作答時巡視作答狀況。	7分鐘	此處藉由學習單個人作答的方式檢測學生成果，一方面是藉由SWOT的執行，使學生認識更多分析資料的方法，另一方面便是培養獨立思考及思緒整理的能力，從ＳＷＯＴ推展至USED，使學生能更清楚前後脈絡，由抽象到具體，最終達到完整思考。
(八) 教師預告下堂課程內容並為今日課程做結尾 1. 教師詢問同學作答狀況。 2. 教師說明作業（附錄三的後頁）執行方式，並告知學生將於下堂課繳交。 3. 教師為今日課程做結尾。 4. 教師預告下堂課程內容並發下學習單（附錄四）請學生完成「一、請先複習明歸有光〈項脊軒志〉再摘要段落大意於表格中作答。」	3分鐘	搭配附錄三： 1. 引導學生歸納課文重點 2. 學生條列式書寫既有資訊

教學活動設計		
教學活動內容及實施方式	時間	備註
第三節		本課融入生命教育
課堂準備		議題，因此這節課
㈠學生：高一上已學過〈項脊軒志〉且熟悉〈畫菊		期望學生以「觀點
自序〉課文內容、寫作手法、文體體例及作者在		與事實」的思考基
面臨的社會環境。		礎察覺兩性間的落
㈡教師：批閱學生第一堂作業（附錄一）並視學生		差，並尋求解決之
作答情況調整課程內容；課前準備生命教育議題		道。課堂流程：先
融入設計學習單及預期回答。		由學生自行觀察作
<mark>三、綜合活動</mark>		答，教師再以講述
㈠教師播放影片並複習上堂課內容	5分鐘	法說明觀點與事實
1. 教師發還作業並請學生檢查。		的差異，引導學生
2. 教師播放——《鹹豬手事件簿》（1：38）網址：		思考兩者的不同。
https://youtu.be/NKELYL_yXNQ		預期回覆
3. 教師提問學生是否也曾遇過類似事件？而當下自		學生：1.沒有遇過類
己又該如何反應、解決？		似的事2.我
4. 教師請學生舉手回覆。		曾有被他人騷擾或
5. 教師給予正向性回饋。		無意觸碰。
6. 教師扼要複習作者生平及課文。		老師：詢問學生之
㈡教師講述觀點與事實的差異	8分鐘	後如何解決問題。
1. 教師發下學習單（附錄四）		並舉公車「性騷擾
2. 教師請學生觀察學習單上的三張圖片並根據提示		鈴」的求助方式。
作答。		
3. 教師巡堂確認學生作答情形。		
4. 教師講述事實與觀點的落差。		
㈢教師發下學習單並請學生練習作答。	10分鐘	搭配附錄四：
1. 教師引導學生指出〈項脊軒志〉、〈畫菊自序〉		1. 複習高一課文重
針對兩性分工的具體書寫。		點
2. 教師請學生依據課文的分工內容判斷兩性的社會		2. 學生摘要段落大
角色。		意、分析具體書
3. 教師請學生作答「㈢分析與闡述」。		寫背後隱藏的社
4. 教師巡堂確認學生作答狀況。		會角色。
5. 學生完成學習單練習，若未完成者改派為回家作		
業。		

教學活動設計		
教學活動內容及實施方式	時間	備註
(四)學生分組進行議題討論 1. 教師請學生6人為一組，每組至少2男2女。 2. 教師發下學習單（附錄五）。 3. 教師播放新聞影片網址：https://youtu.be/Tshzg9Wkvk4 4. 教師請學生閱讀議題討論並討論作答第一小題，限時5分鐘。 5. 教師巡堂確認學生作答情形。 6. 教師請學生討論作答第二小題，限時8分鐘。 7. 教師巡堂確認學生討論情形，並適時給予協助。 8. 教師邀請一組同學上臺發表第二小題作答內容。 9. 教師給予口頭性回饋。	20分鐘	此處藉由學習單個人作答的方式檢測學生成果。確認每位學生能初步掌握本課學習目標－兩性間的落差（文本所呈現社群關係中的性別）。
(五)教師總結該堂課程 1. 教師發下便條紙（每組一張）。 2. 教師請每組產出兩性相對應的特質／行為（男女各一）並書寫在紙條上，限時2分鐘。 3. 教師請每組學生繳回課堂學習單（附錄四、附錄五）以及便條紙。 4. 教師總結該堂課程並說明作業內容。 5. 教師請各組派一代表上臺抽題。 6. 教師請學生利用課餘時間練習作業。 **第四節** **課堂準備** (一)學生：學生須根據第三節課的抽題設計練習戲劇表演。 (二)教師：教師批閱學習單（附錄四）、（附錄五），並發還學習單（附錄三）準備《俗女養成記》短片；設計生命教育議題融入學習單及預期回答。	7分鐘	此節以討論教學法為主，講述教學法為輔。期望學生在討論過程中，能適切陳述自身立場，歸納他人論點並給予回應，達成友善且平等的溝通。 搭配附錄五： 1. 學生閱讀議題討論內容並討論作答內容。 2. 小組分享對該議題的觀點。
四、總結活動 (一)教師播放影片並複習上節課內容 1. 教師播放－《俗女養成記》片段（3：06~6：00）網址：https://fb.watch/gM3U-3Mw87/	12分鐘	搭配附錄六： 1. 學生書寫各組表演的觀察與設計理念。

教學活動設計		
教學活動內容及實施方式	時間	備註
2. 教師提問學生「你在影片中發現什麼？」、「你覺得阿嬤離家出走的原因為何？」、「若你是李月英，面對家人、友人的不諒解，你會怎麼做？」 3. 教師請學生舉手回覆。 4. 教師給予正向性回饋。 5. 教師總結影片大意及其與課文之連結。 (二) 教師發下學習單（附錄六）並指導填答方式 1. 教師發下活動學習單。 2. 教師指導學生學習單填答方式。 (三) 教師引導各組上臺表演 1. 教師引導學生按組別依序上臺進行60～90秒的表演。 2. 教師提醒觀賞同學填寫學習單左表格。 3. 教師巡堂確認學生作答情形並適時給予協助。 4. 教師給予訂正性回饋。 (四) 教師引導各組上臺發表設計理念 1. 教師引導學生各組派出一名代表進行1分鐘的設計理念發表。 2. 教師提醒同學聆聽時填寫學習單右表格。 3. 教師巡堂確認學生作答情形，並適時給予協助。 4. 教師給予口頭訂正性回饋。 (五) 教師引導學生完成學習單 1. 教師引導學生完成學習單第二至四題。 2. 教師請學生繳回課堂學習單。 (六) 教師總結 1. 教師總結課程、活動和生命教育（破除性別刻板印象）之關聯。	2分鐘 11分鐘 8分鐘 7分鐘 10分鐘	2. 學生書寫文本結合之生活經驗及活動收穫。 預期回覆 學生：1.阿嬤希望孫女教自己寫名字/阿嬤可能早期未受教育。2.阿嬤想依自己喜好的方式過生活。3.我會在離家出走前把話說清楚，不會讓家人擔心/我會和李月英一樣選擇不多說離去，反正怎麼說都會被人誤解，也可順便看看老公、後輩們的反應。 老師：對學生的積極舉手回答給予正面回饋，並說明影片大意與其欲傳達的寓意。 藉由引導學生口頭發表設計理念，評量學生課後討論的成果。訓練學生適切陳述自己的想法，訓練學生口語表達能力。

教學活動設計		
教學活動內容及實施方式	時間	備註
		藉由學習單評量學生對於性別的認知，確保每位學生腦海呈現對兩性的印象，並關懷自己身處的社會環境。本堂課以講述教學法為主，期望學生在聽講過程，能了解本堂課活動與本課課文之關聯，並明白課程所融入的生命教育議題。建構學生更具包容性的性別觀念。

參考資料：

1. 王國瓔《中國文學史新講（上、下）修訂版》（二版）電子版（臺北，聯經，2014）

2. 張馨心：《跨時代的女性菁英─張李德和研究》，臺灣師範大學歷史學系在職進修碩士班，2012年。

3. 圖片來源：壹讀https://read01.com/B475mL.html#.Y2t6nXZBy5c

4. 《俗女養成記》：https://fb.watch/gM3U-3Mw87/

5. 公共政策網路參與平臺：https://join.gov.tw/idea/detail/4b1509e6-9ce2-47e7-a0e2-78a7529ad2f9

附錄：

1. 講義：附錄一、附錄二。

2. 學習單：附錄三、附錄四、附錄五、附錄六。

附錄一　講義（作者袁嘉良整理）

一、作者生平補充[1]

時間	具體內容
1893	農曆五月八日生於雲林西螺堡西螺街。
1895	乙未割臺，進大日治時期。
1898	於「活源書房」就讀。
1903	進入西螺公學校。
1907	西螺公學校畢業，進入臺北國語學校第二附屬女學校。
1910	國語學校附屬女學校畢業後任教斗六公學校。
1911	母親廖又過世。
1912	轉任西螺公學校，于歸張錦燦，再轉任教嘉義公學校。加入西螺菼社。
1913	3月夫畢業、4月夫任職於臺南、加入羅山吟社。
1914	夫於臺南租地開設諸峰醫院，辭職協助丈夫、長女女英出生。
1915	長子兒雄出生。
1916	遷回嘉義。
1917	祖母逝世。
1920	次女敏英出生。
1921	夫於嘉義購地建諸峰醫院，設琳瑯山閣。
1922	三女麗英出生。
1923	畫澹亭柳樹，最早的水墨畫。
1924	四女瓊英出生。
1926	父親過世、成立琳瑯山閣詩仔會

---

[1] 表格引用自張馨心：《跨時代的女性菁英 張李德和研究》，臺灣師範大學歷史學系在職進修碩士班，2012年，頁112-113。

時間	具體內容
1927	五女慧英出生、臺展開辦。
1929	六女妙英出生，1927～1929年成立鴉社書畫會、自勵會。
1930	連玉詩鐘會成立、從林玉山習東洋畫、加入春萌畫會。
1931	次子藩雄出生、長女進入東京女子大學、參加耕外畫會、墨洋會、與夫婿合辦創立嘉義諸峰醫院產婆講習所。
1933	七女婉英出生、參加臺展，臺七入選「庭前所見」。
1936	婆婆逝世、合十入選「木瓜」臺展結束，轉由總督府文教局主辦，稱「府展」。
1937	中日戰爭爆發，次女上東京女子大學。
1938	參加府展第一回「開庭」入選、次女「菜花」入選、長子見雄應召為日軍軍醫。
1939	參加府二「蝴蝶蘭」特選第一次總督御賞·三女「花籃」特選第一次。
1940	參加府三「扶桑花」第二次特選，獲總督賞。三女「清薰」入選、結束嘉義諸峰醫院產婆講習所。
1941	參加府四「南國蘭譜」第三爻特選·組織婦女保甲園。
1942	參加府五，無鍵查推薦「鳳凰木」。
1943	公公逝世。參加府六「迎風飛舞」無鑑香推薦、小題吟會成立。
1944	府展解散。
1945	琳瑯山閣受盟機轟炸。
1946	長子自南洋歸來。
1947	二二八事件、重建琳瑯山閣襟亭，籌辦書道會、婦女會、愛蘭會長子返鄉開業。
1950	擔任嘉義救濟院董事長、博愛救濟院董事。
1951	當選第一屆臨時省議會議員、協助張進冶創設私立明華家政職業補習學校。
1952	參與臨時省議會農林考察團、召集女議員召開婦女議題座談會，於臨時參議會第二次大會擔任臨時議會主席。
1953	出版詩集琳瑯山閣吟草及歐社藝苑三集。

時間	具體內容
1953	出版詩集琳瑯山閣吟草及歐社藝苑三集。
1955	編輯、出版詩集歐社藝苑四集、琳瑯山閣唱和集、琳瑯山閣題襟集、舉辦嘉義愛蘭會展覽會。
1956	七女渡美留學，受賞模範母親。
1957	當選臺灣省模範母親、作《羅山逸園石譜集》。
1958	因資助女婿，經濟轉趨困難、作《臺灣搜異集》序文。
1960	次子移民巴西。
1962	售國華街老厝。
1963	創辦「玄風館」
1964	長子遷彰化市開業、寄付書畫於嘉義紅十字會。
1965	遷居臺北依五女，活躍於臺北詩書畫壇。
1967	患高血壓手麻痺
1968	夫罹骨髓炎、女婿為其出版《琳瑯山閣唱和集》。
1970	夫張錦燦二月六日過世。渡日擔任中日書道交流評判員，旋即回國。
1971	遷居日本依長子，尋醫治病。
1972	12月11日於日本逝世。

二、作者生平問題與思考

問題	答案
1. 張李德和的生平紀事裡，你印象最深刻的事為何，請寫下一件事情，並附上年代。	1951，當選第一屆臨時省議會議員、協助張進冶創設私立明華家政職業補習學校。
2. 看完張李德和的生平紀事表後，以現代觀點視之，請寫下你認為張李德和的職業是？	全能女超人。
3. 承上，請論述為何你認為職業的原因。	既寫詩文，也繪畫，又投身於婦女權益，從跟家人的互動中也感受到是一位很好的母親。

問題	答案
4. 請利用回家時間翻閱課本、上網查覽資料，並將佐證問題3的論證寫下來。	1. 詩：乘風不讓男兒志，破浪偏誇妊女胞。無限前途須自重，學成歸顯故山坳。〈長女留學臨別賦示〉 2. 畫：1939年，參加府二「蝴蝶蘭」特選第一次總督御賞？三女「花籃」特選第一次。 3. 母親：1957年，當選臺灣省模範母親。 4. 婦女權益：1952年，參與臨時省議會農林考察團、召集女議員召開婦女議題座談會，於臨時參議會第二次大會擔任臨時議會主席。

三、駢文流變[2]

(一) 駢化

1. 作者對文章修辭藝術的日益重視，以及審美趣味的增濃。

2. 漢語文字本身的特質，以及漢文語法的寬鬆靈活有關。蓋漢字特有的一字一音的單音節之結構，加上漢文語法的靈活，辭語通常並不刻板定位，隨機性強，在文句中可以靈活轉換位置，因此很容易形成具有平衡對稱之美的駢辭偶句，也不難在音韻上達成抑揚頓挫、和諧悅耳的效果。

3. 兩漢以來辭賦作者往往崇尚麗辭、講究排偶的影響，文章中駢辭偶句的經營，可以成為表現個人辭章才智的媒介，刻意駢化的作品相應增加。

4. 魏晉時代始，在日益重視文學審美趣味的環境中，於文辭和音律上追求平衡對稱之美以愉悅耳目的風氣，已勢不可當。愛及唯美文風鼎盛的南朝，又在心慕文學的王公貴族以及重視文化素養的世家大族主掌文壇之下，為文不但以駢儷文辭為尚，更且以展現才學的隸事相高，乃至文章中的用典隸事，亦成為作者表現其博覽群書、有文化素養的標誌。

---

2 參考節錄自王國瓔《中國文學史新講（上、下）修訂版》電子版（臺北，聯經，2014），頁585—601。

(二)駢文 vs. 古文

駢文	古文
1. 在辭句上特別講求平行對稱之美，故而文辭與句型的排偶對仗，即是駢文最基本的要素。 2. 駢文不僅在辭句上重視對偶，還進一步要求字句的音韻協調，平仄相對，以臻至悅耳的效果。 3. 駢文作者通常又特別講究典故的使用與麗藻的裝飾，以展現其辭章的才智。 4. 追求「氣韻」。	1. 行文主要是散行單句，因而句型長短參差，不受排偶和音韻的束縛。 2. 筆意自在，無須為了炫耀作者辭章的才智，在藻飾與典故方面刻意加工著墨。 3. 追求「氣勢」。

(三)歷代駢文舉例

朝代	作者	文章內容
秦	李斯	今陛下致崑山之玉，有隨和之寶，垂明月之珠，服太阿之劍，乘纖離之馬，建翠鳳之旗，樹靈鼉之鼓。此數寶者，秦不生一焉，而陛下說之，何也？必秦國之所生然後可，則是夜光之璧，不飾朝廷；犀象之器，不為玩好；鄭、衛之女不充後宮，而駿良駃騠不實外廄，江南金錫不為用，西蜀丹青不為採。 〈諫逐客書〉
東漢	蔡邕	先生諱泰，字林宗，太原界休人也。其先出自有周王季之穆，有虢叔者，寔有懿德，文王咨焉。建國命氏，或謂之郭，即其後也。先生誕應天衷，聰睿明哲，孝友溫恭，仁篤慈惠。夫其器量弘深，姿度廣大，浩浩焉，汪汪焉，奧乎不可測已。若乃砥節厲行，直道正辭，貞固足以幹事，隱括足以矯時。遂考覽六經，探綜圖緯。周流華夏，隨集帝學。收文武之將墜，拯微言之未絕。于時縟綵之徒，紳佩之士，望形表而影附，聆嘉聲而響和者，猶百川之歸巨海，鱗介之宗龜龍也。 〈郭有道碑〉
建安	曹丕	二月三日，丕白。歲月易得，別來行復四年。三年不見，《東山》猶嘆其遠，況乃過之，思何可支！雖書疏往返，未足解其勞結。昔年疾疫，親故多離其災，徐、陳、應、劉，一時俱逝，痛可言邪？

朝代	作者	文章內容
		昔日遊處，行則連輿，止則接席，何曾須臾相失！每至觴酌流行，絲竹並奏，酒酣耳熱，仰而賦詩，當此之時，忽然不自知樂也。謂百年己分，可長共相保，何圖數年之間，零落略盡，言之傷心。頃撰其遺文，都為一集，觀其姓名，已為鬼錄。追思昔遊，猶在心目，而此諸子，化為糞壤，可複道哉？ 〈與吳質書〉
建安	曹植	臣植言：臣聞士之生世，入則事父，出則事君。事父尚於榮親，事君貴於興國。故慈父不能愛無益之子，仁君不能畜無用之臣。夫論德而授官者，成功之君也；量能而受爵者，畢命之臣也。故君無虛授，臣無虛受；虛授謂之謬舉，虛受謂之尸祿。詩之素餐，所由作也。昔二虢不辭兩國之任，其德厚也；旦奭不讓燕魯之封，其功大也。 〈求自試表〉
西晉	陸機	夫立德之基有常，而建功之路不一。何則？循心以為量者存乎我，因物以成務者繫乎彼。存夫我者，隆殺止乎其域；繫乎物者，豐約唯所遭遇。落葉俟微風以隕，而風之力蓋寡；孟嘗遭雍門而泣，而琴之感以末。何者？欲隕之葉，無所假烈風；將墜之泣，不足繁哀響也。是故苟時啓於天，理盡於民，庸夫可以濟聖賢之功，斗筲可以定烈士之業。故曰才不半古，而功已倍之，蓋得之於時勢也。歷觀古今，徼一時之功，而居伊周之位者有矣。夫我之自我，智士猶嬰其累；物之相物，昆蟲皆有此情。夫以自我之量，而挾非常之勳，神器暉其顧盼，萬物隨其俯仰，心玩居常之安，耳飽從諛之說，豈識乎功在身外，任出才表者哉！ …… 且夫政由甯氏，忠臣所為慷慨；祭則寡人，人主所不久堪。是以君奭鞅鞅，不悅公旦之舉；高平師師，側目博陸之勢。而成王不遺嫌吝於懷，宣帝若負芒刺於背，非其然者與？嗟乎！光於四表，德莫富焉；王曰叔父，親莫昵焉。登帝大位，功莫厚焉；守節沒齒，忠莫至焉。而傾側顛沛，僅而自全，則伊生抱明允以嬰戮，文子懷忠敬而齒劍，固其所也。 〈豪士賦序〉

朝代	作者	文章內容
南朝	丘遲	暮春三月，江南草長，雜花生樹，群鶯亂飛。見故國之旗鼓，感平生於疇日撫弦登陴，豈不愴恨！所以廉公之思趙將，吳子之泣西河，人之情也，將軍獨無情哉！想早勵良規，自求多福。 當今皇帝盛明，天下安樂。白環西獻，楛矢東來；夜郎滇池，解辮清職；朝鮮昌海，蹶角受化。唯北狄野心，倔強沙漠塞之間，欲延歲月之命耳。中軍臨川殿下，明德茂親，總茲我重，弔民洛汭，伐罪秦中。若遂不改，方思僕言。聊布往懷，君其詳之。丘遲頓首。 〈與陳伯之書〉
南朝	楊衒之	寺東有靈臺一所，基址雖頹，猶高五丈餘，即是漢光武所立者。靈臺東辟雍，是魏武帝所立者。至我正光中，造明堂於辟雍之西南，上圓下方，八窗四闥。汝南王復造磚浮圖於靈臺之上。孝昌初，妖賊四侵，州郡失據，朝廷設募徵格於堂之北，從戎者拜曠野將軍、偏將軍、裨將軍。當時甲冑之士，號明堂隊。時有虎賁駱子淵者，自云洛陽人。昔孝昌年戍在彭城，其同營人樊元寶得假還京師，子淵附書一封，令達其家。云：「宅在靈臺南，近洛河，卿但是至彼，家人自出相看。」元寶如其言，至靈臺南，了無人家可問，徙倚欲去。忽見一老翁來，問從何而來，傍徨於此。元寶具向道之。老翁云：「是吾兒也。」取書引元寶入。遂見館閣崇寬，屋宇佳麗。既坐，命婢取酒。須臾見婢抱一死小兒而過，元寶初甚怪之，俄而酒至，色甚紅，香美異常。兼設珍羞，海陸具備。飲訖，辭還。老翁送元寶出。云：「後會難期，以為淒恨。」別甚殷勤。老翁還入，元寶不復見其門巷，但見高岸對水，淥波東傾，唯見一童子可年十五，新溺死，鼻中出血，方知所飲酒，是其血也。及還彭城，子淵已失矣。元寶與子淵同戍三年，不知是洛水之神也。」 《洛陽伽藍記》 （學生須指出此篇寫作手法為古文）

㈣大家來找碴

四、練習

　　風煙俱淨，天山共色，從流飄蕩，任意東西。自富陽至桐廬，一百許里，奇山異水，天下獨絕。

　　水皆縹碧，千丈見底，游魚細石，直視無礙。急湍甚箭，猛浪若奔。夾岸高山，皆生寒樹，負勢競上，互相軒邈；爭高直指，千百成峰。

泉水激石，泠泠作響。好鳥相鳴，嚶嚶成韻。蟬則千轉不窮，猿則百叫無絕。鳶飛戾天者，望峰息心；經綸世務者，窺谷忘返。

吳均〈與宋元思書〉

問題一、請寫下文中的駢句（一～二句）。

泉水激石，泠泠作響。好鳥相鳴，嚶嚶成韻。蟬則千轉不窮，猿則百叫無絕。

問題二、請利用「駢化」解釋問題一作答為何是駢句。

1. 對偶，泉水對好鳥、泠泠對嚶嚶、作響對成韻。

2. 句式整齊，四、六句居多。

3. 使用典故，《詩經・大雅・旱麓》：「鳶飛戾天，魚躍于淵」。

問題三、觀察課文〈畫菊自序〉，寫下一～二句駢句，並說明判斷依據。

咳唾珠玉，謫仙闡詩學之源；節奏鏗鏘，蔡女撰胡笳之拍。

1. 對偶。

2. 句式整齊。

3. 使用典故「李太白初自蜀至京師，舍於逆旅。賀監知章聞其名，首訪之。既奇其姿，又請所為文，白出《蜀道難》以示之。讀未竟，稱嘆數四，號為謫仙人。」

（楷體字為參考答案）

附錄二　講義（作者夏千芊整理製作）

一、談「序」知多少？			
序			
贈序類	序跋類		
多是在離別時贈人以言，含有叮嚀、祝福等含意，自唐代開始，贈人始以序名，也稱為「引」、「說」。	1. 多是說明作品的主旨及創作歷程，分為「詩序」、「書序」、「畫序」等，其中「詩序」又有單篇與詩集之別 2. 依作者身分則分為「自序」和「他序」 3. 序也稱為敘、引言、前言、弁言；跋則稱為後序、後記 4. 「序」原本被放置於書末，如：司馬遷《史記・太史公自序》；卻因後人常在序後有所增補，便將序移到於書前。往後，書前者稱「序」，書後者稱「跋」，二者合稱為「序跋體」		
文章舉例	韓愈《送董邵南序》 宋濂《送東陽馬生序》	書序	➢ 許慎《說文解字敘》 ➢ 司馬遷《史記・太史公自序》 ➢ 連橫《臺灣通史序》 ➢ 李清照《金石錄後序》 ➢ 皇甫謐《三都賦序》
		詩序 單篇序	➢ 白居易《琵琶行并序》 ➢ 陶淵明《桃花源記》
		詩序 詩集序	➢ 王羲之《蘭亭集序》 ➢ 李白《春夜宴從弟桃花園序》
		畫序	➢ 張李德河《畫菊自序》 ➢ 歐陽修《七賢畫序》

二、駢文補給站

㈠**特色**

1. 文章多用對句，偶有散句，字數、詞性、結構大多相同
2. 文藻華美且大量用典
3. 重視形式美，句式多以四、六為格式
4. 講究音律及平仄

㈡**優劣比較**

優點	1. 多具整齊美、聲律美 2. 妍麗含蓄，字詞典雅精煉
缺點	1. 過分堆疊華美的詞句，遠離實用的目的 2. 受句法限制，使文章艱深晦澀，不易理解

㈢**句式**

句式	範例
四四相對	王勃《滕王閣序》：「馮唐易老，李廣難封。」
六六相對	吳均〈與宋元思書〉：「蟬則千轉不窮，猿則百叫無絕。」
四六相對	庾信《哀江南賦序》：「鍾儀君子，入就南冠之囚；季孫行人，留守西河之館。」
六四相對	庾信《哀江南賦序》：「申包胥之頓地，碎之以首；蔡威公之淚盡，加之以血。」
四四隔句相對	吳均〈與宋元思書〉：「泉水激石，泠泠作響；好鳥相鳴，嚶嚶成韻。」

附錄三　學習單1（作者夏千芊整理製作）

前頁可讓學生於課堂完成：

SWOT
強弱危機分析

班級：＿＿＿＿＿　座號：＿＿＿＿＿　姓名：＿＿＿＿＿

　　SWOT是企業常用來分析競爭力的方式，會先評價企業內部的優勢、劣勢，再去分析外部可能擁有的機會及威脅，對於企業未來發展方向有很大效用，除了釐清自身價值外，也可以探查到外在的先機及後患，以提早做準備，助於增強競爭力，塑造良性競爭之環境。

　　請就先前有關作者的講述及〈畫菊自序〉一文，使用SWOT分析張李德和在追求自己的愛好時，她所付出的努力與面臨的社會環境。

Strengths：優勢	Weaknesses：劣勢
1. 出身望族 2. 家學淵源，受良好教育 3. 「詩、書、畫」三絕 4. 經濟條件豐腴 5. 人脈廣泛	1. 家務繁重 2. 相夫教子
Opportunities：機會	**Threats：威脅**
1. 停機教子之餘 2. 調藥助夫之暇 3. 文藝活動領導者	1. 婦女「四德」約束 2. 社會輿論、眼光

（楷體字為參考答案）

後頁作爲功課，由學生自行發揮：

USED
「用、停、成、禦」

在進行完前頁SWOT現象分析後，通常會使用USED產出具體的解決策略，他們分別是：

1. 如何善用每個優勢？How can we Use each Strength?
2. 如何停止每個劣勢？How can we Stop each Weakness?
3. 如何成就每個機會？How can we Exploit each Opportunity?
4. 如何抵禦每個威脅？How can we Defend against each Threat?

Use：使用	1. 利用自身人脈和家庭勢力，使自己能力更精進，如：出國進修，拿出更令人佩服的作品 2. 在經濟無虞的基礎上，幫家中孩童拓展興趣，自己也可在一旁觀摩，刺激靈感
Stop：停止	1. 孩子長大後可以請教書老師做課程輔導，可有效增加自己空閒的時間 2. 替丈夫物色幫手，可招收貧困家庭的孩童做學徒，一方面是做善事，另一方面也有更多時間可歸爲己用
Exploit：成就	1. 在推行文藝活動時，做主題式的展演，如某次活動的主題可能聚焦於女性畫作、詩作等 2. 在空閒時間多多練筆，亦可與三五好友小聚，探討詩畫文藝
Defend：防禦	1. 透過自身實力去告訴社會大眾自我的價值，如：比賽獲獎、做社會公益 2. 在能力範圍內宣揚人人皆可有夢想，如：藉由書報雜誌等管道宣揚理念（西方女性主義等）

（楷體字爲參考答案）

附錄四　個人學習單（作者鄭惠文整理製作）

我是誰？誰是我？我希望我是誰？

班級：＿＿＿＿＿＿　姓名：＿＿＿＿＿＿　座號：＿＿＿＿＿＿

一、請先複習明歸有光〈項脊軒志〉再摘要段落大意於表格中作答。

課名	〈項脊軒志〉
課文	1. 項脊軒，舊南閣子也。室僅方丈，可容一人居。百年老屋，塵泥滲漉，雨澤下注，每移案，顧視無可置者。又北向，不能得日；日過午已昏。余稍為修葺，使不上漏。前闢四窗，垣牆周庭，以當南日。日影反照，室始洞然。又雜植蘭、桂、竹、木於庭，舊時欄楯，亦遂增勝。借書滿架，偃仰嘯歌，冥然兀坐，萬籟有聲。而庭階寂寂，小鳥時來啄食，人至不去。三五之夜，明月半牆，桂影斑駁，風移影動，珊珊可愛。 2. 然余居於此，多可喜，亦多可悲。先是，庭中通南北為一，迨諸父異爨，內外多置小門牆，往往而是。東犬西吠，客踰庖而宴，雞棲於廳。庭中始為籬，已為牆，凡再變矣。家有老嫗，嘗居於此。嫗，先大母婢也，乳二世，先妣撫之甚厚。室西連於中閨，先妣嘗一至。嫗每謂余曰：「某所，而母立於茲。」嫗又曰：「汝姊在吾懷，呱呱而泣。娘以指扣門扉曰：『兒寒乎？欲食乎？』吾從板外相為應答。」語未畢，余泣，嫗亦泣。 3. 余自束髮讀書軒中，一日，大母過余曰：「吾兒，久不見若影，何竟日默默在此，大類女郎也？」比去，以手闔門，自語曰：「吾家讀書久不效，兒之成，則可待乎！」頃之，持一象笏至，曰：「此吾祖太常公宣德間執此以朝，他日汝當用之。」瞻顧遺跡，如在昨日，令人長號不自禁。 4. 軒東故嘗為廚，人往，從軒前過。余扃牖而居，久之，能以足音辨人。軒凡四遭火，得不焚，殆有神護者。 5. 項脊生曰：「蜀清守丹穴，利甲天下，其後秦皇帝築女懷清臺。劉玄德與曹操爭天下，諸葛孔明起隴中。方二人之昧昧于一隅也，世何足以知之？余區區處敗屋中，方揚眉瞬目，謂有奇景。人知之者，其謂與坮井之蛙何異？」

課名	〈項脊軒志〉						
課文	6. 余既為此志，後五年，吾妻來歸，時至軒中，從余問古事，或憑几學書。吾妻歸寧，述諸小妹語曰：「聞姊家有閣子，且何謂閣子也？」其後六年，吾妻死，室壞不修。其後二年，余久臥病無聊，乃使人修葺南閣子，其制稍異於前。然自後余多在外，不常居。 7. 庭有枇杷樹，吾妻死之年所手植也，今已亭亭如蓋矣。						

段落	第一段	第二段	第三段	第四段	第五段	第六段	第七段
大意	休憩前後內外的情景及生活軒中的樂趣。	親族間疏離與淡漠、對母親與祖母的思念。	軒中讀書之景、家族寄託。	項脊軒遭火而不焚。	藉蜀清與諸葛孔明自抒心志。	與妻於軒中的美好回憶。	對亡妻的思念、物是人非之感。

二、請觀察以下三張圖片並分析比較左右兩邊文字的差異。

冰淇淋的成分為乳製品	冰淇淋好好吃	足球通常由白色與黑色組成	足球比籃球好玩
太平洋是世界上面積最大的海洋	太平洋是危險的	請回答左右邊文字的差異？ 左邊根據陳述事實分析；右邊則是描述自己的觀點、感受。	

三、請摘要〈項脊軒志〉、〈畫菊自序〉文中的敘述並試論兩性的社會角色。

(一)〈項脊軒志〉

對象	男性	女性		
角色	歸有光	祖母	母	妻
具體書寫	余稍為修葺，使不上漏／借書滿架，偃仰嘯歌／束髮讀書軒中	大母過余／持象笏至	爾母立於茲／以指叩門扉	從余問古事／憑几學書／手植枇杷樹
社會角色	讀書、考取功名	相夫教子、照顧家庭		

(二)〈畫菊自序〉

對象	男性	女性
家庭角色	丈夫	妻子
具體書寫	調藥	停機教子、調藥助夫、鴉塗
社會角色	發展事業	相夫教子、操持家務。

(三)分析與闡述

〈項脊軒志〉、〈畫菊自序〉分別由男性和女性角度陳述兩性間家務分工，但經以上兩篇的統整可得知，過去兩性在社會的分工上有明顯的不同，但這究竟是生理差異就造的事實？還是社會賦予的觀點？請根據「社會角色」內容分析兩性的差異是事實？還是觀點？並提出理由。

（此題無標準答案請學生自行作答）教師擬答：兩性間在生理上固然有些差異，如男性肌肉組織較發達，因此力氣比較大；女性的體型較小，如手指纖細，更適合從事細緻的作業。綜觀歷來「男主外，女主內」的思考，我認為這是社會賦予兩性的觀點，社會不應用性別限制兩性的發展，從前角色分配多為男性負擔生計、女性操持家務，而現今我們可以看到「女總統」、「家庭主夫」等這些稱呼，因此得知性別不會對於我們的選擇造成太大的限制，相反的，我們都應該主動爭取自己的舞臺。

（楷體字為參考答案）

附錄五　學習單2（作者鄭惠文整理製作）[3]

議題討論

班級：＿＿＿＿＿＿＿＿＿　　姓名：＿＿＿＿＿＿＿＿＿

觀看老師播放的新聞影片後，請各組同學先閱讀議題討論內容，再根據題目引導完成討論。

修改《兵役法》的條文。女性要如同男性一樣都要服四個月的常備役軍事訓練與替代役[3]

提議內容或建議事項

　　目前臺灣是一個性平社會的時代背景，其中法律的憲法第7條：「中華民國人民，無分男女、宗教、種族、階級、黨派，在法律上一率平等」、《憲法增修文》第10條第8項：「國家應維護婦女之人格尊嚴，保障婦女之人身安全，消除性別歧視，促進兩性地位之實質平等」。而到了《兵役法》第1條：「中華民國男子依法皆有服兵役之義務」的此項規定，顯然地，這已經剝奪女性服義務役的權利，也涉及到性別歧視的暗示，過去以往，有許多人都支持提議贊成女性要當兵的相關議題，結果國防部就不採納提案主題來成立實施，但重點問題是女性當兵只能用志願役報名，沒有像男性一樣收到兵單（徵集令）去服兵役，讓社會大眾們去連署提議後，一直到現在，為何兵役法仍然依舊男性要服兵役的規定，而不更改女性要服義務役的條文，令人感到不合理，正面觀點的合理看法是男女一律平等，皆有「全民皆兵」的義務，不應該「男性國防」去當兵。

利益與影響

　　女性接受義務役軍事訓練不僅增加兵力人源，而且還可以消除性別歧視衝突，才是平等原則。

一、各組依據方才課堂中的練習討論這兩位民眾的留言中，哪些屬於觀點？哪些屬於事實？

3　公共政策網路參與平臺：https://join.gov.tw/idea/detail/4b1509e6-9ce2-47e7-a0e2-78a7529ad2f9（2022年11月11日取用）

編號	民眾回應
1.	阿菁 #3　2021-09-14 21:39:08 現在自願役也一堆女孩子，為什麼女生就不能服兵役，現在講求男女平等不是嗎？ 👍 6　👎 2　檢舉 （圖一：截圖自公共政策網路參與平臺）

觀點內容	事實內容
1.「一堆」女孩子。	1. 現在也有女子從事自願役。
2. 為什麼女生就不能服兵役。	2. 現在講求自由平等。

編號	民眾回應
2.	伐伐伐木工 #2　2021-08-18 17:35:32 女姓投入義務役， 個人認為對國防弊大於利， 甚至，我認為， 應減少義務役人數， 增加專業軍人的人數。 現在戰爭，人數已不再是優勢， 設法提升武器與戰技才是重點。 若提案者只是想追求『公平』， 能否找別的方式，別拿國軍開刀？ 👍 15　👎 5　檢舉　　　　隱藏內容 （圖二：截圖自公共政策網路參與平臺）

觀點內容	事實內容
1. 女性投入義務役，國防弊大於利。	1. 現在戰爭人數已不再是優點。
2. 減少義務役人數，增加專業人數。	2. 提升武器與戰技勝於人的較勁。

二、請各組同學思考文中畫線處「隱藏在話語中的權力意識」為何？其中是否將觀點偽裝成事實？以及各組對於女性是否該服兵役有何看法？請於討論後統整組別論點於下方作答。

（無標準答案學生討論後作答）教師擬答：

女性接受服兵役後「還可以消除性別歧視衝突，才是平等原則。」其意思是，女性當了兵才可以討論性別平等，其中隱含了一個觀點「女性在服兵役以前，這些性別不平等都是合理的。」

平等原則乍聽之下確實事實，我們都追求一個平等、博愛的社會，但憲法在制定時，我們認為平等一詞應是「實質平等」而非「齊頭式平等」，因此考量身體差異後才規劃男子必須服兵役。至於性別歧視與衝突能否藉此消除，我們保持疑問，站在男性的立場，可能會認為勞務平等；站在女性的立場，若體制規劃的不夠謹慎，可能引起更大的衝突，如女性負起三重承擔：義務役、生理弱勢、孕產。因此我們認為他們將自己的觀點——齊頭式的性別平等，包裝在憲法人人平等的原文（事實）之下。

我們這組目前有兩位認為女性需服兵役，三位認為女性不需服兵役，尚有一位同學暫時無法做出決定。但整組的共識是：承如網友的言論現在戰爭人數已非決勝關鍵，不然在技術、人才上投入更多資源，更能達成保家衛國的目的。

（楷體字為參考答案）

附錄六　學習單3（表八：作者陳法融自製）

教室小劇場

班級：_____　姓名：_____　座號：_____

一、請點列式寫下你對各組表演的觀察與設計理念：		

組別	活動觀察	設計理念
第一組	1. 第一組呈現的女性形象過於嫵媚。跟班上的女生們差很多！ 2. 第一組對男性的詮釋幾乎皆為陽剛形象（如：穿無袖背心吸菸、喝酒、嚼檳榔）	1. 第一組的設計理念是相對偏向大眾傳統女性的基本看法，認為女性一定較為嫵媚。 2. 第一組的設計理念較偏向大眾傳統對藍領男性的刻板印象，以偏概全地認為男性一定較為陽剛。
第二組		
第三組		
第四組		
第五組		
第六組		
第七組		

二、設計表演、觀賞其他組別表演時，你是否觀察到社會對性別的刻板印象或偏見？請簡述你的觀察。

　　大部分組別對女性形象的表演都過於單一，劇本設定的環境也較常在家庭或廚房；對男性的表情、動作、姿態的詮釋與表現則較多是陽剛，如吸菸、力氣大。面對各種不同性別氣質者，則較少詮釋與表現，顯然同學的表演內容與方式呈現出目前社會中仍存在著性別刻板印象。

三、張李德和是生於百年前的臺灣人，〈畫菊自序〉字裡行間表現當時女性被賦予的社會責任。請問在你身處的現代臺灣，你是否也觀察到相似的情形呢？相似處為何？亦或你已發現21世紀的現在已有所改變？改變的地方又為何？

　　相似之處：儘管到了21世紀，現代女性仍被社會賦予較重的養兒育女、做家事等責任，使女性希望追求夢想，但仍有所顧慮，因此使女性比起男性更難以調適時代的變化。

　　已改變之處：現代女性並非如以往僅在家「相夫教子」，家庭形式多以「雙薪家庭爲主」、「男女皆主外」。女性追夢的門檻不如過去社會高，可較不受社會異樣眼光。

四、你對此次表演活動的準備過程與成果有何感想、收穫？對未來的自己有何影響？請完整述明。（字數不得少於100字）

　　同學們的表演內容呈現目前社會中仍存在著不少性別刻板印象，而我們總不自覺憑藉這些對兩性的印象，武斷地看待在每個我們遇到的男男女女：非陽剛即嫵媚，非力大則虛弱。

　　然而，社會上各式各樣、五花八門的人都有，若我們總先入爲主地將既有想法套入他人身上，很可能不自覺造成對他人的傷害。透過此次活動，我深深明白，生活中應以更加包容且尊重的心面對多元、面對和我們不一樣的人，社會才不冰冷，能充滿善的循環與愛的溫暖。

（楷體字爲參考答案）

〈畫菊自序〉——嘉義女子圖鑑

領域／科目	語文領域／國語文	設計者	黃辰奕、蕭羽涵、林庭慧、黃玲錚
實施年級	普通高級中學一年級	總節數	共4節，200分鐘
單元名稱	〈畫菊自序〉——嘉義女子圖鑑		

設計理念

　　本課程希望藉由文本——畫菊自序作者的生平與學生的日常經驗結合，在張李德和的那個年代，性別凌駕於能力，本課程希望能從這個角度啟發學生對社會的觀察，去發現當今的社會中是否還有類似的情況存在？

　　此外也希望學生在了解張李德和的同時，能夠增強自我覺察的能力，去挖掘自己的優勢，發現自己的限制，並思考自己該如何突破，架設出屬於自己的人生藍圖！

設計依據

| 學習重點 | 學習表現 | 1. 2-V-4 樂於參加討論，分享自身生命經驗及對文本藝術美感價值的共鳴。
2. 6-V-6 觀摩跨文本、跨文類、跨文化作品，學習多元類型的創作。
3. 1-V-3 能辨別聆聽內容的核心論點、議論立場及目的，並加以包容與尊重。
4. 5-V-6 在閱讀過程中認識多元價值、尊重多元文化，思考生活品質、人類發展及環境永續經營的意義與關係。 | 核心素養 | 國S-U-A1 透過國語文的學習，培養自我省思能力，從中發展應對人生問題的行事法則，建立積極自我調適與不斷精進的完善品格。 |
| | 學習內容 | 1. Ad-V-1 篇章的主旨、結構、寓意與評述。
2. Be-V-1 在生活應用方面，以自傳、新聞稿、報導、評論、等格式與寫作方法為主。 | | |

議題融入	學習內容	3. Cb-V-4 各類文本所呈現社群關係中的性別、權力等文化符碼。 4. Cc-V-2 各類文本中所反映的矛盾衝突、生命態度、天人關係等文化內涵。	
	實質內涵	1. 生U2 看重人皆具有的主體尊嚴與內在價值，覺察自我與他人在自我認同上的可能差異，尊重每一個人的獨特性。 2. 生U1 思辨生活、學校、社區、社會與國際各項議題，培養客觀分析及同理傾聽的素養。 3. 閱U2 深究文本的內容並發展自己的詮釋，以此豐富自己的知識體系。	
	所融入之學習重點	1. 生命教育——靈性修養：人格修養與人格統整，使人的知、情、意、行整合，突破生命困境，達致幸福人生，追求至善理想。 2. 性別平等教育：覺察性別不平等的存在事實與社會文化中的性別權力關係，付諸行動消除性別偏見與歧視，維護性別人格尊嚴與性別地位實質平等。 3. 閱讀素養教育——閱讀的歷程：具備詮釋、反思、評鑑文本之能力。擷取文本的知識，理解作者欲傳達之意涵，並與其他文本及個人經驗進行比較、深究，以發展多元的觀點與自我的詮釋。	

教材來源	
教學設備／資源	投影設備、學習單

學習目標

1. 理解題解、作者所處時代造成的背景壓力
2. 複習駢文的寫作模式，理解文意
3. 辨析文本內涵
4. 探討文本文化與社會現象中的關聯，結合自身經歷創作

教學活動設計

教學活動內容及實施方式	時間	備註
第一節		
一、課堂準備 ㈠ 學生：預習作者題解 ㈡ 教師：製作PPT		

二、引起動機：預計10分鐘。		
㈠引導學生思考在日常生活中，是否有想做某事，但卻被 　阻攔的經驗？ 　1. 詢問學生想做的事情是被人阻止還是被社會氛圍限制？ 　2. 當學生沒辦法做自己想做的事情時，當下是什麼想法及 　　感受？ 　　點兩位同學分享看法，並試著舉例可能可行的應對方式。	5分鐘	評量方式： 口頭分享
㈡將課文與學生生活情境結合，說明張李德和因為家庭背 　景及自身才藝，在當時是十分活躍的一位女性，以當時 　的時空背景來看可以說她是人生勝利組。然而這樣的人 　生勝利組身分，在結婚之後似乎一點一點地被瓦解，即 　便自己有長期的興趣和愛好，也只能在「停機教子之 　餘，調藥助夫之暇」發展。 　請學生思考張李德和的生活境遇，於當今是否還存在？ 　又如果學生是張李德和本人，在心態上會有什麼樣的轉 　變？請兩位學生分享自己的看法。	5分鐘	評量方式： 口頭分享
三、主要內容／活動：預計20分鐘。		
㈠作者生平介紹 　1. 兼受新舊教育，出身望族 　2. 助夫管理醫院，嫁入名門 　3. 廣結善緣，熱愛藝文活動 　4. 爭取女權，參與公共事務 　　◎ 省議會作詩發洩 　　「幾番枉費發言條，博得心花火欲燒，望眼漫嘲穿視 　　線，難消！」 　5. 終老日本，離開嘉義北上	15分鐘	搭配附錄 一：〈畫菊 自序〉講義
㈡張李德和文藝成就 　1. 用語工巧，題材多樣：詩 　2. 風格典雅，實用為主：古文 　3. 畫風優雅，擅長花鳥：繪畫	5分鐘	
四、總結活動：預計10分鐘。		
㈠統整課本內容 　1. 作者 　2. 題解	3分鐘	

㈡闡述自己的想法	7分鐘	評量方式：口頭分享
1. 請學生試著站在當時的環境背景觀察張李德和，說出其令人欽佩的地方		
2. 試著說出張李德和因為「女性身分」而受到的影響		
第二節		
一、課堂準備		
㈠學生：預習課文		
㈡教師：準備學習單		
㈢分組──以座位相近的3-4人為一小組。		
二、前導活動：預計15分鐘。	15分鐘	評量方式：搭配附錄二──學習單1〈駢文知多少〉
㈠以討論法及講述法複習駢文概念（配合學習單）		
1. 請學生以小組合作方式填寫學習單，開放學生使用手機查詢資料。各題先讓小組討論答案，再抽點小組回答。題目重點如下：		
⑴駢文的特色		
⑵學生曾讀過的駢文課文		
⑶駢文不押韻		
⑷駢文盛行的時代		
三、主要活動：預計30分鐘。	15分鐘	
㈠文意梳理─前四行「人為萬物之靈」到「有志竟成者也」將本段分為三小段，「人為萬物之靈」到「各有專長」為第一小段，「是故咳唾珠玉」到「胡笳之拍」為第二小段，「此皆不墮聰明，而有志竟成者也」為第三小段。各段重複以下步驟：		
1. 請學生閱讀課文及注釋，並將不熟悉的字詞畫線，標記讀過仍不懂的字詞。		
2. 小組討論文句的文意，遇到難以理解的字詞語句可向教師詢問，教師視情況個別解答或統一說明。		
3. 抽點小組翻譯文句。		
4. 補充或強調須特別注意的字詞語句。例如：「謫仙」指李白；「墮」讀作「ㄏㄨㄟ」，同「隳」字。		
㈡文意統整─前四行「人為萬物之靈」到「有志竟成者也」請學生以小組為單位閱讀、討論並回答問題。教師提問：	5分鐘	評量方式：口頭問答

1. 引導學生找出總述、論據、結論的文句。 2. 教師詢問學生李白、蔡琰的例子呼應前面哪句論述？ 　擬答：學琴學詩均從所好 3. 作者舉李白、蔡琰的例子為證，說明什麼道理？ 　擬答：各人志趣不同，而有志者事竟成 ㈢文意梳理—「若夫銀鉤鐵畫」到「圖中寫影」 　將本段分為六小段，「若夫銀鉤鐵畫」到「亦非易事」 　為第一小段，「余因停機教子之餘，調藥助夫之暇」為 　第二小段，「竊慕管夫人之墨竹，紙上生風；敢藉陶彭 　澤之黃花，圖中寫影」為第三小段，「庶幾秋姿不老， 　四座流芳；得比勁節長垂，千人共仰」為第四小段， 　「竟率意而鴉塗，莫自知其鳩拙云爾」為第五小段，最 　後的「庚寅仲秋」、「題襟亭主人張李德和」為第六小 　段。各段重複以下步驟，梳理至「圖中寫影」為止： 1. 請同學閱讀課文及注釋，並將不熟悉的字詞畫線，標記 　讀過仍不懂的字詞。 2. 小組討論文句的文意，遇到難以理解的字詞語句可向教 　師詢問，教師視情況個別解答或統一說明。 3. 教師抽點小組翻譯文句。 4. 教師補充或強調須特別注意的字詞語句。例如：「銀鉤 　鐵畫」指書法、「儷白妃青」指繪畫；「陶彭澤」為陶 　淵明，複習關於陶淵明的生平、志向、人格特質；「停 　機」教子的典故；「調藥助夫」→丈夫張錦燦為醫師； 　「竊」慕之竊為「私下」義。	12分鐘	評量方式： 口頭問答 評量方式： 口頭問答
四、總結活動：預計3分鐘。 ㈠課文回顧 　以講述方式快速複習今日所上的課文內容，請同學回家 　複習，熟悉課文文意。	3分鐘	
第三節 一、課堂準備 ㈠學生：熟悉課文 ㈡分組——以座位相近的3-4人為一小組。		
二、引起動機：預計5分鐘。 ㈠課文複習 　針對上次教過的課文，抽點小組朗讀課文並說出翻譯。	5分鐘	

三、主要活動一：預計35分鐘。	10分鐘
㈠文意梳理	
延續上節課的方式，講解第四到第六小段。（「庶幾秋姿不老，四座流芳；得比勁節長垂，千人共仰」為第四小段，「竟率意而鴉塗，莫自知其鳩拙云爾」為第五小段，最後的「庚寅仲秋」、「題襟亭主人張李德和」為第六小段）。各小段重複以下步驟：	
1. 請同學閱讀課文及注釋，將不熟悉的字詞畫線，標記讀過仍不懂的字詞。	評量方式：口頭問答
2. 教師引導小組討論文句的文意，遇到難以理解的字詞語句可向教師詢問，教師視情況個別解答或統一說明。	
3. 教師抽點小組翻譯文句。	
㈡文意統整—「人為萬物之靈」至結尾。	20分鐘
請學生以小組為單位閱讀、討論並回答問題。	
教師提問：	評量方式：口頭問答
1. 銀鉤鐵畫、儷白妃青呼應前文的哪一句話？	
擬答：工書工畫各有專長。	
2. 作者在什麼樣的時間進行繪畫創作？這代表什麼意涵？	
擬答：停機教子之餘，調藥助夫之暇；作者需優先盡到為人妻、為人母的角色，才能從事個人興趣。	
3. 作者在前面強調「有志竟成」，請說明作者畫菊之志何在？	
擬答：第一層為繪畫創作，希望能藉由繪畫保存菊花之美；第二層為菊畫象徵的精神，作者仰慕菊花堅貞的節操。	
4. 文末的兩句話中，哪些用詞屬於作者的謙稱？	
擬答：鴉塗、鳩拙	
5. 請以本課課文為例，說明駢文的特色。	
擬答：駢文具有講求對偶、詞藻華麗、用典繁多等特色，在課文中均能找到例證。	
6. 你認為作者所舉的例子是否有性別上的考量？為什麼？	
擬答：所舉例證中，李白、陶潛為男性，蔡琰、管夫人為女性，推測作者有意平衡性別，故使用數量相當的男女例子。	

四、主要活動二：預計10分鐘		評量方式：口頭問答
㈠教師引導學生討論以下問題，請學生說出自己的想法。	10分鐘	
1. 作者自序畫菊的動機為何？		
擬答：對前賢的仰慕，繪畫、人格的自我期許等		
2. 舉例生活中有哪些需要「性別平權」之處？		
擬答：學生自由舉例		
五、總結活動：預計5分鐘。		評量方式：口頭問答
㈠教師引導學生討論以下問題，請學生說出自己的想法。	5分鐘	
1. 在認識作者並讀完課文後，你覺得張李德和是一個怎麼樣的人？試著用一個詞的描述＋一句話的舉證，說明你對張李德和的認識。		
擬答：我覺得他是認真生活的人，因為他在相夫教子之外還努力追尋自己的興趣。		
若將上一題的「張李德和」抽換為你自己，你會給自己什麼樣的形容？原因是什麼？		

第四節

一、課堂準備

㈠學生：課本

㈡教師：學習單、PPT

二、引起動機：預計10分鐘。

㈠複習〈畫菊自序〉課文並講述結構分析表	10分鐘	

畫菊自序
- 建立觀點
  - 觀點——人為萬物之靈，志有萬端之異。學琴學詩，均從所好：工書工畫，各有專長
  - 例證
    - 李白：咳唾珠玉，謫仙闢詩學之源
    - 蔡琰：節奏鏗鏘，蔡女撰胡笳之拍
  - 小結——此皆不暗聰明，而有志竟成者也
- 導入主題——若夫銀鉤鐵畫，固屬難窺；儷白妃青，亦非易事
- 說明旨趣
  - 利用餘暇——余因停機教子之餘，調藥助夫之暇
  - 仰慕前賢
    - 管道昇——竊慕管夫人之墨竹，紙上生風
    - 陶淵明——散藉陶彭澤之黃菊，圖中寫影
  - 自我期許
    - 人格——得比勁節長垂，千人共仰
    - 繪事——庶幾秋姿不老，四座流芳
  - 謙語——竟率意而鴉塗，莫自知其鳩拙云爾

三、主要內容／活動：預計20分鐘

㈠問題與討論	2分鐘	
1. 當代婦運之母貝蒂‧傅瑞丹（BettyFriedan，1921-2006）說：「女性迷思把女人界定為只是丈夫的妻子、		

孩子的母親，是丈夫、孩子、家庭生理需求的供應者，而從來不是根據她自己在社會中的行動來定她，把她當成『人』來界定。」請依據〈畫菊自序〉的內容判斷：張李德和是否突破女性迷思？並說明理由。（作答字數：35字以內） 擬答： 判斷勾選：是 理由說明：她積極有意識地投入自我興趣，追求自我實現。／因她認為不論男女，均可從其所好，發揮個人天賦。 判斷勾選：否 理由說明：她還是以人妻人母的角色為基本人生定位。／她仍得在妻子、母親的框架縫隙中才能從事繪畫。 ※ 若無法做出選擇，可以請同學說明理由，合理即可。	10分鐘	
㈡探討打破「玻璃天花板（GlassCeiling）」(10') 1. 解釋「玻璃天花板（GlassCeiling）」：根據美國勞工部的定義為基於一些態度上的或組織的偏差所造成的人為障礙，而使得具備資格的個人無法在其組織中升遷至管理階層的職位。人為障礙包括雇用的標準或做為升遷和專業發展機會的甄選標準，這種障礙最後會使得女性在組織中擔任管理階層職位的機會降低，並被迫接受薪資較低的職位。		
2. 閱讀文本後由教師提問 　《Cheers》雜誌（Inc.）給出四種策略，協助敲破這層「玻璃天花板」： ⑴ 大膽迎接偏見，不斷挑戰 ⑵ 在適當時機，盡可能地推銷自己 ⑶ 和成功女企業家頻繁交流 ⑷ 建立「有意義」的人脈 根據你對張李德和生命歷程的了解，她在那些面向有試圖敲破這層玻璃天花板？	10分鐘	

＊預期回答：

文本建議	學生開放性回答合理即可
(1)大膽迎接偏見，不斷挑戰	張李德和出生在傳統仕紳家族，並在日治時期接受新式教育
(2)在適當時機，盡可能地推銷自己	她的「琳瑯山閣」書畫雅集，從「齊家興國」的傳統思想出發，成功經營家庭之後，進而愛好文藝，參與並且贊助書畫雅集。
(3)和成功女企業家頻繁交流	時代背景下，女企業家太少，故無法參酌
(4)建立「有意義」的人脈	創辦「琳瑯山閣」，對出入的藝文人士禮遇有加

四、總結活動：預計20分鐘

(一)尋找自我〈臺灣高中男／女子圖鑑〉

1. 人都有內心期望的樣子，張李德和完成自我的〈日治時期女子圖鑑〉期盼自己的作品能「庶幾秋姿不老，四座流芬；得比勁節長垂，千人共仰」，而現實的她仍須在「停機教子之餘，調藥助夫之暇」完成女子相夫教子的空間，來完成她的理想。

   《東京女子圖鑑》女主角齋藤綾本是出身秋田縣、一身土味的鄉下女孩，遠赴東京打拚二十年以後，憑著過人努力當上國際時尚品牌經理，擁有人人稱羨的薪水、權力與地位，但她依舊在追尋在「理想」的路上跌跌撞撞。

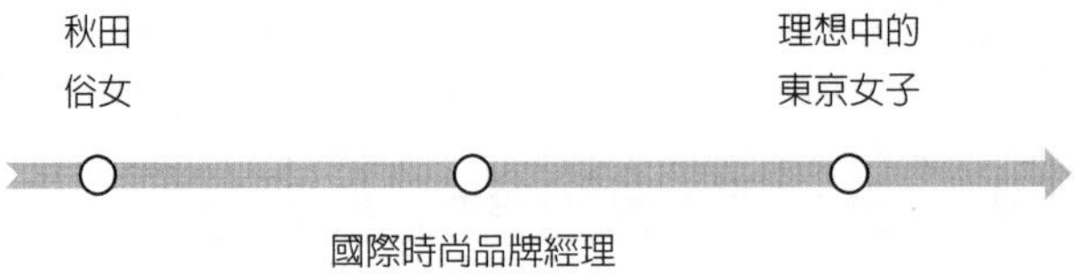

2. 當自己的瞻仰理想，回首現實的時候，我們應反思自我的努力空間，請完成專屬於自己的〈臺灣高中男／女子圖鑑〉。

20分鐘

評量方式：
搭配附錄三學習單2—〈臺灣高中男／女子圖鑑〉
學生閱讀議題討論內容並完成延伸學習單

起點：　　　　　　　　　　理想的終點：		
我的努力方向：		
3. 完成後將〈臺灣高中男／女子圖鑑〉口述分享及展示。		

參考資料：（若有請列出）
李念庭（2018）。高支破「職場天花板」，不只是女性責任！消除「性別偏見」，企業要做的5件事。2022年11月9日，取自：https：//web.cheers.com.tw/issue/2018/no1women/article/13-2.php

附錄一　議義

<h2 style="text-align:center">〈畫菊自序〉講義</h2>

一、張李德和年表

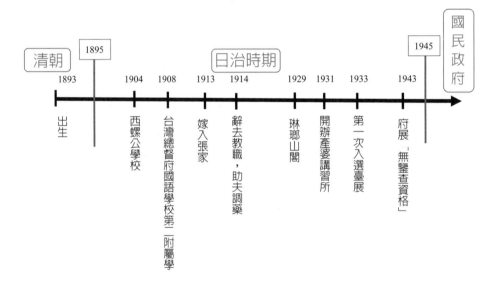

二、補充資料

張李德和公公：

女紅文學夙稱長，遠近傳聞姓氏香。

只恐未嫻烹飪事，調羹要囑似姑嘗。

張李德和：

女紅中饋貴兼長，姑似名傳烹飪香，

願拜下風資切手，寸蔥方肉佐烝嘗。

附錄二　學習單 1

〈駢文知多少〉

1. 駢文的特色

   講求對偶、注重聲律

   詞藻華麗、用典繁多

2. 請列出過去曾學過的駢體課文，並舉出其中一組對偶句。

   課名：〈與宋元思書〉

   對偶句：蟬則千轉不窮，猿則百叫無絕

3. 押韻是駢文的特色嗎？

   不是，注重聲律≠押韻

4. 駢文在什麼時代最為興盛？

   魏晉南北朝

（楷體字為參考答案）

附錄三　學習單2

〈臺灣高中男／女子圖鑑〉

班級：＿＿＿＿＿　座號：＿＿＿＿＿　姓名：＿＿＿＿＿

　　人都有內心期望的樣子，張李德和完成我的<日治時期女子圖鑑>期盼自己的作品能「庶幾秋姿不老，四座流芬；得比勁節長垂，千人共仰」，而現實的她仍須在「停機教子之餘，調藥助夫之暇」完成女子相夫教子的空閒，來完成她的理想。

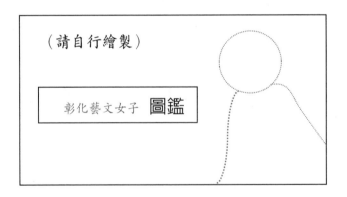

　　《東京女子圖鑑》女主角齋藤綾本是出身秋田縣，一身土味的鄉下女孩，遠赴東京打拚二十年以後，憑著過人努力當上國際時尚品牌經理，擁有人人稱羨的薪水、權力與地位，但她依舊在追尋在「理想」的路上跌跌撞撞。

題目：當自己的瞻仰理想，回首現實的時候，我們應反思自我的努力空間，請完成下方專屬於自己的〈臺灣高中男／女子圖鑑〉流線圖。

　安安　的　女　子圖鑑

彰化美術班
起點：的女高中生　　　　　　　　　理想的終點：住在紐約的設計師

我的努力方向：1. 提升外語能力，達到雅斯 6.5
2. 探索平面設計系、工業設計
系、美術系的差異
3. 製作作品集
4. 抉擇國內外的大學

（楷體字為參考答案）

【赤壁賦】

蘇軾也會累──壓力哪裡來？少年的煩惱與回應

領域／科目	語文領域／國語文	設計者	陳學積、黃郁淇、陳傑豪
實施年級	普通高級中學二年級	總節數	共 4 節，200 分鐘
單元名稱	蘇軾也會累──壓力哪裡來？少年的煩惱與因應		
設計理念	〈赤壁賦〉是北宋文學家蘇軾被貶黃州，處於人生低潮時創作的作品。全文從蘇子與客夜遊赤壁切入，先記述泛舟之樂，後道出有志難伸的悲哀，又以哲學思辨突破感覺經驗（現象）的限制，照見自然永恆不變的本質（本體），開拓看待生命無常候忽的超然眼光，表現出豁達的人生態度。 　　本教案設計聚焦蘇軾〈赤壁賦〉以哲學思考自我超越的寫作實踐，融入生命教育「哲學思考」與「靈性修養」的議題，引導學生將生活經驗與蘇軾〈赤壁賦〉進行連結，覺察自己的失落經驗、情緒與壓力；在和文本對話的過程，後設自己面對壓力和情緒的「直覺／慣性」反應，探究失落經驗之適應策略。		

設計依據

學習重點	學習表現	5-V-2 歸納文本中不同論點，形成個人的觀點，發展系統性思考以建立論述體系。 5-V-5 主動思考與探索文本意涵，建立終身學習能力。	核心素養	國S-U-A2 透過統整文本的意義和規律，培養深度思辨及系統思維的能力，體會文化底蘊，進而感知人生的困境，積極面對挑戰，以有效處理及解決人生的各種問題。 國S-U-B3 理解文本內涵，認識文學表現技法，進行實際創作，運用文學歷史的知識背景，欣賞藝術文化
	學習內容	Ac-V-1 文句的深層意涵與象徵意義。 Ad-V-1 篇章的主旨、結構、寓意與評述。 Ad-V-3 韻文：如辭賦、古體詩、樂府詩、近體詩、詞、散曲、戲曲等。 Bd-V-2 論證方式如歸納、演繹、因果論證等。		

		Bb-V-4 藉由敘述事件與描寫景物間接抒情。 Cc-V-2 各類文本中所反映的矛盾衝突、生命態度、天人關係等文化內涵。	之美，並能與他人分享自身的美感體驗。
議題融入	實質內涵	生 U1 思辨生活、學校、社區、社會與國際各項議題，培養客觀分析及同理傾聽的素養。（哲學思考） 生 U6 覺察人之有限與無限，體會人自我超越、追求真理、愛與被愛的靈性本質。（靈性修養）	
	所融入之學習重點	Bd-V-2 論證方式如歸納、演繹、因果論證等。 Cc-V-2 各類文本中所反映的矛盾衝突、生命態度、天人關係等文化內涵。	
與其他領域／科目的連結			
教材來源		課本（翰林高中國文第三冊）、自編學習單	
教學設備／資源			

學習目標

1. 能透過自我回顧與同理蘇軾寫作背景及心境，辨明賦體特點與流變，感知赤壁舟遊之樂。
2. 能分析描寫簫聲的美感層次，理解因弔古傷今引發的嚮往與失落悲情，鑑賞文本的書寫手法。
3. 能理解常變之理，體會自適之道，且能統整全文核心概念。
4. 能運用後設思考檢視文本，省思自身，並提出因應策略。

學習脈絡

節次	學習脈絡	閱讀認知歷程	學生表達方式
1	帶領學生自我回顧、掃描國學常識，品閱讀舟遊之樂的段落。	廣泛理解 檢索訊息	討論、書寫
2	帶領學生檢索課文中由樂轉悲之、承上啟下、弔古傷今之段落，並引導同學自我省思。	檢索訊息 發展解釋 廣泛理解 省思評鑑	討論、書寫

| 3 | 帶領學生鳥瞰全文，藉由課中的常變之理體會自適之道、主客盡歡情。 | 發展解釋
廣泛理解
省思評鑑 | 討論、書寫
心智繪圖 |
| 4 | 帶領學生運用快思慢想檢視文本，並連結自身經驗分組探究失落因應之道，最後由教師總結。 | 省思運用 | 討論、書寫
心智繪圖 |

教學活動設計		
教學活動內容及實施方式	時間	備註
課前預備： 1. 學生預習文本基礎字詞的理解 2. 學生完成學習單各段落生難字詞的注釋 **第一節** **一、引起動機** ㈠教師提問： 1. 試著回想過去因為憤怒而對旁人發脾氣，或者難過的淚流不止的一個具體事件（例如作業太多壓力很大、考試失常、和同學吵架、手機被父母沒收等）。當時旁人如何安撫你的情緒？（例如：對你說了什麼話？做了哪些動作？）這些舉動帶給你怎樣的感受和效果？ 2. 如果你像蘇軾面臨人生無數困厄，你可能會有什麼想法？ ㈡回顧檢視： 1. 請同學列舉一則自己過往經歷過的失落事件。 2. 請就此事件寫下三個感受語詞。 3. 請同學回憶並書寫當初應對的方式。 4. 請組內同學彼此分享書寫的內容。 **二、發展活動** ㈠複習作者生平 1. 提問式複習蘇軾人生大事件，提問烏臺詩案對蘇軾的影響。	10分鐘 30分鐘	口語評量：能說出過往事件帶給自己的情緒與感受，並能推想蘇軾的感受。 學生運用學習單「自我回顧」部分提取過去的失落經驗。 高層次紙筆評量：能統整失落事件的感受與應對方式。 搭配學習單「作者與題解」部分，引導學生推想蘇軾遭逢生命困境時引發的感受。

2. 引導同學就蘇軾的生平，推理〈赤壁賦〉的寫作背景與創作心境。 3. 搭配學習單「作者與理解」，分組討論蘇軾生命困境，推想其感受、想法，及原本對人生之期待，並將討論結果歸納整理於小白板，張貼於黑板上。 4. 隨機抽選組別上臺分享。 ㈡彙整賦體流變 1. 表格式統整與說明賦體之特色與流變。 2. 請同學摘錄要點於學習單上。 ㈢第一段：品舟遊之樂 1. 帶領同學朗讀第一段，提點易誤讀之字詞，引導學生感知其韻律、節奏呈現的喜悅情緒。 2. 學生分組討論，教師來回巡視，適時協助： 　⑴ 第一段可分為敘事、寫景、抒情，請討論哪些文句分屬敘事、寫景、抒情。 　⑵ 敘事部分可再區分為人、事、時、地，請再進行檢索，分別為哪些內容。 　⑶ 抒情的部分，帶給讀者什麼樣的感受？從哪些字詞、文句可得知？	10 分鐘	實作評量：能歸納蘇軾的人生重要經歷與心境轉折，並推理創作文本的心境。 搭配學習單「國學常識辨析」引導學生梳理賦體的流變。 高層次紙筆評量：能分類記錄各朝代賦體要點。 搭配學習單，引導學生理解第一段的意涵。 口語評量：能識別字詞，並掌握聲情。 高層次紙筆評量：能掌握文本關鍵，分析段落中敘事、寫景、抒情的特點。
第二節 ㈠第二段：由樂轉悲 1. 帶領同學朗讀第一段，提點易誤讀之字詞，引導學生感知其韻律、節奏呈現的聲情變化。 2. 學生分組討論，教師來回巡視，適時協助： 　⑴ 本段為何情感由樂轉變為悲？伏筆應該是哪些文句？ 　⑵ 本段描寫簫聲有三層次，請嘗試就所用狀聲詞、譬喻、與效果（分為無情、有情），分別析之。 　⑶ 本文被選為「描寫聲音的四大佳作」之一，有可能是因為這一段的哪些文句？你對於此評價，有何看法？	15分鐘	搭配學習單，引導學生理解第二、三段的意涵。 口語評量：能識別字詞，並掌握聲情。 高層次紙筆評量：能解釋本段情緒轉折的原因，分析描寫簫聲的三層次，欣賞本段描摹聲音高明之處。

(二)第三段：承上啟下 學生分組討論第三段承上啟下的作用，教師來回巡視，適時協助。	5分鐘	口語評量：能說出本段落的作用。
(三)第四段：弔古傷今 1. 帶領同學朗讀第一段，提點易誤讀之字詞，引導學生感知其韻律、節奏呈現的悲情。	30分鐘	搭配學習單，引導學生理解第四段的意涵。
2. 學生分組討論，教師來回巡視，適時協助： 　(1)本段為客解釋簫聲悲涼的原因，運用了古今對比、理想、現實的對比，抒發其感受。請先就文本擷取出古今對比的小段落，與理想、現實對比的小段落，其相對應的文句。		口語評量：能識別字詞，並掌握聲情。 高層次紙筆評量：能理解文本弔古傷今之意涵，並能找出本段對比之處，同理客之所悲，評析本段落的書寫手法。
(2)在古今對比的小段落中，所援引討論的古人為誰？與赤壁的關聯性為何？對於這位古人，客有何感嘆？		
(3)在現今的狀態下，客與作者所處境域為何？又有什麼感受？客以什麼為喻，比喻人生短暫又渺小？		
(4)由「哀吾生之須臾，羨長江之無窮」可知客的理想是什麼？而又可從哪兩個詞語可以看出客對永恆的嚮往？你認為客渴望跳脫現實的什麼處境？		
(5)相對於理想，客感知的現實為何？面對這樣的情形，客僅能做什麼事？		
(6)本段運用對比的手法書寫，你認為與直述的效果有何差異？你比較喜歡哪種書寫手法？為什麼？		
(7)請嘗試就本段落摘選出最核心的情緒字詞。		小組運用學習單，分離彼此的失落經驗及因應方法。
(8)有此一說，認為本段應是蘇軾託言於客，表達自身貶謫失意之苦。你對於這樣的說法有何觀點呢？		
(9)這段談到了客的失落，而你曾經遭遇過什麼失落經驗呢？又是透過什麼方式跳脫或解決呢？請與小組夥伴彼此分享。		口語評量：能省思自身經驗，並與小組夥伴交流分享。

第三節	20分鐘	搭配學習單頁，引導學生理解第五段的意涵。
㈠第五段：由常變之理，體自適之道		
1. 帶領同學朗讀第一段，提點易誤讀之字詞，引導學生感知其韻律、節奏呈現的情緒。		
2. 學生分組討論，教師來回巡視，適時協助：		口語評量：能識別字詞，並掌握聲情。
⑴本段以水月之喻，說明常變之理。其中水與月的變動現象，相對應的文句為何？而水與月不變的本體應該為何？		高層次紙筆評量：1.能認知現象與本體的差異，並運用於生活經驗。2.能理解本文所偏向的思想精神。3.能檢視自身的人生觀。
⑵請以「變」的概念，詮釋「天地曾不能以一瞬」的意涵；請以「不變」的概念，詮釋「物與我皆無盡也」的意涵。		
⑶請嘗試舉出一個生活中的例子，說明「現象改變，本體不變」的概念。		
⑷行文至此，蘇軾的思維偏向於先秦諸子哪家的思維？何以見得？		
⑸「而又何羨乎」為本段的轉折，為何蘇軾認為不需羨前段客所說的「抱明月而長終」？對於蘇軾而言，他與客能夠共同享有的是什麼？		
⑹於本段，蘇軾展現了什麼樣的人生觀？		
⑺你比較認同哪種人生觀？為什麼？就上一節你所分享的整個失落經驗，你較偏向哪樣的人生觀？		搭配學習單，引導學生理解第六段的意涵。
㈡第六段：主客盡歡	5分鐘	口語評量：能識別字詞，並掌握聲情。
1. 帶領同學朗讀第一段，提點易誤讀之字詞，引導學生感知其韻律、節奏呈現的喜悅之情。		
2. 學生分組討論，教師來回巡視，適時協助：		口語評量：能說出客的情緒轉變，體會主客的心境。
⑴客的情緒有何轉變？		
⑵以此主客盡歡的場景，象徵作者與客的心境為何？		
㈢同學分組統整全文，教師來回巡視，適時協助：	25分鐘	口語評量：能綜合文本內容印證賦體的特點，並提出對本文主客對答的見解。
1. 本課符合賦體哪些特點？請嘗試舉例說明之。		

2. 你認為本文是真有主有客,還是蘇軾一人託言主客呢?請嘗試說出看法,與同學分享。 3. 本課各段落情緒變動的脈絡應該為何?請結合各段落分析,於小白板繪製核心概念圖。 4. 各組將小白板張貼於黑板上,並請代表上臺分享。		實作評量:能匯合文本核心概念,以情緒變化為脈絡,進行統整分析。口語評量:能說出文本架構脈絡。

第四節

三、綜合活動		
㈠什麼是快思慢想? 1. 請同學掃描學習單的QR code閱讀文本。 2. 請同學嘗試歸納快思與慢想的特點與差異。 ㈡運用快思慢想檢視赤壁賦 1. 請同學運用此文本概念回顧赤壁賦一文。 2. 請同學嘗試分析赤壁賦中,哪些部分可能與快思有關?哪些部分與慢想有關? 3. 請同學嘗試說明判斷的關鍵或依據為何?	10分鐘	運用學習單「快思慢想」部分,介紹快思慢想,並引導學生用於分析〈赤壁賦〉因應失落的方法。 高層次紙筆評量:能比較快思與慢想的差異。 高層次紙筆評量:能運用快思慢想概念,分析赤壁賦文本。
㈢分組探究失落經驗之因應。 1. 小組彙整之前組內個人分享的個人挫折、失落經驗,從中挑選一則,進行深度分析。 2. 請就事件填寫情緒指數(由1到10,10為最高)。 3. 請當事人寫下事件、感受、想法與期待。 4. 請小組夥伴共同完成資源與因應策略欄位。 5. 請各小組派代表上臺分享小組成果。 6. 每組報告完,請各組同學提供回饋與補充。	35分鐘	小組運用學習單「壓力ABC」部分(頁8)分享彼此的失落經驗,並透過討論探究可行的失落因應之道。 實作評量:能同理與分享小組夥伴的失落經驗與感受,並能提供正向建議與回饋。
三、教師總結 1. 從赤壁賦一文中,我們學習到面對失落挫折時,會有不同的心境。大文豪蘇軾如此,我們亦然。但面對失落挫敗時,我們可以選擇怎樣的心念面對? 2. 從蘇軾的人生觀,能帶我們觀自己的人生。你喜歡哪位作家或思想家的人生觀呢?	5分鐘	口語評量:能說出小組的分析結果。

3. 我們在面對人生挫折時，還有哪些工具可以幫助自己思考、釐清與檢視？ 4. 人生或順、或逆，然而心的操練，方是我們一生最大的功課。		

參考資料：（若有請列出）

1. 江雲教育基金會設計之〈赤壁賦〉學習單，取自：https://www.jyreading.com/1101reading。

2. 徐弘縉：《搶救國文作戰》（臺北：龍騰文化，2019年4月22日）。

3. 張玉琦：一張表讀懂《快思慢想》！了解你的大腦如何運作，取自：https://www.managertoday.com.tw/articles/view/50905。

附錄：

學習單

附錄一　學習單

赤壁賦 學習單

姓名：＿＿＿＿＿＿＿　座號：＿＿＿＿＿＿＿　班級：＿＿＿＿＿＿＿

〈蘇軾也會累──壓力哪裡來？少年的煩惱與因應〉

一、引起動機

自我回顧

> 1. 請舉出一則自己過去曾遭逢「挫折」或「失落」的經驗事件：
>
> 2. 思考足以代表這則經驗事件的三個感受關鍵詞：
>   #1 ＿＿＿＿＿＿　#2 ＿＿＿＿＿＿　#3 ＿＿＿＿＿＿
>
> 3. 當時自己的應對方式是：

※說明：作為導入階段的提問，本題邀請學生寫出最能代表自己「失落」經驗的語詞（例如：失敗、低潮、失落、挫折、不順利、衰、壓力、難過、生氣、不知所措、無奈、絕望、想通、看開等），以提取學生「失落」的舊經驗。

二、發展活動

㈠作者與題解──蘇軾遭遇的人生挫敗

根據課本的作者簡介及教師的補充，回答下列問題。

1. 蘇軾遭遇的人生挫敗，經歷了那些事件？

   參考答案：因烏臺詩案入獄，遭到誹謗、拷打、與囚禁，歷經生死關頭，久經波折後，遭貶謫黃州，雖保住一命，但貶謫的生活不僅時時受到監視，亦無法實現自我經世濟民的理想。

2. 蘇軾對人生挫敗的感受、想法是？

   參考答案：無助與無奈。貶謫外地，沒有親朋故友，而且受地方官員監視，行動範圍有一定界線。再者，重回仕途的前景渺茫，面對現況與未來更是無能為力。

3. 蘇軾的人生期待是？

參考答案：中國的文人向來受儒家政治的影響，懷抱著為天下先的理想，但貶謫等於是宣告了政治生涯的無期徒刑。

(二)國學常識辨析──賦體

1. 淵源：賦是漢代文學作品代表，名稱取自詩經六藝的「賦」，體制受楚辭與荀子賦篇影響。

2. 特色：為問答方式的鋪陳，如荀子中的駢問散答。

3. 發展：

兩漢	又名古賦、大賦。體制宏偉，詞藻華美。
魏晉南北朝	抒情性的小賦，或是講求對偶、駢儷的排賦。
唐	以賦取士，規定格式，講求對仗，甚至四六成文的律賦。
晚唐宋	受古文運動影響，尚說理，不重格律，為有韻古文的文賦，又稱散賦。
明清	受八股文影響的股賦。

（本文作者陳傑豪繪製）

(三)課文閱讀理解

第一段 請根據第一段，回答下列問題。

1. 寫出粗體字的注釋。

(1) 「既」望：之後。

(2) 「縱」「一葦」之所「如」：

縱：任憑。一葦：蘆葦，借喻小舟。如：往。

2. 請寫出人、事、時、地。

人	事	時	地
蘇子與客	泛舟	壬戌之秋七月既望	游於赤壁之下

3. 作者透過「縱一葦之所如」想表達什麼？

參考答案：「如」表示作者有一個方向要去，但「縱」表示任其東西，可知此句意在暗示自己的曠達自適。

第二、三段 請根據第二段及第三段，回答下列問題。

1. 寫出粗體字的注釋。

(1) **渺渺**：悠遠的樣子。

(2) **美人**：內心思慕的人，指國君。

(3) **愀然**：神色改變的樣子。

2. 「客有吹洞簫者，倚歌而和之，其聲嗚嗚然：如怨、如慕、如泣、如訴。餘音嫋嫋，不絕如縷。舞幽壑之潛蛟，泣孤舟之嫠婦。」
請問作者描述簫聲的修辭為何？

明喻、借喻。

第四段 請根據第四段，回答下列問題。

1. 請以本段的文字說明洞簫客的悲哀為何？

參考答案：首先，洞簫客在名為「赤壁」的地方，想起當年在赤壁之戰的氣派威風的曹操如今已經不復存在，引起對曹操英雄生命消逝的悲嘆，突顯了洞簫客對生命苦短的悲哀。再來，這種悲哀引使人「羨長江之無窮」、產生隨「飛仙」、「明月」長存於世的渴望，又造成洞簫客對永恆生命的渴望注定要落空的結局，是洞簫客無能抵抗生命短暫的深沉悲痛。

2. 這段談到了客的失落，而你曾經遭遇過什麼失落經驗呢？（例如：考試失利、感情不順、家庭失和等）利用下表，寫出你的失落經驗。然後，與小組夥伴分享當時自己透過什麼方式跳脫或解決呢？

我的失落經驗		

第五段 請根據第五段，回答下列問題。

1. 寫出粗體字的注釋。

　(1) 客亦知「夫」水與月乎？：彼、那。

　(2) 「蓋」「將」自其變者而觀之：蓋：發語詞，無義。將：如果。

　(3) 則天地「曾」不能以一瞬：ㄗㄥ，乃、竟然。

　(4) 是造物者之無盡「藏」也：ㄗㄤˋ，寶藏。

2. 蘇子曰：「客亦知夫水與月乎？逝者如斯，而未嘗往也；盈虛者如彼，而卒莫消長也。蓋將自其變者而觀之，則天地曾不能以一瞬；自其不變者而觀之，則物與我皆無盡也。」

　(1) 利用表格，整理蘇子如何運用水和月的比喻，說明現象的變化及本質的不變？

主體	現象（變）	本體（不變）
水	逝者如斯	未嘗往也
月	盈虛者如彼	卒莫消長也

　(2) 請用白話文詮釋：「蓋將自其變者而觀之，則天地曾不能以一瞬；自其不變者而觀之，則物與我皆無盡也。」

　　參考答案：如果從變的角度來看，那麼天地萬物每一刻都在變化；如果從不變的角度來看，那麼世間萬物和自己的生命皆為無窮無盡。

3. 請同學與小組討論，蘇軾在第五段傳達了何種人生態度？

　參考答案：本段透過對現象和本質的思辨，表現出超然看待變與不變的「豁達」態度。

第六段 請根據第六段，回答下列問題。

1. 寫出粗體字的注釋

　(1) 洗盞「更」酌：重新、再度。

⑵「肴核」既盡：菜餚果品，肴同「餚」。

⑶相與「枕藉」乎舟中也：ㄓㄣˋ ㄐㄧㄝˋ，意謂相枕而臥。藉，倚臥在某物上。

2. 洞簫客在第四段提出對「生命倏忽」的大哉問，而第五段的議論則是蘇軾對此命題的回答。請就本段的文字，說明蘇軾的文字是否成功爲洞簫客的大哉問找到了圓滿的解答？

參考答案：由「客喜而笑」可知，洞簫客的心情已跳脫原先無能抵抗生命苦短的悲哀，轉而享受眼前當下的美酒與佳餚。最後太陽再次升起的景緻，也契合了洞簫客煥然一新的心境。

三、綜合活動

㈠快思慢想

1. 什麼是快思慢想？

請掃描 QR Code閱讀文本，完成連一連

（網址：https://www.managertoday.com.tw/articles/view/50905）

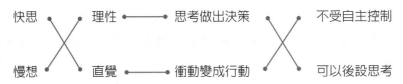

2. 蘇軾〈赤壁賦〉中的快思慢想

快思	對於未來感到空虛，想要遠離紅塵。又藉追憶曹操抒發其成就之羨慕，然一世雄也難逃消亡人生是何等虛無飄渺。
慢想	蘇軾沒有耽溺於悲痛和失落之中，而是透過哲學思考在和大自然的對話中，體悟常變之理，獲得精神超越。

(三)壓力ABC※

1.我們的壓力事件

壓力事件	壓力程度

備註：壓力程度為1～10。

2.

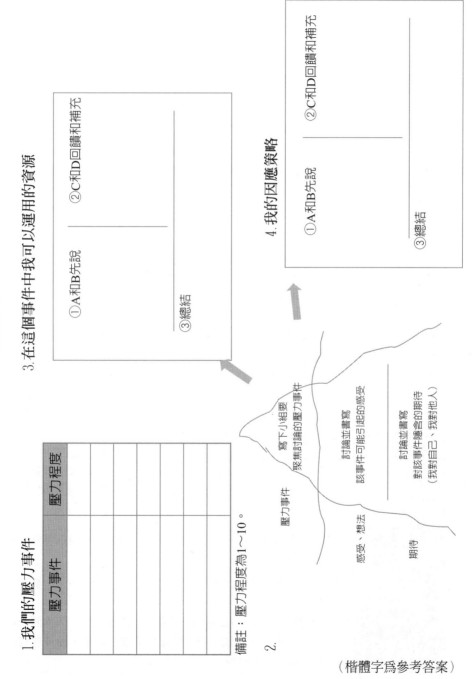

壓力事件
寫下小組要聚焦討論的壓力事件

感受、想法
討論並書寫該事件可能引起的感受

期待
討論並書寫對該事件隱含的期待（我對自己、我對他人）

3.在這個事件中我可以運用的資源

①A和B先說　②C和D回饋和補充

③總結

4.我的因應策略

①A和B先說　②C和D回饋和補充

③總結

（楷體字為參考答案）

【赤壁賦】

眞正的大局觀——蘇軾〈赤壁賦〉

領域／科目	語文領域／國語文	設計者	張恩慈
實施年級	普通高級中學二年級	總節數	共 4 節，200 分鐘
單元名稱	真正的大局觀——蘇軾〈赤壁賦〉		
設計理念	本教案設計聚焦蘇軾「以順處逆，淡然處之」人生觀點，以理解創作動機、分析文本、莊子理論帶領學生深入認識蘇軾於本文展現的超脫精神，並融入生命教育議題學習重點「終極關懷」，引導學生思考生命意義、如何達到幸福自適，強化己身人生信念。		

設計依據				
學習重點	學習表現	5-V-1 辨析文本的寫作主旨、風格結構及寫作手法。 5-V-5 主動思考與探索文本意涵，建立終身學習能力。	核心素養	國S-U-A1 透過國語文的學習，培養自我省思能力，從中發展應對人生問題的行事法則，建立積極自我調適與不斷精進的完善品格。 國S-U-C2 了解他人想法與立場，學習溝通、相處之道，認知社會群體生活的重要性，積極參與、學習協調合作的能力，發揮群策群力的團隊精神。
	學習內容	Ac-V-1 文句的深層意涵與象徵意義。 Ad-V-1 篇章的主旨、結構、寓意與評述。 Ad-V-3 韻文：如辭賦、古體詩、樂府詩、近體詩、詞、散曲、戲曲等。 Bd-V-3 寫作手法與文學美感的呈現。 Cc-V-2 各類文本中所反映的矛盾衝突、生命態度、天人關係等文化內涵。		
議題融入	實質內涵	生U4 思考人類福祉、生命意義、幸福、道德與至善的整體脈絡。（終極關懷）		
	所融入之學習重點	Ac-V-1 文句的深層意涵與象徵意義：講解〈赤壁賦〉中蘇軾的人生哲理。 Cc-V-2 各類文本中所反映的矛盾衝突、生命態度、天人關係等文化內涵：透過〈赤壁賦〉與〈蘇東坡突圍〉對讀，梳理並強調蘇軾人格特質、生命哲理。		

與其他領域 / 科目的連結	歷史領域
教材來源	課本、自編學習單、自編講義
教學設備 / 資源	課本、教師用書、學習單、講義、影印書面資料、電腦、投影機

學習目標
1. 認識蘇軾生平與文學成就 2. 認識賦體格律與流變 3. 理解〈赤壁賦〉寫作手法與通篇文意 4. 效法蘇軾大局觀

教學活動設計		
教學活動內容及實施方式	時間	備註
第一節 課前預備： 1. 學生上課前安排好桌椅，並分成四組就坐。 **一、引起動機** (一) 教師播放蘇軾〈題西林壁〉譜曲創作比賽影片。 (二) 教師提問： 1. 是否察覺歌詞中藏有古典詩詞？又請問該詩詞為何人作品？ 2. 教師揭曉詩詞為蘇軾〈題西林壁〉，並揭示本課為蘇軾的另一篇名作—〈赤壁賦〉。 **二、發展活動** (一) 教師介紹蘇軾生平 1. 教師介紹「三蘇」成員，及蘇軾「善讀書善用書」事蹟。 (二) 教師介紹「烏臺詩案」事件，及蘇軾的顛簸宦途。 1. 教師發予各組烏臺詩案相關論述文章與報導影印資料。 2. 教師說明這些資料乃後世對於烏臺詩案的相關記載、論述及報導，請各組瀏覽並分析歸納資料中的資訊，拼湊出事件原貌。	5分鐘 35分鐘	評量方式：能說出過去學習過的〈題西林壁〉是為蘇軾的作品。 教師巡視各組討論狀況，適時引導提示。

3. 待各組討論結束，教師請各組輪流上臺發表歸納成果。 4. 教師肯定學生的查找精神，並揭曉烏臺詩案真正原貌。 5. 教師說明烏臺詩案對蘇軾的影響。 6. 教師接續介紹蘇軾的顛簸宦途。		評量方式：能分析資料、辨識資訊真偽，並以團隊合作方式歸納出烏臺詩案事件樣貌
三、總結活動 ㈠ 教師播放蘇軾的美食路線圖影片。 1. 影片播放結束後，教師總結蘇軾的貶謫地圖，並再次強調蘇軾苦中作樂、淡然處世的人格特質，預告在〈赤壁賦〉中亦能看見此精神。 ㈡ 教師說明下堂課「賦體流變知識接龍」活動事項。 1. 教師請四組長到臺前抽籤，決定下堂課各組要報告介紹的時代（分別有：兩漢、魏晉南北朝、唐宋、明清）。 2. 各組需報告該時代的賦體類型、特色、代表作家，並以簡報呈現。 3. 教師請各組返家先行準備報告內容。 <div align="center">第二節</div>課前預備： 1. 學生上課前安排好桌椅，並分成四組就坐。	10分鐘	
一、發展活動 ㈠ 教師介紹蘇軾文學成就。 1. 教師說明蘇軾擅長各種文學體裁，並依序介紹其散文、詩、詞、書法、繪畫作品風格和特色。 2. 教師介紹「唐宋古文八大家」成員，並說明蘇軾何以列為其中？ ㈡ 教師帶領學生進行「賦體流變知識接龍」活動。 1. 教師介紹： 賦體出現於戰國時期，並流變至明清時期。	45分鐘	

2. 教師說明戰國騷賦、短賦的特色與代表作家。		評量方式：能以團隊合作方式主動收集、整理資料，並產出報告
3. 依兩漢→魏晉南北朝→唐宋→明清順序，各組上臺進行報告介紹。		搭配賦體講義
4. 教師發下賦體講義，給予各組評價、檢討並帶領學生瀏覽。		1. 引導學生整理賦體重點。
5. 教師總結賦體結構、特色及押韻，帶領學生完成習單。		2. 提供學生日後複習。
(三)教師講解第一段課文。		評量方式：能說出「浩浩乎如馮虛御風」有心胸開闊、無拘無束的感受；「飄飄乎如遺世獨立」有放下所有塵世煩憂、輕鬆自適的感受。
1. 教師帶領學生朗讀課文。		
2. 教師解釋文意，並提示運用修辭之處。		
3. 教師請學生分組討論：「浩浩乎如馮虛御風」、「飄飄乎如遺世獨立」傳達出什麼心境？最後揭曉答案並檢討。		
(四)教師講解第二段課文。		
1. 教師帶領學生朗讀課文。		
2. 教師解釋文意，並提示運用修辭之處。		評量方式：能說出蘇軾以描摹聲音、描繪人情、以物（絲縷）為喻、以具體畫面形容聲響等手法描寫簫聲
3. 教師請學生分組討論、分析蘇軾描寫簫聲的手法，並說明如此手法產生的效果。		
4. 教師請學生分組討論：由第一段「舉酒屬客」到第二段「飲酒樂甚」，哪些因素導致了？「飲酒樂甚」，哪些因素導致了「樂甚」？最後揭曉答案並檢討。		評量方式：能說出因「與好友出遊，歌唱吟詩」以及「周圍景色美麗、廣闊，使人內心平靜、放鬆」兩種因素。
二、總結活動	5分鐘	
(一)教師總結課文第一、二段文意，並預告後段發展。		
第三節		
課前預備：		
1. 學生上課前安排好桌椅，並分成四組就坐		
一、引起動機	5分鐘	
(一)教師複習課文第一、二段文意，接著請學生看到第三段課文，說明：蘇軾為何容色改變、正襟危坐？洞簫客又將如何回答？此段承上啟下，我們繼續閱讀後文發展。		

二、發展活動	20分鐘	
㈠ 教師講解第四段課文。		
1. 教師帶領學生朗讀課文。		
2. 教師解釋文意，並提示運用修辭之處。		評量方式：能說出曹操
3. 教師請學生分組討論：		受困於赤壁的歷史，以
(1) 洞簫客為何想到曹操？曹操與赤壁有何關		及曹操〈短歌行〉的月
聯？		明之詠。洞簫客細數曹
(2) 洞簫客為何細數曹操的事蹟？是否屬有意		操事蹟乃為了突顯其與
的寫作手法？		蘇軾等平凡之人對人生
(3) 教師最後揭曉答案並檢討。		的無法掌控，屬對比手
㈡ 教師講解第五段課文。		法。
1. 教師帶領學生朗讀課文。		
2. 教師解釋文意，並提示運用修辭之處。		
㈢ 教師講解第六段課文。		
1. 教師朗讀課文，並解釋文意。		
2. 教師引導學生理解「相與枕藉乎舟中，不知		
東方之既白」所透露出的主客心境。		
三、總結活動	25分鐘	
㈠ 教師引用《莊子》生死觀，深化學生對於蘇		
軾人生觀的理解。		
1. 教師於黑板謄寫《莊子》：「萬物流轉，道		
通為一」。		
2. 教師講述《莊子・知北游》中「東郭子問		
道」故事，說明「東郭子問道」一事，莊子		
旨在辯論「名、實」之異。		
3. 教師說明「萬物流轉，道通為一」意指萬物		
物化流轉，但本質始終為一，乃名、實之		
辯。又蘇軾借用此理，以莊子學說在〈赤壁		
賦〉中說明，萬物外在的形體雖有消長，但		
其本質始終不變，且為一。		
4. 教師於黑板謄寫「客亦知夫水與月乎？逝者		
如斯，而未嘗往也；盈虛者如彼，而卒莫消		
長也」、「唯江上之清風，與山間之明月，		
耳得之而為聲，目遇之而成色，取之無禁，		
用之不竭」。		

5. 教師說明：對照蘇子的兩種解釋，有同學能告訴老師，蘇子推崇的究竟是「變」還是「不變」的概念嗎？		
6. 教師引導學生腦力激盪，並揭曉蘇軾想教給洞簫客的實是「不變」的道理。		
7. 教師請學生分組討論：對照課文第四段，請推敲蘇軾究竟想勸說洞簫客什麼道理？		
8. 教師揭曉：蘇軾想對洞簫客說明，江和月及自己都有不變的本體與時時變化的表象，皆無窮無盡。只要安於當下，享受此刻，便能豐滿適意，悠揚歡喜。		評量方式：能對照課文第四段教學內容，說出蘇軾想讓洞簫客了解，只要安於當下，享受此刻，便能豐滿適意，悠揚歡喜。
9. 教師引導學生推知蘇軾「轉換看事角度，視野宏闊」的超脫精神，強調其以順處逆，淡然處之。		
(二)教師發下學習單，帶領學生完成看事角度轉換練習。		
1. 教師說明此學習單作為個人練習之用，不會收回批閱，同學可放心書寫。		
2. 請學生回想一件至今仍未釋懷的事，或認為適合練習角度轉換的事件，寫於學習單上。		運用學習（一）： 1. 引導學生練習轉換看事角度。 2. 以書寫活動協助學生靜心。
3. 隨教師引領，學生依序填寫看待事件的原始角度，以及可轉換成的第二種角度。		
4. 隨教師引領，學生思考：角度轉換之後，帶給自己什麼影響？		
5. 教師請學生分組討論對此活動的感想，並指派一位組員代為發表。		評量方式：能統整組員心得，說出通順的言論。
第四節		
一、引起動機	7分鐘	
(一)教師說明： 我們已知本文最後的哲學思辨，乃全文高潮之處，蘇軾將高潮置於全文最末，必有其顧慮及巧思。蘇軾以大量事物鋪陳在前，最後才揭示重點─哲學開示，請問他的鋪陳手法為何？		

㈡教師引導學生推知「出遊景色→詩文歌唱→悵然懷古→哲學思辨」的全文脈絡。 ㈢教師說明第一段的出遊景色實非隨意安排，請學生利用2、3分鐘尋找第一、二、四、五段乃重複出現哪兩種自然事物。		評量方式：能查找、分析進而說出各段皆使用何種自然事物。
二、發展活動	18分鐘	
㈠教師揭示第一、二、四、五段皆使用水、月兩種事物寫作。		
㈡教師講解〈赤壁賦〉文章架構─以水、月貫穿全文。		
1. 分段解析：第一段主在敘寫出遊景色，其中水、月實屬「現實中的水、月」。		
2. 分段解析：第二段主在敘寫所歌唱之詩文，其中水、月實屬「文學中的水、月」。		
3. 分段解析：第四段主在敘寫古人古事，其中水、月實屬「歷史中的水、月」。		
4. 分段解析：第五段主在敘寫人生哲理，其中水、月實屬「哲理中的水、月」。		
5. 教師總結蘇軾以水、月貫穿全文，以水、月開端、聯想，再到設喻領悟哲理的巧思。		
㈢教師說明：高潮置於文末，若文章前半部無法吸引人繼續閱讀，讀者恐將半途而廢，文末的重點也就無法呈現給讀者。就如我們觀賞影視戲劇，若無劇情、情緒氛圍之轉折迭起，我們可能感到乏味，終棄而不看。蘇軾運用同理，於〈赤壁賦〉文中設計轉折，營造氛圍轉換。		
㈢教師講解〈赤壁賦〉文章架構─氛圍轉換。		
1. 列舉第一段如美景、飲酒、誦詩等元素，提示本段多用四言句寫作，並請學生再次朗讀、感受，說明此段為「快樂」氛圍。		
2. 列舉第二、四段如大家歡樂歌唱、悲傷簫聲等元素，說明此段轉變為「悲傷」氛圍。		

3. 列舉第三段的長句，說明〈赤壁賦〉抒情時多用長句，長句使文氣紆徐和緩，產生情韻綿延之效，延續悲傷氛圍。 4. 舉出第五段蘇子設喻以說明道理，客喜而笑，說明此段轉而為「喜悅」氛圍。 5. 教師總結：蘇軾善於利用外在環境、音樂、人物言語以改變文章氛圍，由寫景、敘事、抒懷至議論，內容由淺至深，合為一體。 **三、總結活動** (一)教師發下學習單，以進行文本對讀。 1. 請學生閱讀余秋雨〈蘇東坡突圍〉摘錄段落，並作答讀後提問（一）。 2. 教師檢討讀後提問（一）。 3. 教師帶學生作答讀後提問（二）。 4. 請學生撰寫最後一大題：如果讓現在的你/妳，撰寫一封信寄給身在黃州的蘇軾，你/妳會如何鼓勵他？想對他說什麼？ (二)蘇軾總結〈蘇東坡突圍〉、〈赤壁賦〉兩文重點，強調蘇軾去到黃州之後的轉變，及其超脫淡然、以順處逆之精神。	25分鐘	運用學習單（二）： 透過閱讀〈蘇東坡突圍〉，深化學生對蘇軾人格特質、生命哲理的認識。 評量方式：能理解蘇軾境遇，發揮關懷、同理能力，結合課堂所學的人生觀點，產出自身見解。
參考資料： 1. 高中國文教師用書 2. 余秋雨〈蘇東坡突圍〉（《山居筆記》） 3. 財團法人江雲教育基金會—余秋雨〈蘇東坡突圍〉提問設計 4. 第15屆舊愛新歡比賽丨進士獎丨《饕食》—ALI丨音樂創作比賽影片：https://youtu.be/PipSdTWnHOM 5. 「東坡肉」家喻戶曉！文豪蘇軾的美食路線圖影片：https://youtu.be/08O42ElkZ1g		

附錄一　賦體講義

賦體講義

班級：＿＿＿＿＿＿　座號：＿＿＿＿＿＿　姓名：＿＿＿＿＿＿

一、賦體結構

1. 賦可以有三個部分：前面有「序」，中間是賦的本體，後面有「亂」或「訊」。「序」是說明做賦的原因；「亂」或「訊」大多概括全篇的大意。但「序」和「亂」並非賦一定要具備的。

2. 有些漢賦開始和結尾多用散文，中間部分用韻文，如此賦就分成三個部分：開始部分近似序，結尾部分往往發表議論，以寄託諷諭之意，近似「亂」或「訊」。唐、宋時有些賦還沿用這種作法。

二、賦體特色

1. 主客問答：

賦常藉主客問答帶出主旨，早在屈原的〈漁父〉即藉著屈原與漁父對話，分別敘述兩種不同的人生態度。而漢代賈誼的〈鵩鳥賦〉也藉人與鳥的問答，表達賈誼對於死亡的看法。

2. 描寫鋪陳：

劉勰說：「賦者，鋪也；鋪采摛（摛，鋪敘）文，體物寫志也。」（《文心雕龍》〈詮賦〉）指出以文字細緻入微地鋪述，為賦的特色之一。賦常見以較長的篇幅敘述事件或描寫景致。如：司馬相如〈子虛賦〉以數百字形容楚國土地廣大、物產富饒。

三、賦體流變

類型	時代	賦體特色
騷賦	戰國	介於詩、文之間，較重抒情。
短賦	戰國	最先稱「賦」，篇章短小，為漢以前直稱為「賦」之賦體文字。
古賦、大賦	兩漢	(1) 承楚辭與荀子賦篇而產生之文學作品 (2) 詞藻華麗，鋪張務華，棄實寡情 (3) 好堆砌冷僻文字，艱澀難讀 (4) 詩的成分減少而散文成分增加 (5) 體製宏博

類型	時代	賦體特色
俳賦	魏晉南北朝	(1)篇幅短小（故又稱小賦） (2)字句簡麗，講求駢對（故又稱駢賦） (3)題材廣大 (4)內容個性化與感情化，抒情多於鋪陳
律賦	唐、宋	(1)講求平仄，音律和諧 (2)對偶精確 (3)為試體賦，爭奇鬥巧，較乏內容可言
文賦	唐、宋	(1)又稱散賦 (2)主於說理 (3)不重格律
股賦	明、清	(1)律賦、文賦雜揉而成 (2)寓駢於散 (3)對偶中加入八股文句 (4)重形式而輕內容

表一：作者張恩慈自繪

四、賦體押韻

換韻	1.因篇幅較長，極少一韻到底。 2.一般而言，六朝賦換韻比較少。
押韻	1.有的句句押，有的隔句押，以隔句押最為常見。 2.古賦與文賦常夾有散句，押韻與否，比較自由。
韻腳	1.不一定在句末。如果句末是虛詞，往往在虛詞的前一字押韻。此種押韻方式在古賦與文賦中用得較多，六朝駢賦一般不用。 2.韻腳以不重複為原則。

表二：作者張恩慈自繪

附錄二　學習單㈠

「自其變者而觀之,則天地曾不能以一瞬;自其不變者而觀之,則物與我皆無盡也」看事角度轉換練習

班級:＿＿＿＿＿　座號:＿＿＿＿＿　姓名:＿＿＿＿＿

---

1. 最令我苦惱、無法釋懷的事件是:

　＿＿＿＿＿＿＿＿＿＿＿＿＿＿＿＿＿＿＿＿＿＿＿＿＿＿

　＿＿＿＿＿＿＿＿＿＿＿＿＿＿＿＿＿＿＿＿＿＿＿＿＿＿

2. 對於這件事,我原本是這麼想的(原始角度):

　我認為＿＿＿＿＿＿＿＿＿＿＿＿＿＿＿＿＿＿＿＿＿＿＿

　＿＿＿＿＿＿＿＿＿＿＿＿＿＿＿＿＿＿＿＿＿＿＿＿＿＿

3. 現在,我發覺這件事情,我似乎也能這麼解讀(第二角度):

　＿＿＿＿＿＿＿＿＿＿＿＿＿＿＿＿＿＿＿＿＿＿＿＿＿＿

　＿＿＿＿＿＿＿＿＿＿＿＿＿＿＿＿＿＿＿＿＿＿＿＿＿＿

4. 當我轉換至第二種角度,這件事好像帶給我一些全新的意義,我似乎有了一些變化,這個變化是:

　＿＿＿＿＿＿＿＿＿＿＿＿＿＿＿＿＿＿＿＿＿＿＿＿＿＿

　＿＿＿＿＿＿＿＿＿＿＿＿＿＿＿＿＿＿＿＿＿＿＿＿＿＿

【請謝謝願意轉換角度的自己,無論事件解開與否,其對於己身的意義可能已有些改變,而自己也多了思考的智慧。接下來,請與組員分享本次活動的感想。】

附錄三　學習單㈢

延伸閱讀——余秋雨〈蘇東坡突圍〉

班級：＿＿＿＿＿＿　座號：＿＿＿＿＿＿　姓名：＿＿＿＿＿＿

我非常喜歡讀林語堂先生的《蘇東坡傳》，前後讀過多少遍都記不清了，但每次總覺得語堂先生把蘇東坡在黃州的境遇和心態寫得太理想了。語堂先生酷愛蘇東坡的黃州詩文，因此由詩文渲染開去，由酷愛渲染開去，渲染得通體風雅、聖潔。其實，就我所知，蘇東坡在黃州還是很淒苦的，優美的詩文，是對淒苦的掙扎和超越。

蘇東坡在黃州的生活狀態，已被他自己寫給李端叔的一封信描述得非常清楚。信中說：得罪以來，深自閉塞，扁舟草履，放浪山水間，與樵漁雜處，往往為醉人所推罵，輒自喜漸不為人識。平生親友，無一字見及，有書與之亦不答，自幸庶幾免矣。

我初讀這段話時十分震動，因為誰都知道蘇東坡這個樂呵呵的大名人是有很多很多朋友的。日復一日的應酬，連篇累牘的唱和，幾乎成了他生活的基本內容，他一半是為朋友們活著。但是，一旦出事，朋友們不僅不來信，而且也不回信了。他們都知道蘇東坡是被冤屈的，現在事情大體已經過去，卻仍然不願意寫一兩句哪怕是問候起居的安慰話。蘇東坡那一封封用美妙絕倫、光照中國書法史的筆墨寫成的信，千辛萬苦地從黃州帶出去，卻換不回一丁點兒友誼的信息。我相信這些朋友都不是壞人，但正因為不是壞人，更讓我深長地歎息。總而言之，原來的世界已在身邊轟然消失，於是一代名人也就混跡于樵夫漁民間不被人認識。本來這很可能換來輕鬆，但他又覺得遠處仍有無數雙眼睛注視著自己，他暫時還感覺不到這個世界對自己的詩文仍有極溫暖的回應，只能在寂寞中惶恐。即便這封無關宏旨的信，他也特別註明不要給別人看。日常生活，在家人接來之前，大多是白天睡覺，晚上一個人出去溜達，見到淡淡的土酒也喝一杯，但絕不喝多，怕醉後失言。

他真的害怕了嗎？也是也不是。他怕的是麻煩，而絕不怕大義凜然地為道義、為百姓，甚至為朝廷、為皇帝捐軀。他經過「烏臺詩案」已經明白，一個人蒙受了誣陷即便是死也死不出一個道理來，你找不到慷慨陳詞的目標，你抓不住從容赴死的理由。你想做個義無反顧的英雄，不知怎麼一來把你打扮成了小丑；你想做個堅貞不屈的烈士，鬧來鬧去卻成了一個深深懺悔的俘虜。無法洗刷，無處辯解，更不知如何來提出自己的抗議，發表自己的宣言。

—

這是一種真正精神上的孤獨無告，對於一個文化人，沒有比這更痛苦的了。那

闕著名的「卜算子」，用極美的意境道盡了這種精神遭遇：

缺月挂疏桐，漏斷人初靜。誰見幽人獨往來？縹渺孤鴻影。惊起卻回頭，有恨無人省。揀盡寒枝不肯栖，寂寞沙洲冷。

正是這種難言的孤獨，使他徹底洗去了人生的喧鬧，去尋找無言的山水，去尋找遠逝的古人。在無法對話的地方尋找對話，於是對話也一定會變得異乎尋常。像蘇東坡這樣的靈魂竟然寂然無聲，那麼，遲早總會突然冒出一種宏大的奇蹟，讓這個世界大吃一驚。

—

這一切，使蘇東坡經歷了一次整體意義上的脫胎換骨，也使他的藝術才情獲得了一次蒸餾和昇華，他真正地成熟了——與古往今來許多大家一樣，成熟於一場災難之後，成熟於滅寂後的再生，成熟於窮鄉僻壤，成熟於幾乎沒有人在他身邊的時刻。幸好，他還不年老，他在黃州期間，是四十四歲至四十八歲，對一個男人來說，正是最重要的年月，今後還大有可為。中國歷史上，許多人覺悟在過於蒼老的暮年，換言之，成熟在過了季節的年歲，剛要享用成熟所帶來的恩惠，腳步卻已跟蹌蹣跚；與他們相比，蘇東坡真是好命。

成熟是一種明亮而不刺眼的光輝，一種圓潤而不膩耳的音響，一種不再需要對別人察顏觀色的從容，一種終於停止向周圍申訴求告的大氣，一種不理會哄鬧的微笑，一種洗刷了偏激的淡漠，一種無須聲張的厚實，一種並不陡峭的高度。勃郁的豪情發過了酵，尖利的山風收住了勁，湍急的細流匯成了湖，結果——

引導千古傑作的前奏已經鳴響，一道神秘的天光射向黃州，《念奴嬌·赤壁懷古》和前後《赤壁賦》馬上就要產生。

表三：作者張恩慈自繪

讀後提問㈠：

1. 從上文第一段可知，作者對於東坡黃州生活的看法為何？

　黃州生活淒苦，優美的詩文僅是東坡對淒苦生活的掙扎和超越。

2. 作者認為成熟的條件是什麼？

　從尖銳轉變為厚實，好似勃郁的豪情發過了酵，尖利的山風收住了勁，湍急的細流匯成了湖。

3. 成熟對創作的重要性是什麼？

　作者經過大災難的蒸餾和昇華後，看事角度較從容圓融，轉而筆調也較豁達平和。

4. 東坡成熟後的重要作品有哪些？

〈念奴嬌·赤壁懷古〉、〈前赤壁賦〉、〈後赤壁賦〉。

讀後提問(二)：

1. 推論東坡可能困於什麼處境？

烏臺詩案。

2. 推論東坡如何突圍？

先習慣孤獨平淡的生活，再學習與自然（黃州赤壁）和古人（曹操、周瑜）對話，於苦難中沉澱，漸趨成熟，最後以成熟後的寬容、自適創作傳世名作。

最後，如果讓現在的你/妳，撰寫一張明信片寄給身在黃州的蘇軾，你/妳會如何鼓勵他？想對他說什麼？

```
＿＿＿＿＿＿＿＿＿＿＿＿＿
＿＿＿＿＿＿＿＿＿＿＿＿＿      ┌─────────┐
＿＿＿＿＿＿＿＿＿＿＿＿＿      │ 張貼郵票處 │
＿＿＿＿＿＿＿＿＿＿＿＿＿      └─────────┘
＿＿＿＿＿＿＿＿＿＿＿＿＿   To ＿＿＿＿＿＿
                          ＿＿＿＿＿＿＿
```

表四：作者張恩慈自繪

（楷體字為參考答案）

【赤壁賦】

破繭蘇蝴蝶——時間盡頭的答案〈赤壁賦〉

領域／科目	語文領域		設計者	黃婷微
實施年級	普通高級中學二年級		總節數	共4節，200分鐘
單元名稱	破繭蘇蝴蝶——時間盡頭的答案〈赤壁賦〉			
設計理念	蘇軾，是文學史上屢遭貶謫的遷客騷人，更是一個「誰怕？一蓑煙雨任平生」超然的「生命個體」。在其作品〈赤壁賦〉中展現了身處逆境仍能達觀開闊、順應自適的態度，並且超越感覺經驗，而以超驗的角度訴說本質的精神。面對生命的無常，蘇軾給了我們一個迥然不同的答案。 　　本教案透過日常生活所觸及的人事物以融入生命議題，並聚焦在〈赤壁賦〉中有關「失去／擁有」的哲學思考上。藉由教師引導學生認知自我情緒與感知生命的意義，建立對生死、人生哲學的終極關懷，更與作者產生連結，引起共鳴且透過寫作帶領學生覺察自我與生命的意義價值，珍惜並把握當下，培養面臨挫折及突發狀況時的調解處理能力，突破生命困境。			
設計依據				

學習重點	學習表現	5-V-2 歸納文本中不同論點，形成個人的觀點，發展系統性思考以建立論述體系。 5-V-3 大量閱讀多元文本探討文本如何反應文化與社會現象中的議題，以拓展閱讀視野與生命意境。 6-V-4 掌握各種文學表現手法，適切地敘寫，關懷當代議題，抒發個人情感，核心說明知識或議論事理。	核心素養	國 S-U-A1 透過國語文的學習，培養自我省思能力，從中發展應對人生問題的行事法則，建立積極自我調適與不斷精進的完善品格。 國 S-U-A2 透過統整文本的意義和規律，培養深度思辨及系統思維的能力，體會文化底蘊，進而感知人生的困境，積極面對挑戰，以有效處理及解決人生的各種問題。
	學習內容	Ac-V-1 文句的深層意涵與象徵意義。 Ad-V-1 篇章的主旨、結構、寓意與評述。 Bb-V-4 藉由敘述事件與描寫景物間接抒情。 Cc-V-2 各類文本中所反映的矛盾衝突、生命態度、天人關係等文化內涵。		

議題融入	實質內涵	生U3 發展人生哲學、生死學的基本素養，探索宗教與終極關懷的關係，深化個人的終極信念。（終極關懷） 生U6 覺察人之有限與無限，體會人自我超越、追求真理、愛與被愛的靈性本質。（靈性修養）
	所融入之學習重點	透過哲學思考、終極關懷和價值思辨等意涵融入教學，並以短片引導與短文書寫的方式反思生命的意義，期許學生能積極面對，以解決人生的問題。 6-V-4 掌握各種文學表現手法，適切地敘寫，關懷當代議題，抒發個人情感，說明知識或議論事理。 Bb-IV-3 對物或自然以及生命的感悟。
與其他領域 / 科目的連結		【地理科】地理資訊系統 GIS 之運用
教材來源		課本（高中國文〈赤壁賦〉）、自編學習單
教學設備 / 資源		課本、電腦、投影機、麥克風

學習目標

一、認知與技能
1. 能認識蘇軾的生平及其文學成就與藝術價值。
2. 能了解宋代之文體「賦」的特色及源流流變。
3. 能認識與應用修辭技巧，如設問、借代、對偶、互文、譬喻、擬人等。
4. 能建構出自己的生命清單（寫作練習）。

二、情意及價值
1. 能建立積極正向的人生觀。
2. 能藉由山水大自然培養曠達的心胸。
3. 能結合課文與自身相關經驗，體認生命的「變」與「不變」。
4. 能啟發對於生命終極關懷的感受。

學習脈絡

節次	學習重點	閱讀認知歷程
一	1. 感知外界情緒與自身的關聯。 2. 認識作者、題解與 GIS 運用。 3. 撰寫心情轉變圖。	廣泛理解 檢索訊息 統整解讀

節次	學習重點	閱讀認知歷程
二	1. 運用六何法（5W1H）標出文中的時間、地點、人物。 2. 體略文本情境由樂轉悲。 3. 分析蘇軾與我之異同。	廣泛理解 檢索訊息 省思評鑑
三	1. 體會弔古傷今之情。 2. 觀察主客對話之情緒。 3. 展開變與不變的哲學思辯。 4. 鳥瞰全文架構。	廣泛理解 統整解讀 省思評鑑
四	1. 製作遺願清單。 2. 練習短文創作。 3. 複習與總結。	創作發展 思考判斷 省思評鑑

教學活動設計		
教學活動內容及實施方式	時間	備註
第一節　作者、題解與國學常識 **一、引起動機：** ㈠教師播放相關影片—〈如何不受外界情緒影響？〉 https://www.youtube.com/watch?v=73JPlDgTW-4 1. 教師以相關影片引起學生對於課文的興趣。 2. 在學生看完影片並反思後，教師詢問學生： 　⑴「何謂出離？」 　⑵「出離一定要斷絕一切外物嗎？」 　⑶「對於現在很流行的『斷捨離』有什麼看法？」 3. 教師請同學將答案書寫於學習單上，並鼓勵學生踴躍發言。（於課堂上回答者可以加該單元的平時分數） **二、發展活動：** ㈠作者介紹：「解密！古文八大家—蘇軾」 1. 教師講述作者蘇軾的生平：「問汝平生功業，黃州惠州儋州。」	10分鐘 30分鐘	於引起動機時教師先分享自己的答案，給同學發揮的方向，並引導學生發言。

(1) 東坡居士：貶謫黃州時，於東邊山坡築室而居，故自號東坡。 (2) 烏臺詩案：因王安石變法之文字獄而貶為黃州團練副使。 2. 教師說明作者蘇軾之文學特色與成就。 (1) 為文**汪洋宏肆**，與其父蘇洵、其弟蘇轍名列唐宋古文八大家，三人合稱為「三蘇」。 (2) 於詩，寓景於情，展現人生體悟，與黃庭堅並稱「蘇黃」；於詞，意境曠遠，開創豪放派風格，與辛棄疾並稱「蘇辛」。 3. 教師搭配學習單補充說明蘇軾之經歷。 ㈡ 題解介紹：「在正式開始前不可不知的背景」 1. 教師利用地理資訊系統GIS帶領學生跳脫空間限制領略赤壁的地景之美。 (1) 說明當年的赤壁之戰地點與東坡文中提及之赤壁是不同地點。 (2) 解釋東坡赤壁（文赤壁）與三國赤壁（武赤壁）之差異。 2. 教師搭配學習單講解「賦」的特色與流變： (1) 透過學習單表格式統整說明賦體定義、特色與流變，並以挖空方式請學生填寫，增加重點印象。 (2) 簡介重要賦篇與作者，並比較「賦」與「散文賦」之差別。		教師以直接教學法搭配自製學習單（對照「壹、題解、作者與國學常識」）講述課堂重點。 1. 認識作者生平 2. 了解賦體流變 教師揭示學習單為平時分數的評分標準之一，並以學生的完成度與精緻程度給予A＋、A、A－、B＋、B五級制。
三、**總結活動**（評量）： ㈠ 教師總結課堂進度並提示學生課文重點內容。 ㈡ 教師搭配學習單交代回家小作業。 1. 教師說明評分標準並提醒學生學習單屬平時分數之一。 2. 教師提問學生學習單問題：蘇軾因為被貶而寫下〈赤壁賦〉此篇千古名著，而當時間轉到了現代，若以後出社會工作時不幸遭逢被老闆開除，你會有何情緒？請同學簡單以幾個形容詞在學習單畫下你的「**心情轉變圖**」並簡要說明原因。	10分鐘	

第二節　課文前半（第一～二段） **一、引起動機：** ㈠教師請同學上臺分享上次學習單的回家作業內容，並給予同學回饋。 ㈡教師藉由學習單引導說明本課〈赤壁賦〉為一貶謫文學，並請同學留意自己所寫的答案。（最後待教師介紹完本課後再請同學比較自己的心境轉變與蘇軾之異同。）	10分鐘	
二、發展活動： ㈠教師請同學朗誦課文，讓同學領略賦體的音律之美。 ㈡教師搭配板書講述段一之篇章結構與文法修辭。 　1.說明情境—明示所遊之時間、地點、人物。 　　⑴教師運用六何法（5W1H）帶領學生標出課文中的時間、地點、人物。 　　⑵教師翻譯文句並詢問同學從此段之用句能夠推理出此時蘇軾的心情為何？——「**樂**」（曠達通脫） 　　⑶「一切景語皆情語」，教師說明蘇軾將敘事、寫景、抒情融為一體。 　2.教師介紹注釋、文法及所使用之修辭。	35分鐘	Bb-V-4 藉由敘述事件與描寫景物間接抒情。 Ac-V-1 文句的深層意涵與象徵意義。 透過講述法教導學生修辭技巧的認識與應用，使學生掌握文本關鍵，分析段落。 能歸納蘇軾的人生重要經歷與心境轉折，並於課堂上主動回答者額外加分。 教師時常提問同學，增進學生自我思考。

誦明月之詩，歌窈窕之章	錯綜互文、單句對
月出於東山之上，徘徊於斗牛之間	借代、視覺、轉化
白露橫江，水光接天	對偶
一葦	借喻
浩浩乎如馮虛御風	明喻、排比、類疊

⑴補充「囑」ㄓㄨˇ、「馮」ㄆㄧㄥˊ之用法與音義。
⑵補充「既望」。

朔	農曆每月初一
望	農曆每月十五
晦	農曆每月最後一日

（三）教師搭配板書講述段二之篇章結構與文法修辭。

1. 教師說明本段以飲酒、歌唱等歡樂氣氛襯托簫聲之悲，情境由樂轉悲，為下段情感轉變做鋪陳。
   (1)由簫聲做為轉折與過度，以擬聲與側面描寫，表達聽覺之「景」。——「**悲**」
2. 教師介紹注釋、文法及所使用之修辭。
   (1)「擊空明」、「泝流光」字詞解析。
   (2)補充楚辭「兮」字用法，並講解「美人」意象。
   (3)特殊字之形音義及修辭說明。

如怨、如慕、如泣、如訴	譬喻、排比
舞幽壑之潛蛟，泣孤舟之嫠婦	對偶

三、總結活動：

（一）複習課堂進度並提醒同學補齊學習單內容。

（二）請同學回家預習課文後半，將於次節課抽問。

第三節　課文後半（第三～五段）

一、引起動機：

（一）教師抽問同學是否記得上次的內容？（若還能說出後半之課文內容大要者特別加分。）

抽問範例：

Q1. 所遊之時間、地點、人物？

　1.**時間**：壬戌之秋，七月既望

　2.**地點**：泛舟遊於赤壁之下

　3.**人物**：蘇軾與客

Q2. 文章的情緒轉變為何？A：**由樂轉悲**

二、發展活動：

（一）教師搭配板書講述段三之篇章結構與文法修辭。

1. 說明課文以**主客對話**展開思辨，並以議論手法**懷古傷今**。
   (1)客以曹操的〈短歌行〉對比古今，抒發人生須臾與生命渺小之感慨。
   (2)客之悲（生命苦短、長存無望）承上回答蘇子，啟下蘇子之答。
2. 教師分析段旨並介紹注釋、文法及所使用之修辭。

5分鐘

5分鐘

35分鐘

5-V-2 歸納文本中不同論點，形成個人的觀點，發展系統性思考以建立論述體系。

透過講述法教導學生修辭技巧的認識與應用，並能藉由本段解釋文章中情緒轉折的原因。

搭配學習單（對照「貳、課文特色與架構」）。於課堂上主動回答者額外加分。

⑴教師解釋深難生字，並提醒同學其正確的形音義。

⑵賦體駢偶特色之展現。

舳艫千里，旌旗蔽空	借代、誇飾
釃酒臨江，橫朔賦詩	對偶
漁樵於江渚之上，侶魚蝦而友麋鹿	錯綜、互文
寄蜉蝣於天地，渺滄海之一粟	借喻
哀吾生之須臾，羨長江之無窮	映襯、對偶
挾飛仙以遨遊，抱明月而長終	對偶

㈡教師搭配板書講述段四、五之篇章結構與文法修辭。

1. 闡釋哲理（形而上）、賓主盡歡——「喜」。

⑴以「水、月」作為構成全篇意境的主要物象，由此展開描寫與議論，說明變與不變的人生哲理，並言自適之道。

⑵現象不斷改變，但其本質從未變過，只是以其他形式存在而已。

⑶闡述無須執著於某一面向之想法，偶爾換個角度思考或許就有不同的答案，生命會找到自己的出路。

2. 教師分析修辭與形音義辨析。

3. 教師說明文章透過動詞「笑」、「洗」、「更」展現心理到行為的改變，顯示心境之變化與生命視角的煥然一新。

三、總結活動（評量）：

10分鐘

㈠教師以板書搭配學習單架構圖方式說明本文特色，為同學概要式複習全課架構與中心要旨。

㈡教師請學生回顧上節課留下的小作業「心情轉變圖」比對自己所寫的心情變化與**蘇軾「樂→悲→喜」**之異同，並完成學習單最後之心得感想。

總結課文內容，期許學生能對於作者所提出之論點，進行自我反思與體悟，理解文本弔古傷今的意涵，並與學習單自身的情感起伏相比對，以情緒變化為脈絡，進行分析、共感文章情緒。

第四節　總結與綜合活動 **一、引起動機：** ㈠教師播放影片：那些電影教我的事─《一路玩到掛》 　https://www.youtube.com/watch?v=rgaoHL22qNk ㈡教師講解劇情大綱：劇中人物因病而被告知生命所剩無幾，在面對如此噩耗下，同病房的二人決定寫下一份「遺願清單」而展開一連串的冒險。 **二、發展活動（評量）：** ㈠教師說明前言：請同學於學習單上試列出五項自己的「遺願清單」，並簡要說明原因。完成後再以異質性分組方式，分為四人小組形式，請同學相互分享自己的清單。 ㈡「我活著！」短文寫作練習。 　1. 教師講解抒情文的寫作要點與創作方向。 　　⑴捕捉情感細節 　　⑵具體化抽象情思 　　⑶經驗中的深刻領悟 　　⑷表達真摯情感，觸動人心 　2. 教師說明作業短文要求： 　　聽完同學的討論後，你對生命有什麼樣體悟？蘇軾認為生命的「變」是「常」，再換個角度想之後世界也許就不一樣了。在生活中我們也常聽到「生命的精彩在於厚度，而非長度」，而在什麼樣的情況下你會感受生命的活潑與精彩呢？請同學試以「我活著！」為題，並嘗試加入自己的遺願清單書寫一篇約400-500字的短文。 　3. 教師說明短文的評分標準： 　　⑴能依據題目及主旨選取適當之材料、文章結構完整、文句流暢、標點使用正確。 　　⑵文章結構大致完整，但偶有轉折不流暢之處。格式標點雖有錯誤，但不影響文意表達。 　　⑶選取之材料不夠適切、結構本身不連貫、遣詞與標點常有錯誤。	10分鐘 30分鐘	6-V-4 掌握各種文學表現手法，適切地敘寫，關懷當代議題，抒發個人情感，說明知識或議論事理。 生U6 覺察人之有限與無限，體會人自我超越、追求真理、愛與被愛的靈性本質。 以教師講解為主，並搭配學習單（對照：「參、綜合活動」）提供學生正向建議與回饋。並鼓勵學生表達「獨立思考」的意見。

三、總結活動： ㈠教師分享：「失去與擁有」。世界之大，我們只 　要順其自然，取之有道，積極享受大自然與生命 　之美好，而不必拘泥固執於「有」或「無」。 ㈡教師說明結論。 1. 教師總結同學討論之內容，並再次以精華總結的 　方式提及〈赤壁賦〉之要旨。 2. 教師分享自身例子並鼓勵同學藉由課文與學習單 　展開與自我的思辨歷程。	10分鐘

參考資料：（若有請列出） 1. 引起動機影片取自：https://www.youtube.com/watch?v=73JPlDgTW-4 。 2. 綜合活動影片取自：https://www.youtube.com/watch?v=rgaoHL22qNk 。 3. 三民線上學習講義取自https://drive.google.com/file/d/1HBDeT2FM3Rzs4Kv5YCNA 　2qLRWoKvY7Rj/view。 4. 痞客邦：蘇軾〈赤壁賦〉作者課文補充講義，取自：https://sk1492.pixnet.net/ 　blog/post/347302286。 5. 國文科單元教學活動設計，演示者：林詩倩。 6. 楊曉菁：《打開古人的內心小劇場》（新北：聯經出版，2021年11月初版）。

附錄：學習單

附錄一

蘇軾〈赤壁賦〉課程學習單

班級：＿＿＿＿＿　座號：＿＿＿＿＿　姓名：＿＿＿＿＿

壹、題解、作者與國學常識

一、「如何不受外界情緒影響？」影片分享

請同學在看完影片後寫下你的心得。

小提示：

 1. 何謂出離？

 2. 出離一定要斷絕一切外物嗎？

 3. 對於現在很流行的『斷捨離』有什麼看法？

教師擬答：

 1. 所謂出離，並非要你隔絕所有事物，出離的意思是，別讓任何事物駕馭你。

 2. 不一定，出離是一種自我控制的能力，使自身專注在自己想專注的事物，而不受外在情緒影響，身處塵囂之中也能駕馭自我，不被外物蒙蔽。

 3. 學生自行發揮想法。

https://www.irasutoya.com/
來自公開插圖使用

二、解密！古文八大家—蘇軾

蘇軾的文學成就

㈠詩

 1. 以才學為詩，書卷味濃；以文字為詩，散文味濃；以議論為詩，理學

味濃。

2. 與黃庭堅並稱「蘇黃」，為北宋詩壇四大家之一（北宋四大家：歐陽脩、王安石、蘇軾、黃庭堅）。

3.「漢魏以來，二千餘年間，以詩名其家者眾矣。顧所號為仙才者，唯曹子建、李太白、蘇子瞻三人而已。」（王士禎《帶經堂詩話》）

(二)散文

1.「人謂東坡作此文，因難以見巧，故極工。餘則以為不然。彼其老於文章，故落筆皆超逸絕塵耳。」（黃庭堅《跋子瞻〈醉翁操〉》）蘇軾承繼前代散文家的成就，有韓文的氣勢、柳文的意境和歐文的平易。反對文章過於注重形式，提倡文章內容、形式與風格的多樣化和獨創性。

2. 散文與歐陽脩並稱「歐蘇」。王十朋著〈讀蘇文〉一文，指出：「唐宋文章未可優劣，唐之韓柳，宋之歐蘇，使四子並駕而爭馳，未知孰後而孰先，必有能辨之者。」又說：「不學文則已，學文而不韓柳歐蘇是觀，誦讀雖博，著述雖多，未有不陋者也。」

(三)詞

　　開「豪放」一派詞風，與「婉約」同為宋代詞壇兩大派別，與辛棄疾並稱「蘇辛」。

你可能不知道的蘇軾

(一)東坡肉真與蘇軾有關？

　　相傳蘇軾在杭州做官時，用心治理西湖，發動民眾疏浚西湖，使之大豐收。完工後，百姓們為了感謝蘇軾，便準備牲畜、美酒來感謝他。蘇軾看送來的豬肉不少，就叫廚房把肉切成方塊，仿製前人的做法改良，加入薑、蔥、紅糖、醬油等佐料，以黃酒、冰糖、醬油調製醬汁，再以此將豬肉慢火紅燒，將豬肉燒得香酥可口，以招待百姓。結果大家一吃，覺得味道不同凡響，便紛紛稱之為「東坡肉」，

https://www.
irasutoya.com/
來自公開插圖使用

而後人們爲傳頌東坡貢獻，故將此風味獨特的菜式命名爲「東坡肉」。

三、在正式開始前不可不知的題解背景

賦體之簡介

定義	介於詩文之間，強調以鋪陳的手法、對偶的句式和華麗的詞藻，來描寫事物或抒發議論的文體。	
押韻	無嚴格限制，可換韻，其中以隔句押韻最為常見。但因篇幅較長，極少有一韻到底的作品。	
特色	**描寫鋪陳**	**主客問答**
	《文心雕龍·詮賦》：「賦者，鋪也。 鋪采摛（彳）文，體物寫志也。」故賦的特色之一就是需入微的描述細節，以鋪敘内容或景致。	《楚辭·漁父》中，即有以問答方式表達二種不同態度的寫法。故在漢賦以後，「主客對話」的形式便成辭賦通體。

表一：作者黃婷微自繪表格

賦體之流變

時代	類別	又稱	特色	代表作家與作品
戰國	短賦	荀賦	1. 篇幅短小，多以**對話、問答**形式進行鋪陳。 2. 内容以詠物說理為主。	荀子〈賦篇〉（最早以賦命名的作品）
兩漢	古賦	漢賦、大賦、漢大賦	1. 篇幅長，詞藻華麗且好用艱深冷僻字詞。 2. 多**駢偶**句式，講究聲律之美，好用典故。 3. 内容以**歌頌帝王**為主。	● 賈誼〈鵬鳥賦〉（開漢賦之先聲）。 ● 漢賦四大家： 司馬相如〈子虛賦〉、 揚雄〈甘泉賦〉、 班固〈兩都賦〉、 張衡〈兩京賦〉。

時代	類別	又稱	特色	代表作家與作品
魏晉六朝	駢賦	俳賦、小賦、六朝賦	1. 篇幅短小、字句清麗。 2. 寫作題材擴大，且抒情多於說理，著重表現思想感情，以**詠物賦**最多。	曹植〈洛神賦〉、左思〈三都賦〉
唐	律賦	試體賦	1. 科舉考試的重要科目。 2. 內容多歌功頌德，較無文學價值。	
宋	文賦	散賦、散文賦	1. 受**古文運動**影響而傾向散文化，兼具散文和賦體特色。 2. 不重格律限制，句式參差、駢散結合。 3. 內容包含寫景、抒情、議論，而多以**說理**為旨。	歐陽脩〈秋聲賦〉、蘇軾〈赤壁賦〉
明清	股賦	明清賦	寓駢於散，兼有律賦、文賦特色，並加入八股句法。	

表二：作者黃婷微自繪表格

四、心情轉變圖

　　蘇軾因為被貶而寫下〈赤壁賦〉此篇千古名著，而當時間轉到了現代，若以後出社會工作被老闆開除時，你會有何情緒？請同學簡單以幾個形容詞在學習單畫下你的「心情轉變圖」（線性）並簡要說明原因。

貳、課文特色與架構

一、課文特色

駢散相間	1. 課文保留賦體的聲韻、駢偶和主客問答等傳統形式特徵，同時吸收了散文的手法，形式更為自由，駢散夾雜。 2. 如首段開頭全是白話的散句，但中間卻又穿插了「誦明月之詩」、「浩浩乎如馮虛御風」等偶句，偶句之間或有押韻，讀來極富聲韻之美。
以情入理	文中分三層表現作者複雜矛盾的內心世界： 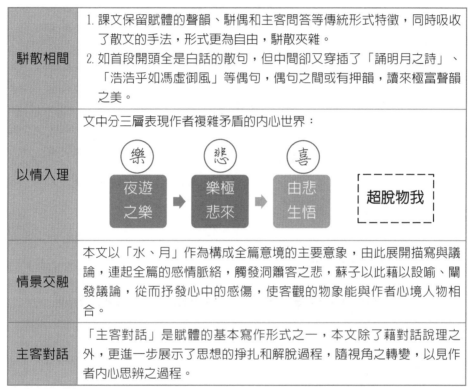
情景交融	本文以「水、月」作為構成全篇意境的主要意象，由此展開描寫與議論，連起全篇的感情脈絡，觸發洞簫客之悲，蘇子以此藉以設喻、闡發議論，從而抒發心中的感傷，使客觀的物象能與作者心境人物相合。
主客對話	「主客對話」是賦體的基本寫作形式之一，本文除了藉對話說理之外，更進一步展示了思想的掙扎和解脫過程，隨視角之轉變，以見作者內心思辨之過程。

表三：作者黃婷微自繪表格

二、課文心智圖架構

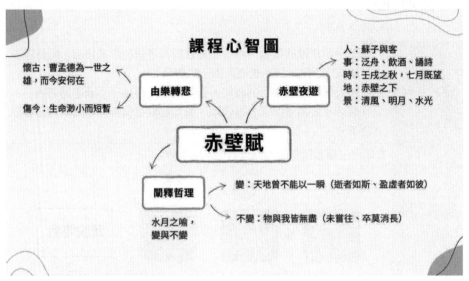

表四：作者黃婷微自繪

三、上完課後的小小心得 ♥ ─與蘇軾〈赤壁賦〉心境轉變之異同。

透過學習單壹之四的「心情轉變圖」參考比較自己與蘇軾心情之差異，其餘部
分可由學生自行發揮。

https://www.irasutoya.com/
來自公開插圖使用

參、綜合活動

一、我的「遺願清單」✦◇（請至少列出五項）

學生自行發揮。

https://www.irasutoya.com/來自公開插圖使用

二、我活著！

　　聽完同學的討論後，你對生命有什麼樣體悟？蘇軾認為生命的「變」是「常」，再換個角度想之後世界也許就不一樣了。在生活中我們也常聽到「生命中在厚度，而非長度」，在什麼樣的情況下你會感受生命的活潑與精彩呢？請同學試以「我活著！」為題，並嘗試加入自己的遺願清單書寫一篇約500字的短文。

學生自行發揮。

_____

_____

_____

_____

_____

肆、課後補充

1. 〈念奴嬌．赤壁懷古〉

大江東去，浪淘盡，千古風流人物。故壘西邊，人道是，三國周郎赤壁。亂石穿空，驚濤拍岸，捲起千堆雪。江山如畫，一時多少豪傑。遙想公瑾當年，小喬初嫁了，雄姿英發。羽扇綸巾，談笑間，檣櫓灰飛煙滅。（檣櫓一作：強虜）故國神遊，多情應笑我，早生華髮。人生如夢，一尊還酹江月。（人生一作：人間；尊通：樽）

2. 〈後赤壁賦〉

是歲十月之望，步自雪堂，將歸於臨皋。二客從予過黃泥之阪。霜露既降，木葉盡脫，人影在地，仰見明月，顧而樂之，行歌相答。已而嘆曰：「有客無酒，有酒無餚，月白風清，如此良夜何！」客曰：「今者薄暮，舉網得魚，巨口細鱗，狀如松江之鱸。顧安所得酒乎？」歸而謀諸婦。婦曰：「我有斗酒，藏之久矣，以待子不時之需。」於是攜酒與魚，復遊於赤壁之下。江流有聲，斷岸千尺；山高月小，水落石出。曾日月之幾何，而江山不可復識矣。予乃攝衣而上，履巉巖，披蒙茸，踞虎豹，登虯龍，攀棲鶻之危巢，俯馮夷之幽宮。蓋二客不能從焉。劃然長嘯，草木震動，山鳴谷應，風起水涌。予亦悄然而悲，肅然而恐，凜乎其不可留也。反而登舟，放乎中流，聽其所止而休焉。時夜將半，四顧寂寥。適有孤鶴，橫

江東來。翅如車輪，玄裳縞衣，戛然長鳴，掠予舟而西也。須臾客去，予
亦就睡。夢一道士，羽衣蹁躚，過臨皋之下，揖予而言曰：「赤壁之遊樂
乎？」問其姓名，俯而不答。「嗚呼！噫嘻！我知之矣。疇昔之夜，飛鳴
而過我者，非子也邪？」道士顧笑，予亦驚寤。開戶視之，不見其處。

◎ 文章來源：讀古詩詞網 https://fanti.dugushici.com/ancient_proses/47523

3. 前後〈赤壁賦〉比較：

篇名	前〈赤壁賦〉	後〈赤壁賦〉
時間	元豐五年七月十六日（初秋）	元豐五年十月十六日（初冬）
地點	黃州赤鼻磯	黃州赤鼻磯
人物	蘇子、洞簫客	蘇子、二客、婦、道士
景象	寫秋夜泛舟江上所見的景色，多愉悅之景。	寫冬夜江岸攀登所見，多冷峻之景。
內容	以江風水月貫串全文，並引發作者的心境轉折，表現出曠達自適、超然物外的人生態度。	借江山風月之樂，排解政治失意的苦悶。全文帶有虛無色彩，反映出作者實際上仍無法擺脫痛苦的心情寫照。
結尾	以體悟到的哲理作結	以虛幻的夢境作結
胸懷	曠達超脫	低沉消極

表五：作者黃婷微自繪表格

4. 大考觀摩

（　）文章佳構多留意於銜接照應。關於下列各文的銜接照應，分析適當
　　　的是：

(A)荀子〈勸學〉舉「蓬生麻中，不扶而直」為例，藉以闡發其後「（君
　　子）遊必就士，所以防邪僻而近中正」的觀點

(B)韓愈〈師說〉敘述士大夫「位卑則足羞，官盛則近諛」的態度，可與
　　「師道之不傳也久矣」的深刻感慨相呼應

(C)蘇軾〈赤壁賦〉描寫「水光接天」、「月出於東山之上」的景色，爲其後「客亦知夫水與月乎」的議論預設開端

(D)歸有光〈項脊軒志〉敘述家中「東犬西吠，客踰庖而宴」不分彼此的和樂情景，回應前文「居於此，多可喜」的感懷

(E)連橫〈臺灣通史序〉指出「臺、鳳、彰、淡諸志，雖有續修，侷促一隅，無關全局」的事實，用以證明「老成凋謝，莫可諮詢；巷議街譚，事多不實」。（複選）

abc【110指考】

【晚遊六橋待月記】

〈晚遊六橋待月記〉——記敘生命之美

領域／科目	語文領域／國語文	設計者	游清桂
實施年級	普通高級中學一年級	總節數	共4節，200分鐘
單元名稱	〈晚遊六橋待月記〉——記敘生命之美		

設計理念	〈晚遊六橋待月記〉一文，描繪西湖六橋景致。開篇便說明「西湖最盛，為春為月。一日之盛，為朝煙，為夕嵐」，營造出眾人對西湖景致的期待感。篇中說明眾人對於美的追求，而作者與眾人不同的審美觀，也成為本篇的重點。 　　本篇教案聚焦於「平凡」與「特殊」，兩者的「價值思辨」，讓學生在探究課文時，能夠了解「平凡」與「特殊」的最大不同，在於是否被人覺察；而審美觀的殊異，則需要眾人的包容與尊重。

設計依據

<table>
<tr><td rowspan="4">學習重點</td><td>學習表現</td><td>5-V-2 歸納文本中不同論點，形成個人的觀點，發展系統性思考以建立論述體系。
6-V-1 深化寫作能力，根據生活的需求撰寫各類文本。</td><td rowspan="4">核心素養</td><td rowspan="4">國S-U-A2 透過統整文本的意義和規律，培養深度思辨及系統思維的能力，體會文化底蘊，進而感知人生的困境，積極面對挑戰，以有效處理及解決人生的各種問題。
國S-U-B3 理解文本內涵，認識文學表現技法，進行實際創作，運用文學歷史的知識背景，欣賞藝術文化之美，並能與他人分享自身的美感體驗。</td></tr>
<tr><td>學習內容</td><td>Ad-V-1 篇章的主旨、結構、素養寓意與評述。
Cc-V-2 各類文本中所反映的矛盾衝突、生命態度、天人關係等文化內涵。</td></tr>
<tr><td rowspan="2">議題融入</td><td>實質內涵</td><td>生U5 覺察生活與公共事務中的各種迷思，在有關道德、美感、健康、社會、經濟、政治與國際等領域具爭議性的議題上進行價值思辨，尋求解決之道。</td></tr>
<tr><td>所融入之學習重點</td><td>Ba-V-3 寫作手法與文學美感的呈現。
Bc-V-3 數據、圖表、圖片、工具列等輔助說明。</td></tr>
</table>

與其他領域／ 科目的連結	
教材來源	高一課文〈晚遊六橋待月記〉
教學設備／ 資源	學習單、臉書社團

學習目標	
第一節	透過引導活動、文本一至二段內容（寫作結構──起、承），理解篇章名稱呈現的元素。
第二節	透過文本三至四段內容（寫作結構──轉、合）、結構組織架構，理解文本的段落結構。
第三節	藉由文本文眼的論述、公安派介紹、記體文類介紹，進行記體類文章的寫作。
第四節	藉由「記敘生活之美」活動、延伸閱讀，反思生命之中的平凡與特殊之處。

教學活動設計		
教學活動內容及實施方式	時間	備註
課前準備： 教師設立全班臉書社團，請學生每日回家拍攝一張照片或一段影片（共進行七日），此部分內容於最後一次上課前會請大家上傳，詳細注意事項及範例列於附錄七中。 **第一節** **一、課堂準備** ㈠學生：課本、分組（五人一組） ㈡教師：學習單 **二、引起動機：** ㈠活動名稱：〈晚遊六橋待月記〉的hashtag 1.教師詢問學生平常是否會將日常生活記錄成照片或影片？是否會將其上傳至社交平臺？照片或影片中，是否會記錄人物、事件、時間、地點等？	12分鐘	已請學生事先分組，並按照分組調整座位（學生分組為其自行分配）。 已事先設立臉書群組，並加入全班學生。 教師事先於社團中發布作業注意事項及相關資料，於附錄七中。

2. 請學生想像，若〈晚遊六橋待月記〉是一則限時動態，根據篇名，你認為會出現哪些相關的hashtag？而篇名中，又呈現人、事、時、地、物中，哪些線索呢？ 3. 根據第二點，請學生討論並回答學習單問題，小組討論後，可根據自身使用社交媒體的情況回答相關問題。 4. 教師詢問是否有小組願意分享觀點，或隨機請一組學生，請其分享看法。 (二)講述〈晚遊六橋待月記〉之篇名 1. 教師講述篇名呈現之人、事、時、地、物。	3分鐘	評分方式： 1. 第一節學習單。於附錄一中。 2. 第一節作業學習單。於附錄二中。 3. 口語表達、分享觀點，列入加分項目。自願分享加2分，點選分享則加1分。
三、主要活動： (一)課文第一段講述 1. 請學生誦讀第一段課文內容。 2. 教師講述首段表明西湖勝景為春為月，營造出期待感。類比於Youtube影片的開頭，吸引眾人目光、增加期待感，讓人繼續看下去。寫作結構──起，總述西湖景致，最美為春為月，營造期待感。	5分鐘	
(二)課文第二段講述 1. 請學生誦讀第二段課文內容。 2. 教師說明第二段論述桃花之美。寫作結構──承，分述桃花之美，表現作者獨特的喜好。 3. 請學生根據第二段所述思考：眾人所喜歡的景色為何？作者喜歡的景色為何？ 4. 根據第三點，請小組討論並回答學習單問題。	15分鐘	
四、總結活動： (一)段落延伸思考 1. 教師詢問學生，作者的表現讓你覺得他是怎麼樣的人？教師點出作者的喜好與眾人不同，為其特殊之處。 2. 教師詢問學生認為「特殊」的定義為何？「平凡」的定義為何？ 3. 根據第二點，請學生討論並回答學習單問題，小組討論後，可依自身觀點不同於學習單上提出。	10分鐘	

4. 教師詢問學生，你見過最「特殊」的景色是什麼？根據此題，於學習單書寫50字以上短文。此為回家作業。 (二)總述一、二段重點 1. 教師總結一、二段重點。	5分鐘	
第二節 **一、課堂準備** (一)學生：課本、分組（五人一組） (二)教師：海報紙 **二、引起動機：** (一)學習單檢討 1. 教師針對學習單敘寫優秀者給予鼓勵。 2. 教師講述「平凡」與「特殊」僅為一線之隔，「傅金吾園中梅，張功甫玉照堂故物也」此為奇景，但眾人以為奇，它也就淪為平凡了，反而襯出作者不前往觀之的獨特之處。以假設性問題使學生聯想：假如今天有一個人戴上面具，大家都覺得很好看，紛紛模仿，那當眾人都戴上面具時，這個戴面具的人就不特殊了。 **三、主要活動：** (一)課文第三段講述 1. 請學生誦讀第三段課文內容。 2. 教師講述第三段內容說明湖畔之景、遊湖之人極多。寫作結構——轉，分述遊人之盛。以濃烈的風格描述遊人眾多，春景繁盛，此處為伏筆，映襯末尾月色之美。 (二)課文第四段講述 1. 請學生誦讀第四段課文內容。 2. 教師講述第四段內容大致分為兩個部分。其一，表述朝煙、夕嵐之美；其二，論述月景別有一番意趣。寫作結構——合，分述朝陽、夕日之美、月景之美。以遊人之盛、遊人錯誤的遊玩時間，襯托朝煙、夕嵐景致之美，為濃淡相間的筆法，濃在景色的描寫，極富色彩，畫面感十足，淡在	10分鐘 10分鐘 10分鐘	已請學生事先分組，並按照分組調整座位（學生分組為其自行分配）。 已事先設立臉書群組，並加入全班學生。 教師事先於社團中發布作業注意事項及相關資料，於附錄七中。 課文架構於附錄八中。 評分方式： 1. 活動作業，詳細評分內容於附錄七中。

僅以一筆描述，相比於第三段未過多言之；再以朝煙、夕嵐之美，說明月景尤不可言，層層堆疊，月景始出，卻僅以一句帶過，並言明此樂非俗士可明，除點題外，也再次強調作者與眾不同之處。		
(三)課文結構分析	10分鐘	
1. 教師根據課文一至四段，說明課文之結構分析。		
2. 教師引導學生繪製結構圖，說明課文大致分為兩大部分（總述─分述），請學生討論後上臺說明。		
3. 最後，教師講述篇章文眼為「待」字。		
四、總結活動：		
(一)總述課文三、四段重點、結構分析	2分鐘	
1. 教師總結課文三、四段重點及全文結構。		
(二)問題思考	3分鐘	
1. 課文篇名為〈晚遊六橋待月記〉，請學生思考，為何課文中沒有出現「待」字，卻是全篇文眼？下次上課會請人回答。		
(三)「記敘生命之美」活動作業	5分鐘	
1. 再次提醒，教師請學生每日回家拍攝一張照片或一段影片（共進行七日），簡單敘寫其特殊或平凡之處，將圖文上傳至先前已設立之臉書社團中，作業注意事項及相關範例亦於臉書社團中。		
第三節		已請學生事先分組，並按照分組調整座位（學生分組為其自行分配）。
一、課堂準備		
(一)學生：課本、分組（五人一組）		
(二)教師：學習單、作業注意事項		教師事先於社團中發布作業注意事項及相關資料，於附錄七中。
二、引起動機：		
(一)「待」字解析	10分鐘	
1. 教師詢問學生，是否還記得上次課程關於「待」字的提問？隨機點選三位學生回答問題。課文篇名為〈晚遊六橋待月記〉，為何課文中沒有出現「待」字，卻是全篇文眼？		

2. 教師講述文中未出現「待」字，而文眼為「待」的原因。作者開首便提出西湖最美麗的景色，營造出讀者的期待感；又述及桃花之美、遊人之盛和朝煙、夕嵐之濃烈，讓人想像其尚未述及的月色的美麗程度；最後，以「花態柳情，山容水意」描述月景。作者於前文使讀者的期待感不斷升高，最後輕輕點出景色之美，使讀者更欲探究西湖之月景。		評分方式： 1. 第三節學習單。於附錄三中。 2. 第三節作業學習單。於附錄四中。評分內容於附錄七中。
三、主要活動：		
㈠ 作者介紹		
1. 教師簡介作者生平。	10分鐘	
2. 教師講述〈晚遊六橋待月記〉創作背景。		
3. 時人對其山水遊記的評價。		
㈡ 公安派介紹、記體類文章	10分鐘	
1. 教師提出公安派主張，並提供學習單表格，讓學生依課文內容討論並回答學習單表格。		
2. 教師請學生依據過往習得之記體類文章，討論並回答學習單表格內相關問題。		
四、總結活動：		
㈠ 總述課程重點	10分鐘	
1. 教師說明「待」字於文中的地位。		
2. 教師總結作者、公安派之主張。		
3. 教師說明記體類文章之要素。		
㈡ 課程延伸作業	5分鐘	
1. 根據記體類文章的要素，「山水遊記」、「亭台樓閣記」、「人事雜記」的不同，請學生擇一敘寫一篇雜記，字數約200～250字的短文。		
課前準備： 請學生事先閱讀於社團中發布的延伸閱讀資料。		
第四節 **一、課堂準備** ㈠ 學生：課本、分組（五人一組） ㈡ 教師：延伸閱讀學習單		已請學生事先分組，並按照分組調整座位。

二、引起動機：		教師事先於社團中發布延伸閱讀資料，請學生事先閱讀，延伸閱讀文本於附錄六中。
(一)課程延伸作業檢討	5分鐘	
1. 教師針對短篇雜記敘寫優秀者給予鼓勵。		
2. 教師針對「山水遊記」、「亭台樓閣記」的不同重點，再次說明並複習。		
(二)「記敘生命之美」活動作業分享	5分鐘	評分方式：
1. 教師選擇學生3～5張上傳之照片，提問學生進行這個活動的感想。		1. 口語發表，對於活動的感想。
2. 主要活動引言：「於記錄生活之時，是否也看見了平常沒有注意到的事物，或許本是平凡的道路，卻因你的發現，而成為特殊的美好。」（可針對教師生命經驗或課文內容更換陳述詞）。		2. 活動學習單。於附錄五中。若分享故事大於等於3人，故事內容敘寫大於50字，且內容具條理，則會額外加2分。
三、主要活動：		
(一)活動名稱：記敘生活之美——分享會	10分鐘	
1. 教師帶領學生前往適宜走動的教室。		
2. 請每位學生分別與其他同學分享這一週的記錄（至少與兩人分享）。		3. 口語表達，小組觀點分享。自願分享小組會額外加1分。抽點則無加分。
3. 當他人分享時，請仔細聆聽，並將重點記錄於學習單中。		
(二)活動回饋及反思	10分鐘	
1. 請學生思考，其他人的故事帶給自己什麼樣的感受？是否有其特殊之處？請將答案填寫於學習單中。		4. 延伸閱讀學習單。於附錄六中。
2. 請學生思考，自己處理這份作業時，是否有其困難處？而自己又是如何解決的？		
3. 請小組討論，生活中常見的事物，要怎麼將其從「平凡」改造為「特殊」？		
(三)延伸閱讀	10分鐘	
1. 教師發下延伸閱讀學習單，請學生閱讀張岱〈西湖七月半〉。發揮各位的細心及觀察力，與同學討論以下問題。		
2. 請學生閱讀後，與小組成員討論並回答，〈西湖七月半〉與〈晚遊六橋待月記〉有何相似及相異處，以列點方式填寫於學習單中。		

四、總結活動： ㈠總述課程重點 　1. 課程總結語：「各位在尋常的地方做著不平常的 　　事，這也是一種特殊，所以在生活中發現平凡的 　　與眾不同，需要各位的細心及觀察力。」（可針 　　對教師生命經驗或課文內容更換陳述詞）。	5分鐘	

參考資料：

附錄六：語譯解釋內容，引用自教育部重編國語辭典修訂本：https://dict.revised. moe.edu.tw/search.jsp?md=1

附錄：

附錄一：第一節學習單。

附錄二：第一節作業學習單。

附錄三：第三節學習單。

附錄四：第三節作業學習單。

附錄五：活動學習單。

附錄六：延伸閱讀學習單。

附錄七：活動、作業注意事項，以及相關資料。

附錄八：課文架構。

附錄九：雙向細目表。

附錄一　第一節學習單

〈晚遊六橋待月記〉學習單

班級：＿＿＿＿＿＿　座號：＿＿＿＿＿＿　姓名：＿＿＿＿＿＿

1. 若〈晚遊六橋待月記〉是一則限時動態，根據篇名，你認爲會出現哪
   些相關的 hashtag？
   ＃西湖六橋
   ＃月色美人
   ＃西湖美景

※引導學生回顧自身或所見回憶，書寫與〈晚遊六橋待月記〉相關的hashtag。

2. 篇名〈晚遊六橋待月記〉中，呈現人、事、時、地、物中，哪些線索
   呢？

※引導學生於篇名中尋找線索。

人	事	時	地	物
（作者）隱含意	遊六橋、待月	晚上／夜晚	六橋	月

表一：作者游清桂自繪

3. 根據〈晚遊六橋待月記〉第二段課文，衆人所喜歡的景色爲何？作者
   喜歡的景色爲何？

※引導學生於文本中推導出結論。

眾人喜愛景色	課文描述
梅花	石簣數為余言：「傅金吾園中梅，張功甫玉照堂故物也，急往觀之。」
作者喜愛景色	課文描述
桃花	余時為桃花所戀，竟不忍去湖上。

表二：作者游清桂自繪

4. 你認為「特殊」的定義為何？「平凡」的定義為何？

　　特殊是我們接收到與日常不同、陌生的訊息。

　　平凡是我們忽略了日常很多的訊息。

（楷體字為參考答案）

※引導學生以自身觀點回答，互相分享，以建立完整的論點。

附錄二　第一節作業學習單

〈晚遊六橋待月記〉——記敘生命之美作業學習單

班級：＿＿＿＿＿＿　座號：＿＿＿＿＿＿　姓名：＿＿＿＿＿＿

1. 你見過最「特殊」的景色是什麼？根據此題，於學習單書寫100至150字短文。

※引導學生回憶自身所見之景致，未必為獨一無二之處，但有其獨特之意。
※文中應具有地點、景色描述、個人情感抒發等。

附錄三　第三節學習單

〈晚遊六橋待月記〉學習單

班級：_____　座號：_____　姓名：_____

1. 公安派主張：

反對【復古主張／模擬古文】	明‧袁宗道〈論文〉：「夫時有古今，語言亦有古今。」
重【性靈】，貴【獨創】。（獨抒性靈）	明‧袁宏道〈敘小修〉詩：「大都獨抒性靈，不拘格套，非從自己胸臆流出，不肯下筆。」
重視【小說、戲曲等通俗文學】	明‧袁宏道《觴政》：「凡《六經》、《語》、《孟》所言飲式，皆酒經也。其下則汝陽王《甘露經》、《酒譜》、王績《酒經》，劉炫《酒孝經》，《貞元飲略》，竇子野《酒譜》，朱翼中《酒經》，李保《續北山酒經》，胡氏《醉鄉小略》，皇甫崧《醉鄉日月》，侯白《酒律》，諸飲流所著記傳賦誦等為內典。《蒙莊》、《離騷》、《史》、《漢》、《南北史》、《古今逸史》、《世說》、《顏氏家訓》，陶靖節、李、杜、白香山、蘇玉局、陸放翁諸集為外典。詩餘則柳舍人、辛稼軒等，樂府則董解元、王實甫、馬東籬、高則誠等，傳奇則《水滸傳》、《金瓶梅》等為逸典。不熟此典者，保面甕腸，非飲徒也。」

表三：作者游清桂自繪

2. 記體類文章

	〈晚遊六橋待月記〉	〈醉翁亭記〉	〈項脊軒志〉
體例	雜記（山水遊記）	雜記【亭台樓閣記】	雜記【人物事記】
特徵	1. 以描寫山水為主。 2. 移動描寫，圍繞地區描述。 3. 作者通常親自遊覽於該地，敘寫其中景致。	1. 以描述【建築名勝】為主。 2. 定點敘寫，圍繞該名勝景觀描寫。 3. 作者【不一定親自】到訪，可藉由其他方式蒐集資料敘寫而成。	1. 以【記人敘事】為主。 2. 部分篇題以志為名，如：〈項脊軒志〉。
相同處	1. 內容包含人、事、時、地、物等元素。 2. 作者將其情感投射於其中，抒發自身感懷。		

表四：作者游清桂自繪

（楷體字為參考答案）

附錄四　第三節作業學習單

〈晚遊六橋待月記〉──記敘生命之美作業 學習單

班級：＿＿＿＿＿　座號：＿＿＿＿＿　姓名：＿＿＿＿＿

1. 根據記體類文章的要素，「山水遊記」、「亭台樓閣記」、「人事雜記」的不同，擇一敘寫一篇雜記，字數200～250字的短文。

※引導學生利用記體類文章特點，記敘自身生活。
※內容應包含人、事、時、地、物等元素，並抒發自身感懷。

2. **補充文選：**

明‧袁宏道〈雨後遊六橋記〉：

寒食後雨，余曰：「此雨為西湖洗紅，當急與桃花作別，勿滯也。」午霽，偕諸友至第三橋。落花積地寸餘，遊人少，翻以為快。忽騎者白紈而過，光晃衣，鮮麗倍常，諸友白其內者皆去表。少倦，臥地上飲，以面受花，多者浮，少者歌，以為樂。偶艇子出花間，呼之，乃寺僧載茶來者。各啜一杯，蕩舟浩歌而返。

附錄五　活動學習單

〈晚遊六橋待月記〉──記敘生命之美 活動學習單

班級：＿＿＿＿＿　座號：＿＿＿＿＿　姓名：＿＿＿＿＿

1. 記敘生活之美──分享會，請依照下列指示，填寫關於活動分享的故事。（若書寫空間不足，可領取第二張學習單，或寫於空白處）

分享者：王小名
分享故事之重點：
小名走在上學的路上，發現道路旁種植的樹木開花了！以前從來沒有發現它開花了，突然看到的時候，感到特別驚喜！

分享者：
分享故事之重點：

分享者：
分享故事之重點：

分享者：

分享故事之重點：

※引導學生盡可能將故事描述完整，並尋找更多生活故事。

2. 其他人的故事帶給自己什麼樣的感受？是否有其特殊之處？

他們都會發現生活中，細小、不常見的變化。我認爲這就是顯現特殊的地方。

※引導學生思考不同故事的共通性及差異性。

3. 自己處理這份作業時，是否有其困難處？而自己又是如何解決的？

※引導學生反思，處理作業過程中，是否有困難處？因何產生？如何處理？有兩個可能性，困難處能夠解決，因此順利完成作業；困難處無法解決，選擇其他主題完成作業或者無法順利完成作業，此處教師應注意學生的書寫情況。

（楷體字爲參考答案）

附錄六　延伸閱讀學習單

〈晚遊六橋待月記〉延伸閱讀學習單

班級：＿＿＿＿＿　座號：＿＿＿＿＿　姓名：＿＿＿＿＿

延伸閱讀：明・袁宏道〈西湖七月半〉

　　西湖七月半，一無可看，止可看看七月半之人。看七月半之人，以五類看之。其一，樓船簫鼓，峨冠盛筵，燈火優傒，聲光相亂，名為看月而實不見月者，看之。其一，亦船亦樓，名娃閨秀，攜及童孌，笑啼雜之，環坐露台，左右盼望，身在月下而實不看月者，看之。其一，亦船亦聲歌，名妓閑僧，淺斟低唱，弱管輕絲，竹肉相發，亦在月下，亦看月，而欲人看其看月者，看之。其一，不舟不車，不衫不**幘**，酒醉飯飽，呼群三五，躋入人叢，昭慶、斷橋，嘄呼嘈雜，裝假醉，唱無腔曲，月亦看，看月者亦看，不看月者亦看，而實無一看者，看之。其一，小船輕幌，淨幾暖爐，茶鐺旋煮，素瓷靜遞，好友佳人，邀月同坐，或匿影樹下，或逃囂裏湖，看月而人不見其看月之態，亦不作意看月者，看之。

　　杭人遊湖，巳出酉歸，避月如仇。是夕好名，逐隊爭出，多犒門軍酒錢，輿夫**擎燎**，列俟岸上。一入舟，速舟子急放斷橋，趕入勝會。以故二鼓以前，人聲鼓吹，如沸如撼，如魘如囈，如聾如啞，大船小船一齊湊岸，一無所見，止見篙擊篙，舟觸舟，肩摩肩，面看面而已。少刻興盡，官府席散，**皁隷**喝道去。輿夫叫船上人，**怖**以關門，燈籠火把如列星，一一簇擁而去。岸上人亦逐隊趕門，漸稀漸薄，頃刻散盡矣。

　　吾輩始**艤舟**近岸。斷橋**石磴**始涼，席其上，呼客縱飲。此時月如鏡新磨，山復整妝，湖復**頮**面，向之淺斟低唱者出，匿影樹下者亦出，吾輩往通聲氣，拉與同坐。韻友來，名妓至，杯箸安，竹肉發。月色蒼涼，東方將白，客方散去。吾輩縱舟，酣睡於十里荷花之中，香氣拍人，清夢甚愜。

語譯解釋內容，引用自教育部重編國語辭典修訂本：
https://dict.revised.moe.edu.tw/search.jsp?md=1

1. 幘：ㄗㄜˊ，古代用來包裹頭髮的布巾。
2. 擎：持、拿。燎：ㄌㄧㄠˋ，火把、火燭。
3. 皂隸：又作「皁隸」。古代稱衙門中的差役。
4. 怖：恐嚇。作動詞用。
5. 艤舟：把船停靠在岸邊。艤：使船靠岸。
6. 石磴：以石頭鋪砌成的臺階。
7. 頮：ㄏㄨㄟˋ，洗臉。

〈西湖七月半〉與〈晚遊六橋待月記〉有何相似及相異處。（參考答案）

	〈晚遊六橋待月記〉	〈西湖七月半〉
相似處	1. 皆寫西湖之景。 2. 皆與月景相關。 3. 皆表現作者與他人之不同。	
相異處	1. 〈晚遊六橋待月記〉寫春景；〈西湖七月半〉寫夏景。 2. 〈晚遊六橋待月記〉寫景；〈西湖七月半〉寫人。	

表五：作者游清桂自繪

（楷體字為參考答案）

※引導學生閱讀〈西湖七月半〉，並對比〈晚遊六橋待月記〉之內容敘寫。

附錄七　活動、作業注意事項，以及相關資料

「記敘生命之美」活動作業 注意事項

1. 活動進行七日，請同學每日拍攝一張照片或一段1分鐘內短片上傳至臉書社團，需標註班級、座號。
2. 配合照片或影片，以10～50字描述其特殊之處，爲評分內容。
3. 第七日上傳之照片或影片，內容除上述外，尚須包含100以上對於活動之回饋或反思，爲評分內容。

「記敘生命之美」活動作業 相關範例

圖1：作者游清桂自繪，icon素材爲word圖示，照片爲游清桂攝影

第一節作業學習單 注意事項

1. 可依據課堂中所討論之「特殊」的定義，敘寫對於自身而言，「特殊」的景色為何？
2. 可搭配「記敘生命之美」活動所拍攝的場景，敘寫之，須注意內容不可重複。
3. 字數達150字以上，且敘寫得宜、具調理者，可額外加1分。

第三節作業學習單 注意事項

1. 根據課程所述之雜記之要素，撰寫200～250字的短文。
2. 根據課程中提及之「山水遊記」、「亭台樓閣記」、「人事雜記」，從中三擇一敘寫之。
3. 可搭配「記敘生命之美」活動所拍攝的場景，敘寫之，須注意內容不可重複。
4. 可根據自身出遊經驗，或於網路搜尋之樓閣圖片，或自身相關記事，進行敘寫。

附錄八　課文架構

海報架構

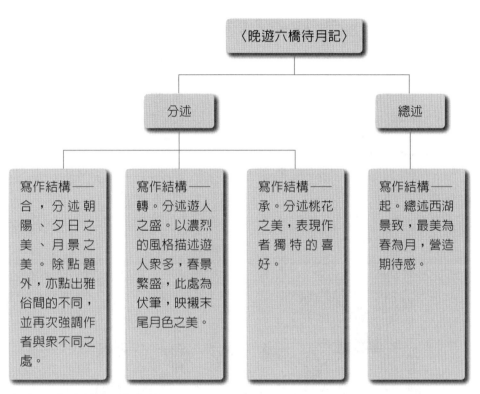

〈晚遊六橋待月記〉

分述　　　　　　　　　　總述

寫作結構──合，分述朝陽、夕日之美、月景之美。除點題外，亦點出雅俗間的不同，並再次強調作者與眾不同之處。

寫作結構──轉。分述遊人之盛。以濃烈的風格描述遊人眾多，春景繁盛，此處為伏筆，映襯末尾月色之美。

寫作結構──承。分述桃花之美，表現作者獨特的喜好。

寫作結構──起。總述西湖景致，最美為春為月，營造期待感。

表六：作者游清桂自繪

附錄九 雙向細目表

領綱核心素養與學習重點雙向細目表

	領域核心素養
國 S-U-A2	透過統整文本的意義和規律,培養深度思辨及系統思維的能力,體會文化底蘊,進而感知人生的困境,積極面對挑戰,以有效處理及解決人生的各種問題。
國 S-U-B3	理解文本內涵,認識文學表現技法,進行實際創作,運用文學歷史的知識背景,欣賞藝術文化之美,並能與他人分享自身的美感體驗。

學習表現	5-V-2 歸納文本中不同論點,形成個人的觀點,發展系統性思考以建立論述體系。 6-V-1 深化寫作能力,根據生活的需求撰寫各類文本。
學習內容 Ad-V-1 Cc-V-2	篇章的主旨、結構、寓意與評述。 各類文本中所反映的矛盾衝突、生命態度、天人關係等文化內涵。

學習目標	
1. (國S-U-B3)	透過引導活動、文本一至二段內容(寫作結構——起、承),理解篇章名稱呈現的元素。(6-V-1、Ad-V-1)
2. (國 S-U-B3)	透過文本三至四段內容(寫作結構——轉、合),結構組織架構、理解文本的段落結構。(6-V-1、Ad-V-1)
3. (國 S-U-B3)	藉由文本文眼的論述、公安派介紹、記體文類介紹,進行記體類文章的寫作。(5-V-2、Ad-V-1)
4. (國 S-U-A2)	藉由「記敘生活之美」活動、延伸閱讀、反思生命之中的平凡與特殊之處。(5-V-2、Cc-V-2)

表七:作者游清桂自繪

【小王子與狐狸】

「就這樣被你馴服」──〈小王子與狐狸〉

領域／科目	語文領域／國語文	設計者	彭海峰、張恩慈、鄭羽倢
實施年級	普通高級中學一年級	總節數	共4節，200分鐘
單元名稱	「就這樣被你馴服」─〈小王子與狐狸〉		
設計理念	〈小王子與狐狸〉一篇，在生命教育中，能帶給人的提示是於主客關係中找到彼此的定位，以及正確建立與人之間的交友或親密關係。 　　故我們會選擇這份課文，以及設計出這份教案，便是希望能在日益強調自我的社會中，提醒學生，與他人建立關係的重要性，以及建立關係後所應承擔的責任。希望透過教學，使學生反思自我的交友歷程，以及對待身邊人事物的態度。		
設計依據			
學習重點	學習表現	2-V-4 樂於參加討論，分享自身生命經驗及對文本藝術美感價值的共鳴。 5-V-1 辨析文本的寫作主旨、風格、結構及寫作手法。 5-V-5 主動思考與探索文本的意涵，建立終身學習能力。	核心素養	國S-U-A1 透過國語文的學習，培養自我省思能力，從中發展應對人生問題的行事法則，建立積極自我調適與不斷精進的完善品格。 國S-U-C2 了解他人想法與立場，學習溝通、相處之道，認知社會群體生活的重要性，積極參與、學習協調合作的能力，發揮群策群力的團隊精神。
	學習內容	Ac-V-1 文句的深層意涵與象徵意義。 Ad-V-1 篇章的主旨、結構、寓意與評述。 Bb-V-1 自我及人際交流的感受。 Cc-V-2 各類文本中所反映的矛盾衝突、生命態度、天人關係等文化內涵。		

議題融入	實質內涵	生U4 思考人類福祉、生命意義、幸福、道德與至善的整體脈絡。 生U6 覺察人之有限與無限，體會人自我超越、追求真理、愛與被愛的靈性本質。
	所融入之學習重點	2-V-4 樂於參加討論，分享自身生命經驗及對文本藝術美感價值的共鳴。由小組討論、愛物展覽活動，使學生思考生U4中的幸福和道德至善。 Cc-V-2 各類文本中所反映的矛盾衝突、生命態度、天人關係等文化內涵。藉由對文本內容涵意的探討，讓學生理解到生U6之愛與被愛的「馴服之意。」
與其他領域／科目的連結		歷史科
教材來源		教師備課手冊、Youtube 影音資源
教學設備／資源		黑板、課本、影音設備、展品資料卡、桌布、貼紙、感謝信、學習單、投遞箱

學習目標
1. 理解〈小王子與狐狸〉文本內容與課文深層涵義。
2. 懂得「馴服」的概念，即愛與被愛，且須對此負責。
3. 體察生活中的自我及人際交流的感受，懂得珍惜。

教學活動設計		
教學活動內容及實施方式	時間	備註
第一節 **一、課堂準備** ㈠教師：準備要播放的影片。 **二、引起動機**：預計10分鐘。 ㈠在正式上課之前，教師詢問學生，當提到六月，大家會想到什麼？接著教師提及6月28日為世界小王子日，以揭示當日課程。 ㈡教師播放小王子與狐狸的動畫片，並在播放完畢後，歸納片中小王子、狐狸與玫瑰三者之間關係，並且詢問學生「假設今天班上有一位你沒那麼熟的同學，他就跟狐狸所說的馴服一樣，一點一滴對你釋出善意，請問你對他會有什麼想法？	10分鐘	1. 準備工具：課堂教學影片 2. 教材：課本、黑板

會不會想跟他做朋友呢？」使學生思考並進入課程內容。		
三、主要內容／活動：預計30分鐘。	30分鐘	
㈠題解：		
題解部分，由於課文是《小王子》節選，所以教師會先介紹《小王子》這本書的中心主旨、內容概述，進而聚焦於本課重點〈小王子與狐狸〉一篇的中心主旨、內容概述，使學生對於這篇文章有個初步的理解。		
㈡作者：		
教師以時間為大綱，使學生可以比較清楚理解作者創作之歷程與時代背景，最後講述作者對後代文學的影響，使學生對作者可以有一個完整的理解。		
四、總結活動：預計10分鐘。	10分鐘	
㈠教師播放和作者生平及《小王子》創作背景有關的影片──《二戰傳奇聖埃克蘇佩里，永遠的小王子》，使學生除了在講述課程外，也能透過視覺有其他管道的理解。		準備工具：「小王子與狐狸」活動學習單、狐狸觀察紀錄表
㈡影片播完後，教師再幫學生總結作者寫作《小王子》的原因及背景，使學生更能清楚理解《小王子》一書的脈絡。		教材：課本、黑板
㈢在課堂最後，詢問學生對於本次上課內容有無問題，並提醒學生回家記得複習跟可以先行預習課文內容。		
第二節		
一、引起動機：預計5分鐘。	5分鐘	
教師在上課時，再次提起學生上禮拜的馴服問題，並稍微講解在〈小王子與狐狸〉中所謂的「馴服」，使學生先對此有基礎的概念。		
三、主要內容／活動：預計35分鐘。	35分鐘	
在上每一段落前，都會先請學生朗讀課文內容，並注意學生的朗讀品質，培養學生對聲情的素養，本次課文預計會教到第42頁第七句。		

(一)教學內容：

每一段都會請學生唸完一次後，教師再開始講述關於此段需要特別注意到的隱喻關係、文意、以及修辭。

文意理解：

1. **就在此時，狐狸出現了！**—教師須在此處先補充第二十章的內容。

2. **「這是大家早就遺忘的事。」**—為本文第一次提到忘記，這裡教師須提醒學生因為現代人際冷漠，使許多人將生命放在物慾上，故早已忘記和他人建立關係的重要與美好。

3. **「馴服的意思『建立關係』。」**—教師應額外補充馴服一詞在法文中原文的內涵和中文的馴服稍有不同。並擴大「建立關係」的含意，使學生了解到建立關係，甚至可以包含與自己的關係。

4. **「如果你馴服了我，我們就互相需要對方，對我來說……我也是世界上唯一的狐狸……。」**—教師需解釋在這一段落中，客觀與主觀對於一件物品是否獨一無二的認知內涵，使學生了解到小王子和玫瑰以及小王子和狐狸是同樣一種類型的關係。

5. **「我又不吃麵包……一點用處也沒有……」**—對於不吃麵包的狐狸來說，麥子並沒有意義。但若小王子馴服牠，金黃色的麥子和小王子有了連結，自然麥子對狐狸便有了意義。

6. **「言語是誤會的關係」**—此處可以提醒學生，小王子與玫瑰就是因為言語的誤會而分離的。

7. **「你都可以坐得更靠近我一些」**—教師說明馴服關係需要耐心且腳踏實地的逐步建立，具有一定的程序性。

8. **「你最好每天都同一個時間來。」**—要有一定的規律，才能夠吊起被馴服者的期待心理。

9. **「這也是早被人遺忘的事。」**—這裡的忘記和第一次的忘記不同，指的是遺忘馴服的儀式和方法。

10. 「他就是每一天每一刻……那我也就沒有假期了。」—親密的關係並不代表需要一直在一起，教師提醒學生，也要注意給予對方個人空間和間隔，才會讓人有期待心理。

11. 「就這樣……分離的時刻逼近了。」—教師要提醒同學，小王子對狐狸的馴服，實際上是互相馴服對方。

12. 「我有。因為那些麥田的顏色，我還是得到好處」—教師須補充，這裡是指透過麥田的顏色，狐狸會想起小王子。

修辭：教師可在提及時，簡單解釋所用到的修辭概念。

1. 鑲嵌：
　「獨一無二」
　「十全十美」

2. 錯綜：
　「所有的雞全部都長得一樣，所有的人類也相去無幾。」

3. 轉化（形象化）：
　「如果你馴養了我，那我的生活就彷彿充滿了陽光。」
　「但是世界上還沒有任何一家商店可以買到友誼」

4. 映襯：
　「對我來說，你會是世界上……對你來說，我也是……。」
　「聽到其他人的腳步聲，我會嚇得躲進洞穴裡，而你的腳步聲會像音樂一樣，引我從洞裡走出來。」

5. 層遞：
　「那麼從三點鐘起……我會讓你知道我有多麼快活！」

㈡段落總結：
　教師在上完此段後，須總結此段主旨。

四、總結活動：預計10分鐘。 ㈠進行「小王子與狐狸」活動的說明： 　　課堂最後的時間，教師將進行「小王子與狐狸」活動的活動說明。 活動主旨： 「馴服」是人際關係的建立，需要時間、耐心、規律、儀式，甚至要背負一輩子的責任。「小王子與狐狸」活動旨在促使學生體驗一部分的「馴服」涵義與方法，以加深對課文「馴服」意義的理解，學習如何愛、珍惜與尊重萬物。 活動方式： 教師製作籤與籤筒，讓每位學生到講臺抽籤，抽出的座號即該學生自己的「狐狸」，且抽籤結果必須保密。 每位學生皆有一位自己的「狐狸」以及視自己為狐狸的「小王子」。 每位學生一週內需「馴服著」自己的狐狸，付出時間關注，觀察對方（狐狸）的獨特、優點，體會何謂「用心才能看得清楚」精神，了解如何愛、珍惜與尊重同儕。 這個活動會發下學習單當回家作業，請學生填寫自己的狐狸是誰，從其觀察到什麼特質和優點，以及馴服的心得。教師會告知這份觀察單之後會交給狐狸。同時狐狸在這次活動後要寫感謝信給小王子；感謝信會在第四節課的開始由教師收過來，並在第四節課的最後發給學生。	10分鐘	
第三節 **一、課堂準備** ㈠學生：學生需思考「小王子與狐狸」活動帶給自己的意義，以利課堂活動中分享。 **二、主要內容／活動**：預計25分鐘。 ㈠教學內容：每一段都會請學生唸完一次後，教師再開始講述關於此段需要特別注意到的隱喻關係、文意，以及修辭。	25分鐘	準備工具：展品資料卡（愛物小卡）、感謝信 教材：課本、黑板、學習單

文意理解：

1. 「**你們一點也不像我那朵玫瑰花，你們什麼都不是**」—此指這些玫瑰花因為沒有和小王子的共同經歷，所以雖然外表相同，但仍舊不是小王子的玫瑰。

2. 「**雖然你們很美麗，但你們是空虛的。**」—此處的空虛，意指玫瑰並沒有被馴服或馴服的對象。教師可引領學生思考，是否這些玫瑰就真如小王子說的一般一定就是空虛的呢？或許他們可能在其他的地方或是彼此就已經有了馴服關係，教師可藉此向學生談到主客問題。

3. 「**我的秘密其實很簡單，只有用心才能看得清楚**」—這個心意指童心，也是小王子特別之處。而童心的重要性，便是《小王子》這本書的核心焦點。在這裡教師可以點出來，並向學生說明。

4. 「**對於你馴服過的對象，你永遠有責任**」，—教師提醒學生，這裡的責任並非道德或法律上的負擔，而是在馴服關係中，因兩人互相投入，所產生的對彼此的支持和信念，而其便會成為一種自願約束力。

修辭：教師可在提及時，簡單解釋所用到的修辭概念。

1. **轉化**：
「這些玫瑰花頓時手足無措。」
「我傾聽過他的抱怨和自詡。」

2. **映襯**：
「雖然你們很美麗，但你們是空虛的。」

3. **排比**：
「因為她是我親手澆灌……是我用屏風保護的。」

問題討論：

1. 教師問學生臉書、IG和LINE等社群媒體會為人與人的關係帶來什麼樣的影響？這和小王子所面臨的人際關係難題，有相似之處嗎？我們又應如何看待網路上的人際關係？

㈡ 段落總結： 　教師在上完此段後，須總結此段主旨。 ㈢ 課文總結： 　整個課文上完之後，教師須再次總結課文，並將 　重點提及核心課文內容。 **三、總結活動**：預計25分鐘。 ㈠ 20分鐘 　　教師將學生平均分組，並請學生在小組討論 的時間內，互相分享這次「小王子與狐狸」活動的 感受，並記錄下來，再請各組上臺報告討論後的結 果。 　　而在小組討論前，教師要引導學生討論時可與 課文內容進行結合，並在討論過程中，適時引導有 需要的組別。 ㈡ 5分鐘 　　在課堂結束前，教師發下空白感謝信給學生， 請學生返家自行完成，接著說明下一堂課的活動 「愛物分享展覽」。活動內容是： 　　就如小王子對玫瑰的珍視，賦予了玫瑰不同的 意義。請同學們攜帶對其他人來說雖然很普通，但 對自己卻有重要意義的東西來跟同學分享。 　　接著，教師會發下展品資料卡，請同學回家先 在資料卡上簡單寫下這個物品對自己重要的原因， 以及物品名稱或愛稱，做成一張簡單的介紹卡。 **第四節** **一、課堂準備** ㈠ 學生：請同學帶來完成的感謝信，以及要介紹的 　物品和小卡。 **二、主要內容／活動**：預計40分鐘。 ㈠ 場地布置5分鐘： 　　請學生先將完成的感謝信投入教師準備之投遞 箱，以利教師收回感謝信。 　　接著，請同學把桌椅排成一個大ㄇ字型，並鋪 上桌布。再請同學們把自己帶來的物品跟小卡放在 桌子上。	25分鐘 40分鐘	準備工具：貼紙、 桌布、展覽背景影 音：張曼娟遇見小 王子有聲書、投遞 箱 教材：課本、黑板

(二)展覽時間15分鐘： 　　布置完後請同學到ㄇ字中央集合，並閉眼坐下來。這時教師要簡單說明展覽規範，令同學靜下心，進入展覽氛圍。之後便請同學開始欣賞展覽。（此時可以放一些輕音樂，模擬展覽環境） 　　此外還會發下小貼紙，並請同學把貼紙貼在較有興趣的展品的小卡上。 (三)展品介紹時間20分鐘： 　　展覽時間結束後，根據展品得到的貼紙數量，請前十名同學上臺分享自己與這件物品的連結，一人預計最多兩分鐘，如果時間還有剩，可安排自願者上臺發表。 **三、總結活動**：預計10分鐘。 (一)解說展覽目的： 　　教師在活動尾聲，需要再次提及此活動的意義，以及和課文的連結，鼓勵同學愛惜自己喜歡的物品。 (二)教師協助將每位狐狸的感謝信發予對應的小王子。	10分鐘	
參考資料： 1. 111學年度備課用書高中國文（龍騰版） 2. 如何學會《愛》小王子和玫瑰花： 　https://www.youtube.com/watch?v=fz-90pCYKTk 3.【傳奇】二戰傳奇圣埃克蘇佩里，永遠的小王子 　https://www.youtube.com/watch?v=YHJHL19ehDM&t=459s 4. 遇見小王子序： 　https://www.youtube.com/watch?v=tuRyCpDeZHw		

附錄一　學習單

「小王子與狐狸」活動學習單

班級：＿＿＿＿＿＿　姓名：＿＿＿＿＿＿　座號：＿＿＿＿＿＿

您的狐狸是誰：

狐狸觀察

（請秉持「用心才能看得清楚」的精神做這份作業！）

獨特之處（獨一無二的地方）：
請同學就觀察狀況回答
擬答：生活習慣

他／她的優點：
請同學就觀察狀況回答
擬答：細心、脾氣好、愛乾淨

心得：（在這個「馴服」的過程中，是否能了解如何愛、珍惜與尊重同儕。）
請同學思考在觀察過程中的體悟及感受，並書寫成文。
擬答：

　　透過這個活動，我觀察到了小明在生活中是個愛乾淨的人，而且他對待其他同學都很細心。雖然以前我在班上可能跟他來往不多，但是之後我可能會想要嘗試多多跟他交流，因為我在這次活動中，我覺得如果能跟他成為朋友，會是一件很棒的事情。

（楷體字為參考答案）

附錄二　紀錄表

狐狸觀察紀錄表

班級：＿＿＿＿＿　姓名：＿＿＿＿＿　座號：＿＿＿＿＿

日期（年／月／日）	為狐狸做的事	狐狸做了什麼	狐狸的心情	對狐狸的好感有上升嗎？	對狐狸的好感程度（請在前面寫＋或－，例：-1、+50）
星期一 ／／	主動教他數學	他今天外掃工作很認真	他今天心情不錯，臉上都面帶微笑。	□有 □無	＋80
星期二 ／／				□有 □無	
星期三 ／／				□有 □無	
星期四 ／／				□有 □無	
星期五 ／／				□有 □無	
星期六 ／／				□有 □無	
星期日 ／／				□有 □無	

初始印象分數：　　　　　　　　　　　　　觀察後最終加總分數：

（楷體字為參考答案）

附錄三

愛物小卡

名稱	擬答：泰迪熊
材質	擬答：絨毛、棉花
選擇此物的原因	擬答： 這個泰迪熊是媽媽在我十歲生日的時候送我的，因為它陪我度過了我的童年到高中。
有沒有和他特別的小故事	例如： 　　以前我難過的時候，我都會跟它說，雖然當下事情沒有解決，但是跟它說完後，我的心情都會輕鬆不少。 　　而且很神奇的是，那些難題，在我跟泰迪熊聊完之後，往往過不久都會自動解決，所以我相信我所說的話，都有好好傳達給他，並且是它在冥冥之中祝福我，幫助我面對困難。

（楷體字為參考答案）

【小王子與狐狸】
那朵獨一無二的玫瑰

領域／科目	語文領域／國語文	設計者	吳玟臻
實施年級	普通高級中學一年級	總節數	共 3 節，150分鐘
單元名稱	那朵獨一無二的玫瑰		

設計理念	透過電影版的《小王子》，引起學生對此課的好奇，並同時作為複習的教材；藉由討論的方式，除了讓學生自行找出課文的重點以外，也讓學生對於自己歸類的重點有進一步的後設認知。 　　本課最重要的目標就是讓學生了解人和人建立關係的過程與感受，那份感性的互動，由心而生的情感，並以此連結學生的生活經驗，希冀學生可以捫心探索自身生命中的情感羈絆，並能淋漓表達之。

設計依據			
學習重點	學習表現	1-V-2 聽懂各類文本聲情表達時所營構的時空氛圍與情感渲染。 2-V-2 討論過程中，能適切陳述自身立場，歸納他人論點並給予回應，達成友善且平等的溝通。 5-V-1 辨析文本的寫作主旨、風格、結構及寫作手法。 6-V-2 廣泛嘗試各種文體，發表感懷或見解。	核心素養	國S-U-B1 運用國語文表達自我的經驗、理念與情意，並學會從他人的角度思考問題，尋求共識，具備與他人有效溝通與協商的能力。
	學習內容	Ac-V-1 文句的深層意涵與象徵意義。 Ad-V-2 新詩、現代散文、現代小說、劇本。 Ad-V-1 篇章的主旨、結構、寓意與評述。 Bb-V-1 自我及人際交流的感受。		

議題融入	實質內涵	生U6 覺察人之有限與無限，體會人自我超越、追求真理、愛與被愛的靈性本質。
	所融入之學習重點	語文領域：透過「文本表述」學習內容中的記敘、抒情文本，可融入人學探索、終極關懷與靈性修養，在說明文本、議論文本的學習內容中可以融入哲學思考、價值思辨。在「文化內涵」的學習內容，尤其在社群文化、精神文化等相關主題，可融入價值思辨、終極關懷與靈性修養等適齡適性之主題。
與其他領域／科目的連結		無。
教材來源		龍騰版普通高級中學國文科高中一年級課本與講義
教學設備／資源		黑板、粉筆、投影機、布幕、電腦、DVD、DVD播放器、課本、講義、便條紙、稿紙

學習目標

1. 學生能理解何謂建立一段關係。
2. 學生能感知一段關係建立的感受。
3. 學生能表達一段的建立的關係情感。

教學活動設計

教學活動內容及實施方式	時間	備註
第一節：認識小王子和狐狸 **一、課堂準備** ㈠教師：備課，課文字詞解釋與課文脈絡。 **二、引起動機**：預計5分鐘。 ㈠教師播放《小王子》電影預告。 ㈡教師由電影預告導入《小王子》一書，並介紹書本和電影的情節差異。 **三、主要內容／活動**：預計44分鐘。 ㈠教師由電影和書本的異同帶入作者介紹。 ㈡前情提要，教師簡易口述小王子在遇到狐狸前的一些故事片段。 1. 教師於黑板「繪製時間軸」，使學生掌握小王子在旅途中遇到的人事物。	5分鐘 4分鐘 10分鐘	教師於黑板繪製時間軸。

(三)教師問學生，什麼是「建立關係」？怎麼樣才能稱做建立關係？ 1. 教師讓學生思考一陣子，隨機點學生回答。 2. 教師對學生的答案給予回應。	5分鐘
(四)教師對學生說，接下來我們要跟著小王子，一起探討何謂「建立關係」。	10分鐘
(五)教師隨機抽點學生，請他們有情感地朗讀課文，並隨時糾正其字詞發音。 1. 教師請學生於別人朗讀時標出課文中的關鍵字詞。 2. 教師請學生想一想這些關鍵字詞想表達什麼？	教師請學生翻開課本至課文〈小王子與狐狸〉。
(六)教師發下便條紙，請學生跟前後左右的同學一組（一組約3到4人），將各自挑出的關鍵字詞列在便條紙上，然後同組組員將各自所書寫的便條紙加以分類與標記類別名稱。 1. 教師請完成分類的組別將便條紙黏在黑板上。 2. 教師就黑板上的便條紙，和學生進行對話與討論，並逐步帶出本課的重點——「馴服」。	15分鐘　教師發下便條紙。 教師協助學生將便條紙整齊地黏貼於黑板上。
四、總結活動：預計1分鐘。	
(一)教師複習今日的課程與統整討論結果。	1分鐘
第二節：再看一眼小王子和狐狸	
一、課堂準備	
(一)教師：備課，課文分析；借《小王子》電影DVD。	
二、引起動機：預計10分鐘。	
(一)教師播放電影《小王子》中討論馴服的片段，喚起學生對於課文的記憶。	5分鐘
(二)教師問學生，上次課前老師問同學們關於建立關係的一些問題，經過上一堂課的討論，相信同學們對於建立關係有新的想法，老師再問大家一次，什麼是「建立關係」呢？怎麼樣才能稱做建立關係呢？ 1. 教師讓學生思考一陣子，隨機抽點學生回答。 2. 教師對學生的答案給予回應。	5分鐘

三、主要內容／活動：預計38分鐘。		教師請學生翻開課
㈠教師說讓我們來看狐狸以及小王子他們對於建立 　關係的詮釋與方法。		本至課文〈小王子 與狐狸〉。
㈡教師帶學生總覽整篇課文，教師針對課文結構進 　行段落分析，並以此帶學生再複習一次課文內 　容。	30分鐘	
1.第一到二段：馴服的義涵，狐狸引導小王子了解 　　何謂建立關係（互相需要對方、發現對方的獨 　　特）。		
2.第二到三段：馴服的方法，狐狸告訴小王子要馴 　　服就要用心（長期陪伴關注、逐步建立關係、維 　　持固定頻率、建立特定模式）（時間、耐心、規 　　律、儀式）。		
3.第三段：馴服的結果，懂得愛與珍惜。事物的本 　　質，是眼睛看不到的，只有用心才能看得清楚。		
㈢教師帶學生回顧玫瑰跟小王子的互動，搭配課文 　內容，更進一步說明為何在成千上萬朵的玫瑰 　中，這一朵會是小王子獨一無二的玫瑰，讓學生 　更能理解一段關係因為彼此馴服而造就。	8分鐘	
四、總結活動：預計2分鐘。	2分鐘	
㈠教師複習今日的上課內容。		
第三節：你有那朵獨一無二的玫瑰嗎？		
一、課堂準備		
㈠教師：準備、影印學習單。		
二、引起動機：預計2分鐘。	2分鐘	
㈠教師詢問學生，根據上一節課大家對建立關係的 　定義與了解，自己有（或曾經有）那朵獨一無二 　的玫瑰嗎？		
1.教師不點人回答，請同學自己想一想。		教師發下課後學習
三、主要內容／活動：預計48分鐘。		單。
㈠教師請同學自行完成學習單上的問答，並於下一 　節課前繳交。	48分鐘	教師適時提供協 助。
1.學習單第一題配合小王子與玫瑰相互認識的片 　　段。		

2. 學習單第二題配合小王子替玫瑰澆水、蓋玻璃罩、除毛毛蟲的片段。 3. 學習單第三題配合小王子無論做什麼事，玫瑰依舊不滿意的片段。 4. 學習單第四題配合小王子體悟到那朵玫瑰之所以獨一無二的片段。 ㈡教師巡視教室並適時指導。 **四、總結活動：**預計1分鐘。 ㈠教師總結整課內容與主旨。	1分鐘	
參考資料： 龍騰版普通高級中學國文科一年級課本。 龍騰版普通高級中學國文科一年級講義。 安東尼‧聖艾修伯里（AntoinedeSaint-Exupery）著：《小王子》，2017年6月（新北：雅書堂文化）。 電影《小王子》預告：https://www.youtube.com/watch?v=ma7dZpdBKVw **附錄：** 附錄一，課後學習單。		

附錄一　學習單

課後學習單──你有那朵獨一無二的玫瑰嗎？

班級：＿＿＿＿＿＿＿　姓名：＿＿＿＿＿＿＿　座號：＿＿＿＿＿＿＿

一、根據小王子與狐狸對建立關係的定義與了解，自己有（或曾經有）那
　　朵獨一無二的玫瑰嗎？請寫下自己與他的認識經過。
　　（300字～500字）

二、續上題，你們都怎麼相處呢？你會幫他做什麼事嗎？
　　（200字～300字）

三、他有讓你覺得不開心的舉動或態度嗎？或者，你們之間有嫌隙或矛盾
　　嗎？

　　（200字～300字）

四、續上題，他為什麼會是你獨一無二的玫瑰呢？

　　（200字～300字）

【鴻門宴】

層層推開的心門──〈鴻門宴〉終極關懷

領域／科目	語文領域／國語文	設計者	鄭惠文
實施年級	普通高級中學二年級	總節數	共 4 節，200 分鐘
單元名稱	層層推開的心門──〈鴻門宴〉終極關懷		
設計理念	〈鴻門宴〉是司馬遷《史記》裡膾炙人口的篇章，透過敘事、描寫動作與神情使人物栩栩如生，其中深受大眾矚目的無非是楚漢的領軍人物──「項羽」和「劉邦」，數年間「勝敗乃兵家常事」，但如何從中擷取經驗化為後事之師，乃是人生中重要的課題，因此本課融入生命教育──生U3「終極關懷」，期望學生藉由思考生命的意義、生命特質、感知他人人生的困境、積極面對挑戰、最終覺察自己的人生哲學，生成對生命的終極關懷。		

設計依據			
學習重點	學習表現	2-V-2 討論過程中，能適切陳述自身立場，歸納他人論點並給予回應，達成友善且平等的溝通。 2-V-3 鑑別文本中立場相異的評述，說出個人見解，表達其中觀點相異之美。 5-V-1 辨析文本的寫作主旨、風格、結構及寫作手法。 5-V-2 歸納文本中不同論點，形成個人的觀點，發展系統性思考以建立論述體系。 6-V-2 廣泛嘗試各種文體，發表感懷或見解。	核心素養	國S-U-A2 透過統整文本的意義和規律，培養深度思辨及系統思維的能力，體會文化底蘊，進而感知人生的困境，積極面對挑戰，以有效處理及解決人生的各種問題。 國S-U-C2 了解他人想法與立場，學習溝通、相處之道，認知社會群體生活的重要性，積極參與、學習
	學習內容	Ad-V-1 篇章的主旨、結構、寓意與評述。		

		Ba-V-2 人、事、時、地、物的細部描寫。 Bd-V-1 以事實、理論為論據，達到說服、建構、批判等目的。 ◎Cb-V-1 各類文本中的親屬關係、道德倫理、儀式風俗、典章制度等文化內涵。 Cc-V-2 各類文本中所反映的矛盾衝突、生命態度、天人關係等文化內涵。 ◎Cb-V-2 各類文本中所反映的個人與家庭、鄉里、國族及其他社群的關係。	協調合作的能力，發揮群策群力的團隊精神。
議題融入	實質內涵	生U3 發展人生哲學、生死學的基本素養，探索宗教與終極關懷的關係，深化個人的終極信念。	
	所融入之學習重點	Bd-V-1 以事實、理論為論據，達到說服、建構、批判等目的。 Cc-V-2 各類文本中所反映的矛盾衝突、生命態度、天人關係等文化內涵。	
與其他領域／科目的連結		無	
教材來源		自編學習單	
教學設備／資源		投影機、電腦、白板、白板筆、學習單、課本。	

學習目標

1. 學生能感知生命的意義。
2. 學生能分析文本角色的生命特質。
3. 學生能評述如何面對失敗。
4. 學生能生成終極信仰。

節次	學習脈絡	閱讀認知歷程	學生表達方式	學習單／講義／投影片
1	認識生命意涵及課文作者	訊息檢索、廣泛理解	課堂問答、書寫	附錄一
2	理解課文、分析角色特質、統整歸納	訊息檢索、發展解釋、廣泛理解、省思評鑑	課堂問答、書寫	附錄二、附錄三

節次	學習脈絡	閱讀認知歷程	學生表達方式	學習單／講義／投影片
3	理解課文、敘述探究分析文本、思考隱藏的角色、釐清事實與觀點	訊息檢索、廣泛理解、省思評鑑	課堂問答、書寫、上臺發表	附錄四、附錄五
4	換位思考、連結生命經驗、省思自我、總結課程	訊息檢索、省思評鑑	課堂問答、書寫、上臺發表	附錄六

課程架構安排：

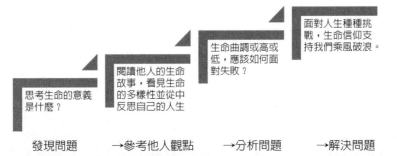

思考生命的意義是什麼？　　閱讀他人的生命故事，看見生命的多樣性並從中反思自己的人生　　生命曲調或高或低，應該如何面對失敗？　　面對人生種種挑戰，生命信仰支持我們乘風破浪。

發現問題　　→參考他人觀點　　→分析問題　　→解決問題

教學活動設計		
教學活動內容及實施方式	時間	備註
課堂準備 1. 學生：學生國中學過〈張釋之執法〉，對司馬遷具備基本認識；能偶爾關心公共事務，並對其提出疑問。 2. 教師：分析學生學習起點、準備文本內容、生命教育內容、輔助教材並熟讀《史記‧項羽本紀》、《史記‧高祖本紀》。 **第一節** **一、引起動機** ㈠教師請學生分組討論俄烏戰爭的影響 　1.教師請學生六人一組（每組至少2男2女）。 　2.教師操作投影片（附錄一投影片）並請同學觀察網頁內容。 　3.教師發下每組兩張小白板及一支白板筆。	15分鐘	此處以討論教學法及問思教學法為主，講述教學法為輔。期望學生在討論過程中，能適切陳述自身立場，歸納他人論點並給予回應，達成友善且平等的溝通。教師使用投影片（附錄一投影片）輔助說明。

4. 教師請學生將小組觀察到的內容記錄在小白板①上。 5. 教師請學生根據組內紀錄的項目分別給予一至二個形容詞。 6. 教師請學生拿出另一張小白板②。 7. 教師提問：面對「至少53,616人死亡」你／妳有什麼感受？並記錄在小白板上②。 8. 教師提問：若今天你／妳是這53,616人之中的家屬，你又會有什麼樣的感受？並記錄在小白板上②。 9. 教師請學生比對兩張小白板上的形容詞，將用詞更激動的小白板貼上黑板。 (二) 教師統整小白板①、②的數量並給予口頭性回饋 1. 教師統整小白板上的重複內容，並給予口頭性回饋。 2. 教師提問：數字用來記錄方不方便？ 3. 教師請學生舉手回答。視學生反映，若動機低落採加分機制。 4. 教師提問：世界上什麼東西不可以被量化？ 5. 教師請學生舉手發言。視學生反映，若動機低落採加分機制。 6. 教師提問：生命可以被量化嗎？若是可以請說明理由；若是不可以，請說明我們該如何看待生命？ 7. 教師請學生舉受發言，並給予口頭性回饋。	 5分鐘	學生使用：小白板、白板筆等作答。 評量：投影片的內容並與組員討論後共同回答。 評量：能說出社會事件帶給自己的情緒與感受，並期望學生能夠藉由思辨感知生命可能的困境，積極面對挑戰，從中思考生命的意義。
二、發展活動 (一) 教師發下講義請學生閱讀 1. 教師發下講義（附錄二） 2. 教師限時3分鐘請學生閱讀學習單（附錄二）內容。 3. 教師提問：司馬遷的生命困境為何？並請小組記錄在小白上。 4. 教師請一組派代表說明觀察到的生命困境，並請其他小組若遇重複項目請刪除。 5. 教師請其他小組提出不同內容。	10分鐘	此處教師藉由設計學習單、講義提供學生閱讀以了解本課作者的生命經歷，期望學生藉由他人之不易，反思自身現況、感知自己的生命意義。 搭配講義（附錄二）

6. 教師總結各小組發言。		評量：能說出司馬
(二)教師引導學生反思生命的組成元素	10分鐘	遷的生命困境分別
1. 教師操作投影片（附錄一投影片2－4）並向學生		為何？
提問：今天若是你／妳大考失利，無法成功就讀		教師使用投影片
理想學系你／妳應該如何？		（附錄一投影片2－
2. 教師請學生舉手發言。		6）輔助說明。
3. 教師給予口頭性回饋。		
4. 教師提問：司馬遷的困境對他帶來了傷害，但同		
時是否也帶來了其他無法直接覺察的影響？		
5. 教師限時討論時間3分鐘，並請學生討論、記錄		
在小白板上。		
6. 教師巡堂確認學生討論情況。		
7. 教師操作投影片並說明司馬遷往後選擇及成就		
（附錄一投影片5）。		
8. 教師舉例說明其他可能發展（附錄一投影片6）。		
(三)教師引導學生指出生命的意義。	10分鐘	
1. 教師發下學習單（附錄三）。		評量：搭配學習單
2. 教師說明作答方式及內容：根據小白板內容，我		（附錄三）回顧自
們得知生命有更多的可能與變化，請各位同學		己的生命經驗並
根據討論內容作答學習單。		統整生命的組成要
3. 教師請學生各自作答並於完成後繳回。		素。
4. 教師預告下堂課程內容並請學生預習課文第一、		
二段。		
課堂準備：		
1. 學生：能感知生命的意義、要素、預習課文第		
一、二段。		
2. 教師：準備課文內容、以SWOT分析角色特性、		
分析性格。		
第二節		
(一)教師複習上堂課程內容	5分鐘	此部分以講述法及
1. 教師發下上堂學習單（附錄三）並請學生檢查。		探究教學法為主，
2. 教師請學生發表自己的看法，視學生情況以加分		教師先帶領學生閱
機制鼓勵學生發表。		讀，採邊閱讀，邊
3. 教師給予口頭性回饋。		提問的方式，使學
4. 教師揭示本堂課程目標及內容。		生思考文本內涵，

5. 教師請學生依據上堂分組方式六人一組，移動桌椅。		並藉由表達檢測學生是否融會貫通，充分理解。
㈡ 教師請學生思考自己立場	3分鐘	此提問主要為引起學生的學習動機並無標準答案。課文講解完畢時再次詢問學生有無更換立場。期望學生統整文本的意義和規律，培養深度思辨及系統思維的能力。
1. 教師提問：妳／你會加入項羽還是劉邦的陣營及原因？		
2. 教師請學生將自己的答案記錄在題解旁（課本）。		
3. 教師請三位學生舉手發言。		
4. 教師給予口頭性回饋。		
㈢ 教師講解課文內容——項羽大怒	8分鐘	
1. 教師請一組學生朗誦第一段課文。		
2. 教師教授課文內容。		
3. 教師分析角色特質（如：「旦日饗士卒，為擊破沛公軍」以示項羽急躁、不夠謹慎的個性）。		評量：學生能回答首段段落大意、識別字詞並掌握項羽陣營的人物。
4. 教師針對首段內容提問學生。		
5. 教師詢問學生答案。		
6. 教師回答學生並給予正確答案。		
㈣ 教師講解課文內容——劉邦陣營出謀劃策	9分鐘	
1. 教師請一組學生朗誦第一段課文。		
2. 教師教授課文內容。		
3. 教師分析角色特質（張良：足智多謀，兩次回應劉邦的提問「毋從俱死也」；劉邦：積極尋求對策；項伯：敵我不辨，「因善遇之」埋下錯殺伏筆。）		口頭評量：學生能回答次段段落大意、識別字詞並掌握劉邦陣營的人物。
4. 教師針對次段內容提問學生。		
5. 教師詢問學生答案。		
6. 教師回答學生並給予口頭性回饋。		
㈤ 教師以SWOT分析法分析角色人物	15分鐘	此部分教師以SWOT分析法分析角色特質，期望藉由四大面向產出更客觀的分析，此外，學生亦能習得SWOT
1. 教師發下講義（附錄四）。		
2. 教師講解SWOT理念及操作方式。		
3. 教師以劉邦為例示範SWOT分析法。		
4. 教師發下學習單（附錄五）請以組為單位完成項羽SWOT分析。		
㈥ 教師引導學生分組完成學習單	15分鐘	

1. 教師限時十分鐘並請學生討論完成學習單。 2. 教師巡堂掌握學生討論、作答情況。 3. 教師請各組繳回學習單。 4. 教師總結課程內容。 5. 教師預告下堂課程內容並請學生預習課文第三、四段。 **課堂準備** 1. 學生：掌握SWOT分析法、課文第一、二段內容及預習課文第三、四段。 2. 教師：準備課文第三四段內容及學習單、批改課堂作業（附錄五）。		分析法有助於梳理思緒。 搭配講義（附錄四） 評量：學生能分組完成項羽的SWOT分析。
第三節		
㈠教師檢討學習單作答情況及複習 1. 教師請學生照上堂分組的方式排列桌椅。 2. 教師發下批改後的學習單（附錄五） 3. 教師請學生檢查並針對有異議、有疑問者加以說明。 4. 教師複習上堂課程內容。	5分鐘	此部分以講述法及探究教學法為主。 教師發下批閱後的學習單（附錄五）並請學生檢查、複習。
㈡教師講解課文內容——鴻門宴 1. 教師請一組同學朗誦課文。 2. 教師教授課文內容。	10分鐘	
3. 教師針對第三段課文提問學生。 4. 教師詢問學生答案。	7分鐘	評量：學生能回答第三段段落大意、識別字詞並掌握鴻門宴況。
㈢教師講解課文內容——鴻門宴 1. 教師請一組同學朗誦課文。 2. 教師教授課文內容。		
3. 教師針對針對第四段提問學生。 4. 教師詢問學生答案	23分鐘	評量：學生能回答第四段段落大意、識別字詞並掌握鴻門宴況。
㈣教師發下學習單請學生分組討論 1. 教師發下學習單（附錄六）。 2. 教師請學生自行完成第一題「一、請先閱讀以下詩句說明項羽的結局」。 3. 教師請學生舉手回答。 4. 教師給予口頭性回饋。		

5. 教師請學生閱讀《史記·項羽本紀》、《史記·高祖本紀》節選內容。 6. 教師請學生自行作答「我的答案」。 7. 教師限時8分鐘請學生分組討論並作答第二小題「討論後的答案」。 8. 教師請一組同學上臺分享「討論後的答案」。 9. 教師給予口頭性回饋。 ㈤教師指派回家作業 1. 教師指派第三題「請你／妳根據作答內容評述兩位面對失敗時的舉動」為回家作業並說明作答內容與篇幅限制。 2. 教師總結該堂課程。 3. 教師預告下堂課程內容。 **課堂準備** 1. 學生：完成學習單（附錄六）、熟讀課文、作者生平。 2. 教師：準備學習單、生命教育課程。	5分鐘	搭配學習單（附錄六） 1. 推論項羽最終結局。 2. 分析項羽與劉邦如何面對挫敗。 3. 試想自己面對困境時該如何應對？ 過程中學生先自行閱讀文本並以自身觀點作答，再採討論教學法引導學生說出個人見解、聆聽他人意見、尊重相異之美。
第四節 **三、綜合活動**		
㈠教師收回作業並複習上課課程內容 1. 教師請學生繳回學習單（附錄六）。 2. 教師扼要複習本課作者、課文。 3. 教師提問：現在的妳／你會加入項羽還是劉邦的陣營及原因？ 4. 教師請學生翻看記錄在題解旁的第一次答案。 5. 教師請有改變陣營的學生舉手。 6. 教師請兩位學生分享自己的想法。 7. 教師給予口頭性回饋。 8. 教師請學生依照分組模式調整座位。	10分鐘	此處再次提問是期望學生透過文本閱讀、問題思考達成分析的邏輯推斷及內省，覺察更適合自己的選擇或欣賞他人之美。
㈡教師揭示本堂課程安排 1. 教師說明本堂活動主題——辯論。 2. 教師發下學習單（附錄七）。 3. 教師說明辯論規則。 4. 教師說明辯論題目——「請問，生命的長短和精彩哪個更重要？」	5分鐘	搭配學習單（附錄七）

5. 教師請組內分為兩隊，一隊持方為：生命的長度；一隊持方為：生命的精彩。		評量：能發表並尊重不同意見、最終上臺發表小組的結論。
(三)教師引導學生各自討論	30分鐘	
1. 教師引導學生找尋相關資料。（在教師的允許下可以使用手機）		此處藉由辯論的綜合活動刺激學生思考自己的生命信仰，目的旨在結合第一堂課生命的意義、第二堂課他人生命的追求、第三堂課面對生命的挫敗三堂課的所學，最終生成、建構自己的生命觀。
2. 教師限時討論10分鐘。		
3. 教師引導學生上臺進行辯論。		
4. 教師說明上臺規則及順序。		
5. 教師限時每組三分鐘時間，發言順序按照正反方一、二、三辯。		
6. 每組辯論結束後，教師請臺下學生記錄自己的立場及欣賞的論點。		
7. 每組接上臺後，教師總結學生論點並補充自身觀點。		
8. 教師總結課程內容。		
四、教師總結		評量：學生能整合該單元所學並反思自己的生命理念、信仰，生成終極目標。
(一)教師指派回家作業	5分鐘	
1. 教師指派學習單（附錄七）第二題「你／妳認為妳的生命在追尋什麼？應該追尋什麼？或有哪些信仰、理念是永恆不變的嗎？」為回家作業並說明內容及篇幅。		
2. 教師總結該單元課程。		
參考資料： 教育部公告普通型高級中等學校推薦選文十五篇〈畫菊自序〉、其他參考資料請詳見隨文註。		
附錄： 講義：附錄二、附錄四 學習單：附錄三、五、六、七 投影片：附錄一		

附錄一　投影片

投影片1

圖一：以關鍵字搜尋「烏俄戰爭」，取自google[1]

投影片2

圖二：作者鄭惠文自繪

---

[1] 　圖片來源：google，網址：https://www.google.com/search?sxsrf=APwXEdei8Oh- ZGbCwRZB FfD4bjTuWzU3oA:1683268783017&q=%E7%83%8F%E4%BF%84%E6%88%B0%E7%88%AD &spell=1&sa=X&ved=2ahUKEwiV6v3uyN3-AhXF0mEKHR4LBMoQBSgAegQIBhAB&biw=10- 24&bih=481&dpr=1.88(2022年11月18取用）

投影片3

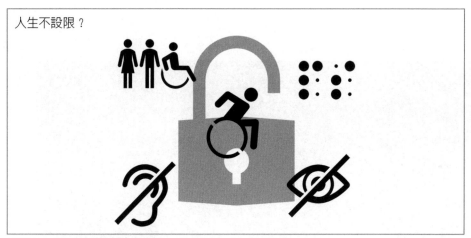

人生不設限？

圖三：作者鄭惠文自繪

投影片4

命運岔路，你／妳該走向哪？

・挑戰　　　　　　　　　　　　　　・聽天命

圖四：作者鄭惠文自繪

投影片5

圖五：作者鄭惠文自繪

投影片6

圖六：作者鄭惠文自繪

附錄二　講義（一）

一、司馬遷生平檔案

班級：＿＿＿＿＿＿　座號：＿＿＿＿＿＿　姓名：＿＿＿＿＿＿

---

1. 太史之子，放牧開始

   根據《史記·司馬遷自序》，他出生於夏陽龍門。司馬遷幼年時常幫助家裡耕種，培養成了勤勞艱苦的韌性。在父親司馬談的嚴格要求下，司馬遷十歲就閱讀古代的史書，立志做一名歷史學家。

2. 弱冠二十，遍遊九州

   二十歲以後（約西元前一二六年），展開壯遊，足跡遍及長江與黃河中下游、長城內外，例如：親自求證韓信未發跡時，在淮陰為母親營造的壙穴、到江西廬山「觀禹疏九江」；為修史進行準備工作，奠定基礎。

3. 克紹箕裘，飽覽文獻

   司馬談死後三年，司馬遷繼承父職擔任太史令。武帝太初元年，司馬遷便與公孫卿、壺遂等人研討修改曆法，共同訂定太初曆，同時開始著《太史宮書》。

4. 忍辱負重，成一家言

   在武帝天漢二年，漢朝與匈奴交戰。李廣利帶領三萬騎兵從酒泉出發，讓李陵率領五千步兵和騎兵前往居延北約千餘里處與匈奴對戰。他們斬殺了一萬多名匈奴士兵，但由於兵力和食物皆已耗盡，最終被打敗並投降。這個消息傳開後，整個國家都十分震驚。司馬遷為了替李陵作辯護，奮力反對，但卻得罪了武帝，最終下獄，並於次年受到腐刑的懲罰。太始元年，武帝發布大赦令，司馬遷得以出獄並被任命為中書令。在他五十五歲時，他寫下了〈報任少卿書〉，表達了他忍辱含垢而不自棄的決心，只為了完成他父親的遺命──編寫《史記》。司馬遷修撰《史記》，固然是為了完成父親遺命，並成就一家之言；對歷史的使命感，承繼孔子的《春秋》，也是重要的動機。

5. 青出於藍，永昭天下

   關於他的後代，僅知他有一個女兒，嫁給楊敞，其兒楊惲很愛讀外祖司馬遷的《史記》，即是他把《史記》獻給朝廷，撰寫而公諸於世的。

表一：作者鄭惠文整理製作

附錄三　學習單

看見那些期待被看見的

班級：＿＿＿＿＿＿　座號：＿＿＿＿＿＿　姓名：＿＿＿＿＿＿

請你／妳想一想，生命的要素包含哪些項目？如何可以稱為一個生命？

愛與被愛：一生中我們會遇見許多人，和每人相遇就是一場愛與被愛的互動。因其關係的不同而有不同名稱的定位，如親情、愛情、友情。

自我實現：追逐快樂一直被人們視為生命中最重要的事，然而其中最快樂的事莫過於──自我實現，擁有成就感是最高級的快樂，也讓我們能反覆咀嚼的樂事。

物資：陽光、空氣、水、食物。生命中除了思想、精神上的追尋，還需物質上的滿足，其中以陽光、空氣、水、食物為生命的最基本條件。

追求幸福的動力：
追尋美好的生命路上，我們需要一股動力推著自己向前進，方能達成自我實現、終極信仰的生成等等。

生命

不斷學習：朱子言：「問渠哪得清如許？為有源頭活水來。」生命有如渠水，只有不斷灌注新知，才有辦法清明澄澈。

終極信仰：
擁有終極信仰，面對人生困境，皆不畏風阻努力挑戰。

覺察自己：一生中陪伴最長的是自己，因此我們應該清楚分辨自己想要什麼？想成為什麼樣的人？才能在有限的時間力創造最幸福的人生。

辨析善惡、道德、生死：生命從來都離不開道德價值、生死、善惡的辨析，或許我們無法當機立斷指出好與不好，但不斷思考便是我們的使命。

表二：作者鄭惠文整理製作

（楷體字為參考答案）

附錄四　講義（二）

SWOT強弱危機分析
Strengths Opportunities Weakensses Threats

　　強弱危機分析，透過評價自身的優勢（Strengths）、劣勢（Weaknesses）、外部競爭上的機會（Opportunities）和威脅（Threats），全方位的認識，使自身能訂定出更好的策略。用此分析方法運用層面甚廣，除用於企業分析外，亦適用於自我覺察。以下以UBA四年級男籃生為例：

機會（Opportunities）面向	威脅（Threats）面向
自己有什麼樣的技能是被環境需要的？	為了目標，自己需要達成什麼門檻？
優勢（Strengths）面向	劣勢（Weaknesses）面向
自己有什麼專業或特色是競爭對手沒有的？ 自己熟悉什麼樣的東西/領域？	自己特別不熟悉什麼？ 自己在什麼領域的涉略比較少？

表三：作者鄭惠文整理製作

附錄五　學習單（二）

SWOT強弱危機分析——以項羽為例
Strengths Opportunities Weakensses Threats

組別：＿＿＿＿＿＿＿＿＿＿＿　　　組員：＿＿＿＿＿＿＿＿＿＿＿

機會（Opportunities）面向	威脅（Threats）面向
項羽擁有哪些有利條件可以稱王？ ➤秦二世喪失人心，天下英雄各懷二心。 ➤鉅鹿之戰獲勝。 ➤時勢下的英雄。	1. 項羽的敵人如何帶給他什麼壓力？ 2. 項羽的隊友又暗藏那些不利因子？ 　➤劉邦率先攻入咸陽，項羽錯失時機。 　➤張良、樊噲有勇有謀為劉邦出謀劃策。 　➤項伯重視情誼、公私不辨未能為項羽營造更大的贏面。
優勢（Strengths）面向	劣勢（Weaknesses）面向
1. 項羽有什麼專業或特色是競爭對手沒有的？ 2. 項羽熟悉什麼樣的東西/領域？ 　➤身為楚國公子擁有作戰的資本及人力。 　➤身體素質好善於打仗。	項羽特別不熟悉什麼？ ➤不善挑選智士。 ➤不善接受諫言。 ➤不善體會人民的需求（毀壞咸陽城）。

表四：作者鄭惠文整理製作

（楷體字為參考答案）

附錄六　學習單（三）

禍兮？福兮？該怎麼面對？

班級：＿＿＿＿＿　　座號：＿＿＿＿＿　　姓名：＿＿＿＿＿

一、請先閱讀以下詩句說明項羽的結局：

項羽〈垓下歌〉：「力拔山兮氣蓋世，時不利兮騅不逝。騅不逝兮可奈何，虞兮虞兮奈若何！」[2]

答案：成王敗寇，最後不得不與自己心愛的虞姬、烏騅馬分離。

二、以下分別為項羽和劉邦面對危機時的反應，請你／妳根據文中所言分析他們是如何面對挫敗？

《史記‧項羽本紀》於是項王乃欲東渡烏江。烏江亭長檥船待，謂項王曰：「江東雖小，地方千里，眾數十萬人，亦足王也。願大王急渡。今獨臣有船，漢軍至，無以渡。」項王笑曰：「**天之亡我，我何渡為**！且籍與江東子弟八千人渡江而西，今無一人還，**縱江東父兄憐而王我，我何面目見之**？縱彼不言，籍獨不愧於心乎？」乃謂亭長曰：「吾知公長者。吾騎此馬五歲，所當無敵，嘗一日行千里，不忍殺之，以賜公。」乃令騎皆下馬步行，持短兵接戰。**獨籍所殺漢軍數百人。項王身亦被十餘創。**顧見漢騎司馬呂馬童，曰：「若非吾故人乎？」馬童面之，指王翳曰：「此項王也。」項王乃曰：「吾聞漢購我頭千金，邑萬戶，吾為若德。」乃自**刎而死**。[3]

翻譯：當時，項王有意東渡烏江。他來到烏江亭，停船靠岸等待，與亭長交談。亭長告訴他：「雖然江東地區不大，但橫跨千里，有數十萬居民，您已足夠稱王。請您盡快渡江。現在只有我這裡有船，漢軍一到，您將無法渡江。」項王微笑回答：「天要滅我，我何必再渡烏江呢？再說，我和江東子弟八千人渡江西征，但現在卻沒有一個人能回來。即使江東的長輩和兄弟們憐愛我，允許我稱王，我也沒有臉去面對他們。就算他們不說什麼，我項籍的內心也難免愧疚。」項王又對亭長說：「我知道您是一位長者。這匹馬曾隨我征戰五年，我日行千里，所向無敵。我不忍心殺它，現在就把它送給您。」項王命令騎兵下馬步行，手持短兵器與追兵作戰。僅靠項王一人就殺死了漢軍幾百人，項王自己也受了十多處傷。當項王回頭看向漢

---

[2]　中國哲學電子書計畫：https://ctext.org/wiki.pl?if=gb&chapter=222348（2022年11月18日取用）

[3]　中國哲學電子書計畫：https://ctext.org/shiji/xiang-yu-ben-ji/zh（2022年11月18日取用）

軍騎兵時，司馬呂馬童對他說：「您不是我們的老朋友嗎？」馬童這時才看清了項王的臉，把項王的臉指給王翳看，說：「這就是項王。」項王回應說：「我聽說漢王要用黃金千斤，封賞萬戶來懸賞我的腦袋，我送您一個人情吧！」然後項王自刎而死。

《史記‧高祖本紀》

或說沛公曰：「秦富十倍天下，地形彊。今聞章邯降項羽，項羽乃號為雍王，王關中。今則來，沛公恐不得有此。可急使兵守函谷關，無內諸侯軍，稍徵關中兵以自益，距之。」沛公然其計，從之。十一月中，項羽果率諸侯兵西，欲入關，關門閉。聞沛公已定關中，大怒，使黥布等攻破函谷關。十二月中，遂至戲。沛公左司馬曹無傷聞項王怒，欲攻沛公，使人言項羽曰：「沛公欲王關中，令子嬰為相，珍寶盡有之。」欲以求封。亞父勸項羽擊沛公。方饗士，旦日合戰。是時項羽兵四十萬，號百萬。沛公兵十萬，號二十萬，力不敵。會項伯欲活張良，夜往見良，因以文諭項羽，項羽乃止。沛公從百餘騎，驅之鴻門，**見謝項羽**。項羽曰：「此沛公左司馬曹無傷言之。不然，籍何以生此！」沛公以樊噲、張良故，得解歸。**歸，立誅曹無傷**[4]

翻譯：有人勸說沛公說道：「秦地的富庶程度是其他地區的十倍，而且地理位置優越。聽說章邯已向項羽投降，項羽授予他雍王的封號，他遂稱霸關中。如果他來到這裡，沛公恐怕就無法再掌握這片土地。現在應該立即派遣軍隊守住函谷關，防止諸侯大軍入侵。並且逐步徵召關中的士兵，加強自身實力，以便對抗他們。」沛公認為這番話合理，於是依從了這個策略。十一月中旬，項羽果然率領諸侯大軍向西進軍，企圖進入函谷關，但卻被拒之門外。項羽聽說沛公已平定關中，十分憤怒，於是派遣黥布等人攻打函谷關。十二月中旬，他們到達了戲水。劉邦軍隊駐紮在霸上，還未與項羽相遇。劉邦的左司馬曹無傷派人對項羽說：「劉邦想在關中稱王，讓子嬰擔任丞相，珍寶都被劉邦占有。」項羽的亞父勸他攻打劉邦，於是項羽獎賞士兵，準備明天的戰鬥。此時，項羽的軍隊有40萬人，駐紮在新豐的鴻門；劉邦的軍隊只有10萬人，無法對抗項羽的軍力。項伯在晚間前往見張良，並解釋項羽，故項羽取消對張良的討罰。劉邦帶著幾百名侍從來到鴻門，向項羽道歉。項羽說：「這些話是你的左司馬曹無傷所說，否則我怎麼會產生這種心結？」劉邦因為樊噲和張良的建議得以逃離鴻門宴並回到軍營。回到軍營後，立即誅殺曹無傷。

人物／內容	我的答案	討論後的答案
項羽	1. 將失敗怪罪上天。 2. 不願重新開始。	（待學生討論後作答）
劉邦	1. 放低姿態，向敵軍謝罪。 2. 當機立斷處理軍中叛徒。	（待學生討論後作答）

三、經過上述分析，請你／妳根據作答內容評述兩位面對失敗時的舉動，如：你／
　　妳認為哪一位才自己心目中的英雄？（文長至少150字）

雖然自己對項羽有憐憫心，但面對失敗、死亡一事我更認同劉邦的做法。我認為生
命是一切的根底，只有守護好自己的生命才有奮鬥的資本。首先，人生從沒有一帆
風順，岩石縫裡尚能開出半邊花，更何況自視為萬物之靈的人類，因此要守護性
命，低頭是為了再次抬起頭來。第二，只要世界上還有愛我們的與值得被我們愛
的，就該為了這些努力活下去，那怕隱姓埋名，都不可輕易說放棄。因此我認為英
雄更該向劉邦學習。

表五：作者鄭惠文整理製作

（楷體字為參考答案）

4　中國哲學電子計畫書：https://ctext.org/shiji/gao-zu-ben-ji/zh（2022年11月18日取用）

附錄七　學習單（四）

生命誠可貴，精采更重要？

班級：_____　座號：_____　姓名：_____

一、請根據同學上臺的發言記錄你/妳欣賞或認同的觀點。

組別	自己欣賞或認同的觀點
	（待學生討論後作答）

二、經過三堂課程及討論，你／妳認為妳的生命在追尋什麼？應該追尋什麼？或有
　　哪些信仰、理念是永恆不變的嗎？請抒發自己的觀點，文長300字以上。

在第一堂課生命的要素、意義分析，我認為我已經擁有許多，像是基本物質、愛與
被愛、學習的機會等等，但我認為「自我實現」的部分我仍有待加強，我的生命信
仰是—追求快樂、幸福，而通往這個目的地的路上，我希望自己能成為一名優秀的
作家，透過自己的筆寫出眾人最想被聽見卻又說不出口的話，藉此安放自己的身
心，同時也鼓勵正遭遇困頓的人「困境不是常態，而是積蓄能力的時刻。」第二、
三堂課藉由分析他人的生命歷程，我更清楚如何梳理自己的思緒、分析自己的處
境，從小喜愛閱讀寫作的我比起他人擁有更多的經驗，雖然自己並未獲得文學獎項
的肯定，但這並不是放棄的原因，而是蓄積能量待下次出發。第四堂課，透過和同
學的辯論整理自己對於生命的思考以及欣賞不同個體對生命的追尋，期望大家都能
透過這四堂課的訓練生成自己的終極信仰。

表六：作者鄭惠文整理製作

（楷體字為參考答案）

【第九味】

〈第九味〉——滋味之外的味外味

領域／科目	語文領域／國語文	設計者	許琨婉 賴柏蓁 游清桂
實施年級	普通高級中學二年級	總節數	共 4 節，200分鐘
單元名稱	〈第九味〉——滋味之外的味外味		

設計依據			

| 設計理念 | | 徐國能曾言：「一樣滋味，卻有不尋常的記憶，就看怎麼品嘗它，怎麼享受它。」

　　本文作者以父親開設的湘菜館為故事，寫下對生命的體悟。透過杜甫的詩，寄託對餐廳的回憶，感嘆人事聚散如雲煙。樂遊園歌中杜甫感嘆身世，憂慮國家盛衰，也暗示健樂園及曾先生之後落魄的際遇。最後點出作者與曾先生二人對飲中流露人生無常、世事滄桑的感慨體悟，對際遇的憂傷，都化入酒精，盡在不言中。

　　本教案設計聚焦於徐國能第九味，融合生命教育五大核心素養中的哲學思考及價值思辨，由健樂園的興衰和曾先生的人生起伏，期望學生藉由感知他人的生命困境，思考生命的意義，並連結自己的生命經驗，找尋出自己的「第九味」。除此之外，本教案更跨領域與家政科合作，讓同學動手製作餅乾，希望能透過實作結合生活，引導學生主動思考「味覺」和「記憶」的連結。 | | |

| 學習重點 | 學習表現 | 1-V-2 聽懂各類文本聲情表達時所營構的時空氛圍與情感渲染。
5-V-5 主動思考與探索文本的意涵，建立終身學習能力。 | 核心素養 | 國 S-U-A2 透過統整文本的意義和規律，培養深度思辨及系統思維的能力，體會文化底蘊，進而感知人生的困境，積極面對挑戰，以有效處理及解決人生的各種問 |
| | 學習內容 | Ad-V-1 篇章的主旨、結構、寓意與評述。 | | |

		Cc-V-2 各類文本中所反映的矛盾衝突、生命態度、天人關係等文化內涵。	題。 國 S-U-B1 運用國語文表達自我的經驗、理念與情意，並學會從他人的角度思考問題，尋求共識，具備與他人有效溝通與協商的能力。
議題融入	實質內涵	生 U2 看重人皆具有的主體尊嚴與內在價值，覺察自我與他人在自我認同上的可能差異，尊重每一個人的獨特性。	
	所融入之學習重點	Bc-V-3 數據、圖表、圖片、工具列等輔助說明。 Cc-V-2 各類文本中所反映的矛盾衝突、生命態度、天人關係等文化內涵。	
與其他領域／科目的連結		家政科。將課文〈第九味〉與家政科結合，帶領學生製作餅乾，並思考舌尖味蕾與人生經驗的連結體驗。	
教材來源		高中課文〈第九味〉、學習單	
教學設備／資源		簡報投影片	

學習目標

第一節	透過引導活動、文本一至五段內容（寫作結構——起），認識篇章定題的涵義。
第二節	透過文本六至九段（寫作結構—承）、十至十一段（寫作結構—轉）內容，理解文本主旨蘊含之情意。
第三節	藉由兩篇文本對讀，分析兩篇文本相似、相異處。
第四節	藉由品嚐各味餅乾的課間活動，讓學生省思過往的生活經驗，以體會人生當中的「第九味」。

教學活動設計

教學活動內容及實施方式	時間	備註
第一節 **一、課堂準備** ㈠學生：課本、分組、食物 ㈡教師：投影片、學習單		正式進入〈第九味〉的課文內容之前，教師先發下作者資料請同學回家自行閱讀。

二、引起動機： ㈠活動名稱：舌尖上的味道 1. 教師先讓小組看食物1～5的圖片，教師以食物1示範說明，食物2～5則由各組依序進行味覺討論。 2. 小組配合回答活動學習單的問題：請各組根據分配到的「食物」，簡單地寫下該食物的味覺印象，是酸甜苦辣鹹？有什麼特殊的香氣？口感如何？ 3. 簡單請一位同學進行發表，或請自願者分享觀點。 4. 連結到題解「由飲食的味道領悟出人生的況味，並記述往事，懷念故人。」	7分鐘	事先要求學生分組（學生依據自身意願分配；分四組）、按照小組調整座位並請每位同學皆需帶小零食到校。 作者資料於附錄一中。 **評分方式：** 活動學習單，於附錄二中。課文學習單，於附錄三中。課文學習單均為小組討論問題。 口頭發表，列於加分項。
三、主要活動： ㈠作者介紹 1. 教師針對上次發下的作者資料進行重點講述。 2. 教師抽點同學回答問題。	5分鐘	
㈡課文第一、二段講述 1. 請學生誦讀第一段課文內容。 2. 教師說明，文本首段以「喫是為己，穿是為人」開頭，結尾引述至曾先生的出場。 3. 請學生閱讀第二段課文內容。 4. 請各小組根據課文學習單第一題討論並回答。	10分鐘	
㈢課文第三、四段講述 1. 請學生誦讀第三、四段課文內容。 2. 教師講述第三段內容，藉母親的廚藝、父親的刀工，襯托曾先生的大廚地位。 3. 教師講述第四段內容，藉著通灶（大廚兼任數家廚房要職）、種種廚房惡習，顯示曾先生的清高及重要（代表餐廳的名譽）。	10分鐘	
㈣課文第五段講述 1. 請學生誦讀第五段課文內容。 2. 請各小組根據課文學習單第二題討論並回答。	10分鐘	

四、總結活動： (一)總述一至五段重點 　1. 教師總結一至五段重點。 　2. 請學生完成所有學習單。	8分鐘	
第二節 **一、課堂準備** (一)學生：課本、分組、學習單（作業） (二)教師：學習單 **二、引起動機：** (一)檢討學習單 1. 教師針對學習單敘寫優秀同學及小組給予鼓勵。 **三、主要活動：** (一)課文第六段至第八段講述 1. 教師講述健樂園結束營業（民70年）→與曾先生離去有關。表明曾先生的惡習→賭。「刀三火五喫一生」→顯現曾先生的重要，亦說明作者父親對曾先生的推崇。 2. 教師說明健樂園結束營業的導火線。 3. 教師獎樹曾先生的背景，並就曾先生的背景及味蕾議論，最後得出結論：平凡人有其平凡樂趣，自有其甘醇的真味。 4. 教師分析第八段結構，說明論點、論據、結論等。 5. 請學生根據課文第八段，小組討論並回答學習單第一題。 (二)課文第九段講述 1. 教師講述課文第九段：作者使用上二下五的算盤，老師及同學使用的是上一下四的算盤→只好湊合使用（銜接上段平凡人有其平凡樂趣，自有其甘醇的真味）。 2. 請學生討論並回答學習單的第二題。 (三)課文第十、十一段講述 1. 教師講述課文第十段：當兵放假時，發現「九味牛肉麵」（曾先生述及九味）→再見曾先生（與	10分鐘 15分鐘 10分鐘 10分鐘	事先要求學生分組（學生依據自身意願分配；分四組）、按照小組調整座位。 評分方式： 課文學習單，於附錄四中。課文學習單均為小組討論問題。

曾先生有緣，中央日報、漬滿油水的唐魯孫的天下味）→描述曾先生的情狀（落寞滄桑之感、廚房氣味、磨破的袖口油漬斑斑）。 2. 請學生對比課文第二段，討論並回答學習單第三、四題。 3. 教師講述課文第十一段：與曾先生談話→九味（辣甜鹹苦是四主味，屬正；酸澀腥沖是四賓味，屬偏。正奇相生而始，正奇相剋而終）→憶起樂遊園歌。 **四、總結活動：** ㈠總述六至十一段重點 1. 教師總結六至十一段重點。 2. 請學生完成學習單全部內容。	5分鐘	
第三節 **一、課堂準備** ㈠學生：課本、分組、學習單（作業） ㈡教師：投影片、學習單 **二、引起動機：** ㈠檢討學習單 1. 教師針對敘寫優秀小組給予鼓勵。 ㈡前備知識 1. 詢問學生是否還記得第五段曾提及之八味。 2. 教師帶領學生回顧課文提及之味覺涵義。 **三、主要內容／活動：** ㈠課文第十二、十三段講述 1. 教師講述課文第十二段：後續再找曾先生，卻已不在，了解到再也找不到他了→沒人的時候急死，有人的時候忙死；湊合湊合。 2. 教師講述課文第十三段：樂遊園歌→曾先生未曾告知第九味的真義（有兩個推測）。 3. 請學生對比於先前所寫的學習單，提出問題思考，請小組討論並口頭回答。（問題思考題目如備註欄所列） ㈡總結課文架構 1. 教師說明〈第九味〉全文結構。	5分鐘 10分鐘 10分鐘	事先要求學生分組（學生依據自身意願分配；分四組）、按照小組調整座位。 評分方式： 延伸閱讀學習單，於附錄五中。延伸閱讀學習單均為小組討論問題。 口頭回答：十三段問題思考。問題思考：作者到最後也沒有明確說明第九味到底是何味道，為什麼？

(三)延伸閱讀與思考 1. 教師帶領學生閱讀學習單中焦桐〈茶葉蛋〉一文，並請小組討論此篇與〈第九味〉有何相似或相異處。 2. 請學生於小組討論後，完成學習單內容。 **四、總結活動：** (一)總結課程內容 1. 教師再次強調〈第九味〉全文結構。 2. 教師總結延伸閱讀之要點，帶領學生理解文本展現的情意。 (二)課堂反思回饋（google表單填寫，問題如下） 1. 教師詢問：若你是作者是否會執著於詢問第九味的真義？原因為何？你心中的「第九味」是怎麼樣的呢？ 2. 教師詢問：從課文中，你認為哪些人生態度值得學習？原因為何？	15分鐘 5分鐘 5分鐘	
第四節 **一、課堂準備** (一)學生：分組、學習單（作業）、烘焙材料及用具 (二)教師：投影片、學習單、烤箱 **二、引起動機：** (一)當我嚐盡酸甜苦辣 1. 教師提問學生，在課文中分別提到了哪八個味道（酸甜苦辣鹹澀腥沖），藉此複習課文，並引出今天烘焙課所要做的是此八種味道的夾心餅乾。 2. 教師於投影片中介紹本節課所要製作的夾心餅乾步驟，以及各口味果醬的調製比例。 **三、主要活動：** (一)教師示範 1. 教師向同學演示如何製作餅乾的麵糊，以及如何將蔬菜、水果削皮切片，並熬製醬料。 (二)分組實作 1. 教師請學生製作餅乾及醬料，並且強調組員間要分工合作、合作無間的重要性，較擅長烹飪的同學要幫助不擅長的同學。	 15分鐘 100分鐘	本節課與家政科教師共同備課，於班會課時實施課程，總時長共計三節課。主要活動約2節課，總結活動約1節課。 事先要求學生在前一節下課前按照小組調整座位。 食譜於附錄六中。 酸：檸檬。 甜：蜂蜜。 苦：咖啡。 辣：辣椒。 鹹：鹹蛋黃。 腥：魚罐頭。

2. 教師在學生分組實作的過程中，要巡視各組製作 之狀況是否正確順利，並要求學生要時刻注意飲 食安全衛生。 **四、總結活動：** ㈠ 品嚐餅乾 1. 教師將各組製作的餅乾放進盲盒中，讓學生隨機 抽取一種口味並品嚐。 ㈡ 分享故事 1. 教師請學生向組員分享自己所吃到的是何種口味 的餅乾，以及一段符合其滋味的人生故事。 2. 教師隨機抽取三位同學上臺分享，並根據學生的 分享給予回饋。 3. 教師進行總結，再次複習第九味課文中曾先生的 人生際遇，人生中當時難以言喻的、事後回想才 明白的、帶來成長的，就是那「第九味」。 ㈢ 整理環境 1. 教師請學生一起收拾垃圾、打掃環境，向老師借 的器具也必須清洗乾淨，並將桌椅排放整齊。	35分鐘	沖：芥末。 問題一：請各位同 學依據自己所吃到 的餅乾滋味，向組 員分享一段符合此 滋味的人生故事。 問題二：當下的內 心感受為何？現在 回想起來，是否有 不同的體會？
參考資料：附錄一〈第九味〉作者介紹，資料引用自：臺灣文學館線上資料平臺 https://db.nmtl.gov.tw/site4/s6/writerinfo?id=1130。		
附錄： 附錄一：〈第九味〉作者介紹。 附錄二：第一節活動學習單。 附錄三：第一節課文學習單。 附錄四：第二節課文學習單。 附錄五：第三節延伸閱讀學習單。 附錄六：第四節酸甜苦辣夾心餅乾食譜。 附錄七：雙向細目表。		

附錄一　〈第九味〉作者介紹

〈第九味〉作者介紹

作者：徐國能

主要作品及文學風格：

徐國能著名作品為《第九味》、散文集《煮字為藥》、《綠櫻桃》等。作品以詩與散文為主。

〈第九味〉語言風格自然質樸，人物形象刻畫細膩，情感表現水到渠成，利用味覺感受對比人生滋味，文字間表達出現實生活所含有的點滴。

文學成就：

曾獲全國學生文學獎、全國大專文學獎、臺灣省文學獎、中央日報文學獎、時報文學獎、教育部文學獎、聯合報文學獎、大武山文學獎、梁實秋文學獎、臺北文學獎等獎項。

文學成就內容，引用自臺灣文學館線上資料平臺：

https://db.nmtl.gov.tw/site4/s6/writerinfo?id=1130

附錄二　第一節活動學習單

徐國能〈第九味〉活動學習單

班級：＿＿＿＿＿＿　座號：＿＿＿＿＿＿　姓名：＿＿＿＿＿＿

1. 請各組根據分配到的「食物」，簡單地寫下該食物的味覺印象，是酸甜苦辣鹹？有什麼特殊的香氣？口感如何？

    印象中的粽子是甜味的，淋上果糖，頗有嚼勁。

    印象中的咖哩是鹹中帶甜的，鹹味來自咖哩塊，甜味則來自紅蘿蔔，搭配香噴噴的米飯，讓我想到飽腹滿足的感覺。

    （楷體字為參考答案）

    ※引導學生回憶曾經食用過的食物味道，討論、分享並將其書寫、記錄。

2. 寫下自己最喜歡的食物名稱，並描述個人對該食物的聯想，包含：評價、味覺感受、深刻的記憶……。

    我最喜歡的食物是冰糖葫蘆。

    我對冰糖葫蘆的評價極高。因為在甜甜的糖衣中，我可以吃到山楂的扎實、酸甜的口感；我可以吃到番茄飽滿的汁水；我可以吃到草莓鮮嫩的果肉。冰糖葫蘆，對我而言，是童年的回憶，是酸甜的滋味，是我記憶中美好的象徵。　　　　　　　　　　（楷體字為參考答案）

    ※引導學生回憶自身最喜愛、印象深刻之食物味覺，並陳述與該食物之回憶連結。

3. 請以繪畫或照片的形式，並加入100-150字的介紹，將你最愛的食物推薦、分享給大家。（若版面不足，可利用背面書寫、繪畫等）

    ※引導學生以多元方式作答。

    （楷體字為參考答案）

附錄三　第一節課文學習單

徐國能〈第九味〉課文學習單

班級：＿＿＿＿＿＿　座號：＿＿＿＿＿＿　姓名：＿＿＿＿＿＿

1. 課文中完整述明「八味」爲「酸甜苦辣鹹澀腥沖」，爲何曾先生會說到「九味」？以及「第九味」爲何？請各小組討論後並作答。

曾先生說到九味，有可能源於他的生活，品嚐在舌，回味於心。曾先生未曾眞正言明第九味的眞義，或許「第九味」各有不同，存在在每個人的心中，可能是食物的鮮味、茶中回甘的甘味、家中小菜的家常味等。

（楷體字爲參考答案）

※引導學生尋找課文所藏匿之線索，亦可作爲前測，了解學生於未完整學習文本情況下，對於「第九味」的看法。

2. 根據課文第五段敘寫各風味。各小組根據課文內容，閱讀後填寫。（參考答案）

※引導學生於文本中查找線索。

味道	課文描述
辣	1. 【百味】之王，【王者】之味，他味不易親近。 2. 【王者】氣象，有【君子】自重之道在其中，用辣宜【猛】。
【甜】	后妃之味；淑女之德；解【辣】；用甜尚【淡】。
鹹	1. 【鹹】最俗，易化舌，入口便覺，看似【尋常】不過。 2. 鹹到極致反而是【苦】。
【苦】	【苦】最高；味之隱逸者。
酸甜鹹澀交雜	【風塵】味。

表一：作者許琨婉自繪

（楷體字爲參考答案）

附錄四　第二節課文學習單

徐國能〈第九味〉課文學習單

班級：＿＿＿＿＿＿　座號：＿＿＿＿＿＿　姓名：＿＿＿＿＿＿

1. 請問父親於第八段得出「平凡人有其平凡樂趣，自有其甘醇的眞味」，其原因爲何？請各小組根據以下表格討論並塡寫。

※引導學生以第八段內容敘寫。

結構分析	課文內容
論點（父親對曾先生的評價）	要眞正喫過點好東西，才是當大廚的命，曾先生大約是有些背景的，而他自己一生窮苦，是命不如曾先生。（未切及重點，若回答此項，需引導至正確答案） 父親又說：曾先生這種人，喫盡了天地精華，往往沒有好下場，不是帶著病根，就是有一門惡習。
論據（事實依據；舉例說明）	論據一：曾先生好賭，有時常一連幾天不見人影，有人說他去豪賭，有人說他去躲債。（第六段）
	論據二：其實這些年來，父親一直知道曾先生在躲道上兄弟的債，沒得過一天好日子。（第八段）
結論	平凡人有其平凡樂趣，自有其甘醇的眞味。

表二：作者游清桂自繪

2. 請問第一至九段總共出現多少次「湊合湊合」？其中涵義爲何？請各小組討論後，以簡答方式塡寫，100字以內。

「湊合湊合」共出現三次。湊合有將就之意，於各段落不斷出現，暗喻不斷對生活妥協。於第九段中，更具有承上啟下的功能。

※「湊合湊合」暗喻對生活的妥協，於第九段中，更具有承上啓下的功能。

3. 第二段課文及第十段課文中，如何描述曾先生？各小組討論後，請根據下表填寫。段落課文描述，可簡要敘寫。

※引導學生對比文本兩段的相同、相異處。

段落	課文描述
第二段	● 曾先生矮，但矮得很精神，頭髮已略花白而眼角無一絲皺紋。 ● 天熱時，一件麻紗水青斜衫；冬寒時，月白長袍。 ● 乾乾淨淨，不染一般膳房的油膩腌臢。 ● 一臉清癯，眉眼間一股凜然之氣。 ● 中央日報。 ● 酷愛唐魯孫先生的文章。
第十段	● 禿頭的老人。 ● 桌上一份中央日報。 ● 漬滿油水的唐魯孫的《天下味》。 ● 依然精神，但眼角已有一些落寞與滄桑之感。 ● 滿身廚房的氣味。 ● 磨破的袖口油漬斑斑。

表三：作者游清桂自繪

4. 根據上表所列，兩段描述，有相似及相異處，爲何會如此描寫？各小組討論後並作答。

兩相比較下，經歷歲月的變遷，曾先生的外表改變，多了人間的煙火味。仍舊堅持著以往的喜好，但從眼神的轉換，可以見得其對生活的妥協。

（楷體字爲參考答案）

※雖外表歷經風霜，本質末變，但終究是對現實生活妥協了。

附錄五　第三節延伸閱讀學習單

徐國能〈第九味〉延伸閱讀學習單

班級：＿＿＿＿＿＿　座號：＿＿＿＿＿＿　姓名：＿＿＿＿＿＿

1. 延伸閱讀：請根據老師發下的閱讀補充資料，經小組成員一同閱讀後，比較焦桐〈日月潭味道‧茶葉蛋〉與徐國能〈第九味〉有何相似或相異處。討論後，以列點方式說明兩文相似、相異處。

   兩者皆以與食物相關的內容暗喻人生的道理。〈第九味〉以豐富味覺喻人生變化之感，用不同的調味對比各色人生體驗；〈茶葉蛋〉以茶葉蛋的裂痕喻人生的傷痕，雖然只是單一種食物，卻可以讓人領悟傷痕的深淺不一，造就各具特色的人生價值。

（楷體字為參考答案）

※兩者皆以食物暗喻人生的道理。〈第九味〉以豐富味覺喻人生變化之感；
　〈茶葉蛋〉以單一食物的裂痕喻人生的傷痕。

附錄六　第四節酸甜苦辣夾心餅乾食譜

一、餅乾製作

1. 食材：無鹽奶油30克、糖粉12克、淡奶油10克、低筋麵粉65克。
2. 步驟：
   (1) 奶油軟化後加入糖粉攪拌至蓬鬆滑順，再加入常溫淡奶油繼續攪拌至均勻狀，最後加入過篩後的低筋麵粉揉至成團。
   (2) 包上保鮮膜稍微桿開，放入冰箱冷藏15分鐘後取出桿成薄片。
   (3) 用模具壓出形狀，放入170度預熱好的烤箱烤15分鐘後，晾涼備用。

二、夾心醬製作（因課程時長，僅會在課堂上製作檸檬奶油醬、抹茶醬與鹹蛋黃醬，其餘皆是使用市售已做好的醬料）

1. 檸檬奶油醬步驟：
   (1) 食材：全蛋50克、蛋黃60克、砂糖30克、檸檬汁100克、奶油20克。
   (2) 步驟：將蛋黃、全蛋、砂糖20克攪勻備用，將檸檬汁和砂糖10克用小火煮開，砂糖溶化後，將蛋液混合檸檬汁繼續用小火熬煮至黏稠狀便可關火，離火候持續攪拌至室溫，放涼後即可食用。
2. 抹茶醬步驟：
   (1) 食材：抹茶粉10克、牛奶200克、淡奶油100克、細砂糖20克。
   (2) 步驟：10克抹茶粉和50克牛奶攪打成細膩抹茶糊。淡奶油100克和150克牛奶與細砂糖20克混合，小火熬煮至黏稠。抹茶糊倒入繼續用小火熬煮1-2分鐘，放涼後即可食用。
3. 鹹蛋黃醬：
   (1) 食材：鹹蛋黃80克、淡奶油110克、砂糖24克、奶粉15克、玉米澱粉2克、海鹽1克。
   (2) 步驟：放入淡奶油、碾碎的鹹蛋黃、砂糖、奶粉、玉米澱粉、海鹽。使用中火微微煮沸，期間注意攪拌，避免燒焦。放涼後即可食用。

附錄七　雙向細目表

領綱核心素養與學習重點雙向細目表

領域核心素養	
國S-U-A2	透過統整文本的意義和規律，培養深度思辨及系統思維的能力，進而感知人生的困境，體會文化底蘊，積極面對挑戰，以有效處理及解決人生的各種問題。
國S-U-B1	運用國語文表達自我的經驗、理念與情意，並學會從他人的角度思考問題，尋求共識，具備與他人有效溝通與協商的能力。

學習表現	學習目標
1-V-2 聽懂各類文本聲情表達時所營構的時空氛圍與情感渲染。 5-V-5 主動思考與探索文本的意涵，建立終身學習能力。	1.（國S-U-B1）透過引導活動、文本一至五段內容（寫作結構──起），認識篇章定題的涵義。(5-V-5、Ad-V-1) 2.（國S-U-A2）透過文本六至九段（寫作結構──承）、十至十一段（寫作結構──轉）內容，理解文本主旨蘊含之情意。(1-V-2、Ad-V-1) 3.（國S-U-A2）藉由兩篇文本對讀，分析兩篇文本相似、相異處。(5-V-5、Cc-V-2) 4.（國S-U-B1）藉由品嚐各味餅乾的課間活動，讓學生省思過往的生活經驗，以體會人生當中的「第九味」。(1-V-2、Cc-V-2)
學習內容 Ad-V-1 篇章的主旨、結構、寓意與評述。 Cc-V-2 各類文本中所反映時代的矛盾衝突、生命態度、天人關係等文化內涵。	

表四：作者游清桂自繪

【陋室銘】

「哥陋的不是房子，露的是那鋒芒畢露的才德」之劉禹錫〈陋室銘〉

領域／科目	語文領域／國語文		設計者	黃辰奕
實施年級	國中二年級		總節數	共 4 節，180 分鐘
單元名稱	「哥陋的不是房子，露的是那鋒芒畢露的才德。」之劉禹錫〈陋室銘〉			
設計依據				
學習重點	學習表現	5-IV-4 應用閱讀策略增進學習效能，整合跨領域知識轉化為解決問題的能力。 2-IV-3 依理解的內容，明確表達意見，進行有條理的論辯，並注重言談禮貌。 5-IV-3 理解各類文本內容、形式和寫作特色。 6-IV-5 主動創作、自訂題目、闡述見解，並發表自己的作品。	核心素養	國J-A2 透過欣賞各類文本，培養思辨的能力，並能反思內容主題，應用於日常生活中，有效處理問題。
	學習內容	Ab-IV-6 常用文言文的辭意及語詞結構。 Ac-IV-3 文句表達的邏輯與意義。		
議題融入	實質內涵	生J7 面對並超越人生的各種挫折與苦難，探討促進全人健康與幸福的方法。		
	所融入之學習重點	生命教育：培養學生價值思辨與靈性修養的能力，透過自我探討與靈性自覺，學生可以審視自身價值、觀念的迷失並尋求，進而涵養突破生命困境，達至幸福人生。		
與其他領域／科目的連結				
教材來源	國中國文課本第四冊			

教學設備／資源	電腦、投影機、學習單、白紙

學習目標
1. 整合作者背景與「屋陋與劉禹錫之不陋」之關聯
2. 辨析文本寫作主旨與寫作手法並分析文章論述要點
3. 比較相關主題文本異同
4. 提出個人對生活價值的觀點

教學活動設計		
教學活動內容及實施方式	時間	備註
第一節		老師提醒同學帶繪畫工具，當天由老師準備白紙。
一、導入活動	10分鐘	
請同學依照「有一間簡陋的房子，座落在山上，山上站了一位仙人，房子旁的小池中有一隻龍。房前的臺階上都長滿了青苔，窗前的草都高到擋住窗子了。這間房子的主人都是和很有學識的人來往，拒絕與文盲、不識字的人結識。家裡有素琴和佛經。住在這間房中的主人過得相當愜意。」繪出自己想像中的畫面。		
請同學看看他們的畫，並告訴學生，劉禹錫就是在這種地方。老師在這裡提出課程主題「哥陋的不是房子，而是那鋒芒畢露的才德。」		
二、開展活動：介紹作者	15分鐘	
老師發下補充講義（如附錄一），帶領學生完成。		
(一)完成第一部分劉禹錫基本資料的部分：名與字都與夢有關，講述得名與字的故事，提出詩豪這個稱謂以後，補充介紹詩仙、詩星、詩佛、詩鬼。		
(二)使用Googlemap介紹學習單的第二部分，略述劉禹錫的貶謫途徑。（點擊：劉禹錫的貶謫地圖）		
1. 解釋第一區（長安）遭貶的路徑中「永貞革新」的政治迫害對劉禹錫的人生出現何種困擾。		
2. 提出被召回後因一首詩又再度被貶（介紹劉禹錫《元和十年自朗州至京戲贈看花諸君子》一詩）提問：請依照以上兩點說明，提出三個劉禹錫的形容詞。		
預期回答：		

1. 不屈不撓、鍥而不捨（正向回應） 2. 直言不諱、勇往直前（正向回應） 3. 白目、不懂的做人（負面回應：此時老師應給予認同後加以修正，以「桀驁不訓」替換之） 三、綜合活動（15分鐘）： 請同學完成學習單中「我是IG經營大師」的部分，並請三位同學上臺分享。 　1. 回家作業：請同學在課堂上完成「我是IG經營大師」的部分後，用手機將自己的創作拍照紀錄，回家後將檔案上傳至FB社團中，並在觀賞他人的作品後，給予回饋。 　2. 回饋方式如下： 依照座號進行分組，1-5號一組，1號同學必須對2號到5號同學的作業內容進行回饋，而2號同學必須對1號與3到5號同學的作業內容進行回饋，以此類推。 回饋標準分為三種： 😮　哇：設計內容活潑生動，不流俗套，完美扣合劉禹錫的生命歷程。 👍　讚：設計內容切合主旨，設計感平淡，較無新意，無法扣緊劉禹錫的生命歷程。 😣　加油：偏離主題或違背作者生命歷程。 請各位同學以在貼文底下留言的方式回饋，留言寫下個人的看法，並在自己的那一則留言上給予上面三種回饋之一。完成後亦可去觀賞其他同學的作品，對喜歡的作品，直接對貼文按讚即可，不需給予評論。 四、統整：第一節課統整 　　提問：請問同學認為住在陋室的劉禹錫與你先前所想像住在陋室的人有何不同？ 預期回答： 1. 他讀了比較多書 2. 他的人生經歷比較豐富，還做過官	15分鐘 5分鐘	教師應對學生的發表進行回饋，針對創意度、主題切合度兩者作為標準進行點評。

3. 他很有自己的主見 老師提出學生對住在陋室的人看法的轉變，並再次 提出「屋陋與劉禹錫之不陋」。		
第二節 **一、開展活動** ㈠老師引導同學對「銘」作出解釋，使學生對 　「銘」此種文體有初步了解 　提問： 1. 看到「銘」的部首，你認為他應該與什麼相關？ 預期回答： 他是金部，所以應該和金屬相關，有可能是寫在金 屬上。 2. 你曾經在哪裡看過含有「銘」的詞呢？是什麼意 　思呢？ 預期回答： 1. 座右銘，用來鼓勵自己；墓誌銘，稱頌往生者 2. 刻骨銘心（點出銘在此是作為動詞） 3. 我不知道（此時老師應當引導學生的答案走向座 　右銘或墓誌銘） ㈡銘文文體概述 　教師在此將「銘」的特性寫在黑板上： 1. 刻在器物或石碑上，警惕自己或讚頌他人的文 　字，屬於一種文體。 **二、課文解析** 將班上同學分為三組，各個小組開始從字面上解讀 文本。 山不在高，有仙則名。水不在深，有龍則靈。斯是 陋室，惟吾德馨。 苔痕上階綠，草色入簾青。談笑有鴻儒，往來無白 丁。可以調素琴，閱金經。 無絲竹之亂耳，無案牘之勞形。南陽諸葛廬，西蜀 子云亭。孔子云：何陋之有？ 1. 先請同學將上方標示的文字做出翻譯。	10分鐘 20分鐘	 分組活動時，教師 在小組間走動，適 時給予協助。

2. 請學生翻譯整篇文章，教師在此時進行糾正。 3. 請同學將「君子居之」四字插入「何陋之有？」前方。 4. 提出何陋「之」有的之字，並請學生比較文中的其他「之」字用法有何不同。 小組深究文章並於各個層次挑選兩組分享看法 教師先將文章切割為三個部分 1. 學生合作討論老師所提出的問題——層次一 　(1) 從「山不在高，……，有龍則靈。斯是陋室，惟吾德馨。」這段文字中，你認為山、仙、水與龍四個具體意象代表什麼意思？ 　(2) 你認為作者認為自己住在陋室嗎？試說明之。 　(3) 若是我提出「惟吾德馨」為通篇文眼之所在，你認同嗎？若是同意我的看法請詳述認同之因，若非，請指出通篇文眼，並論述之。 預期回答： 　(1) 山、水比喻的是房屋；仙、龍比喻的是有才德的人 　(2) 我認為作者覺得自己住在陋室，他以仙與龍自比，認為要不是因為自己住在這裡，這裡就是陋室。 　(3) 我同意，因為文章想表達的就是像我這樣有才德的君子住在這樣的陋室，是因為我美好的德性才可以使得陋室的價值得到提升。 2. 學生合作討論老師所提出的問題——層次二 　(1)「苔痕上階綠，草色入簾青。談笑有鴻儒，往來無白丁。」從景與人物的敘寫中說明了作者的交友情況如何？ 　(2)「可以調素琴，閱金經。」中從哪裡可以看出作者對物質的追求沒有那麼渴切？你認為作者點出金經的用意為何？ 預期回答： 　(1) 從苔痕上階綠，草色入簾青這句可以看出作者的陋室去的人很少，臺階都因為沒有人走過長出了青苔。且作者的交友圈都是學識淵博的人。	8分鐘 6分鐘	文章依照其性質之不同分為三個部分（問題討論時分為三個部分，課文複習時會將文章分為四個部分）： 第一部分：「山不在高～惟吾德馨」 第二部分：「苔痕上階綠～無案牘之勞形」 第三部分：「南陽諸葛廬，西蜀子雲亭（孔子云：何陋之有？）」 教師提出劉禹錫信奉佛教作為提示

⑵ 從素琴的敘述中可以看出作者對於物質的追求沒有那麼渴切了，因為如果對物質追求可切的話，作者的琴就不會是素琴了，一定是雕琢過的。我認為金經是佛教的經典，因為我之前有聽過心經，所以會讓我聯想到佛教的經典。而點出佛教經典的意思應該是提出自己開始信奉佛教，對於紅塵有種看破的感覺，不受世俗的影響。 3. 學生合作討論老師所提出的問題——層次三 　⑴ 最後一段提出了哪兩個人？作者寫出「南陽諸葛廬，西蜀子雲亭」想表達的是？（教師在此處補充揚雄的事蹟） 　⑵ 若是今天你要以安慰劉禹錫，告訴他像他這樣才華洋溢卻貧困過日的人不只有他，還有其他人，你會以誰作為例子呢？ 預期回答： 　⑴ 作者以諸葛亮和揚雄自詡，因為二人都是離開了自己的小房子後就有所成就，作者也希望自己能像這兩人一樣能夠一展自己在政治與文學上的抱負。 　⑵ 顏回、陶淵明、杜甫……等。 總結提問： 　⑴ 作者在文中所表達出的是入世還是出世的心情呢？哪個部分可以成為你的論證？ 預期回答： 　⑴ 我認為作者表達的是入世的精神，從「南陽諸葛廬，西蜀子雲亭。」隱含了自己雖然暫居僻壤，但是希望能夠像諸葛亮和楊雄一樣得到明主的重用，以建功立業。 老師應再次點出「哥陋的不是房子，露的是那鋒芒畢露的才德。」的核心主題。 **第三節** **一、課文複習** ㈠統整文章繪出心智圖	6分鐘 5分鐘	

	時間	備註
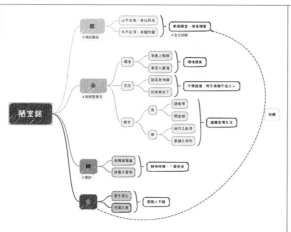	20分鐘	教師引導學生完成心智圖
二、對讀活動（附錄二） ㈠引導同學完成學習單。	25分鐘 30分鐘	
第四節 **一、綜合活動**（附錄三） ㈠「ABCDE 轉念法分享」學習單 　1. 教師分享 ABCDE 分別的意義，並請同學跟著教師一同完成練習的例題。 　2. 請同學完成學習單中寫出劉禹錫境遇的 ABCDE。 　3. 教師請兩位同學分享答案。 　4. 請同學完成學習單最後一題。 　5. 開放同學與鄰座同學分享最後一題的內容。 　6. 教師請三位同學分享個人經歷。 　7. 教師分享個人經驗。	40分鐘	
二、統整活動 ㈠分派作業： 作文題目：逃避並不可恥而且很有用 這世上有許多讓人不想面對的事，當我們無力面對時，除了直接面對並處理問題外，逃跑是否可以成為其中一個選擇呢？請同學試著說明你對「逃避並不可恥而且很有用」的看法，並說明自己在遇到困難時會如何解決，請以三百字短文書寫。	5分鐘	

創作理念：

〈陋室銘〉一文展現出劉禹錫豁達的人生觀，面對困境時仍能以仙龍自比；以揚雄、孔明自詡，時刻透露出「把吃苦當作吃補」的精神。本教案也期許學生在課程中能夠理解劉禹錫的時代背景，同理其作法與遭遇，並在閱讀篇章後也能夠受其樂觀的態度影響，了解到其實轉個念就可以海闊天空，擺脫陰霾、擁抱陽光普照的人生。

附錄一　作者介紹

基本資料
劉禹錫（772 年－842 年），字 夢得 （＊請記得 曹操 的字是 孟德 ），曾任太子賓客，故稱劉賓客，是唐朝著名詩人、哲學家， 中 唐文學的代表人物之一，有詩豪 之稱。在 21 歲，唐德宗元貞九年（793）入長安一舉中第。劉禹錫前期（貞元時期前）職業生涯都是相當順遂的，直至貞元二十一年（805）正月，順宗即位。劉禹錫積極參與王叔文等人以改革弊政為目的的「 永貞革新 」，參與的核心人物被稱為「 二王八司馬 」，幾人對當時的經濟、政治、軍事等方面進行了全方面的改革，主要是為了抑制藩鎮勢力、反對宦官專權與改革德宗時期的各項弊政。 　　永貞革新失敗以後，劉禹錫被貶為連州刺史，又被貶至朗州司馬。雖然劉禹錫兩度被召還京城，但因為個性耿直，以詩譏諷朝政，又被貶播州、連州、夔州、和州等多地刺史，前後二十餘年。
惹怒官僚的詩作
紫陌紅塵拂面來，無人不道看花回。 　　　　　　玄都觀裏桃千樹，盡是劉郎去後栽。 注釋： 紫陌紅塵：京師郊野的道路上塵土飛揚，形容京都道上非常熱鬧。 道：在此作動詞，說。 玄都觀：道教廟宇名，在長安城南崇業坊（今西安市南門外）。 劉郎：劉禹錫自稱。 這首詩作是劉禹錫在貶至朗州後被召回京城時所做，經過同學讀過後，請提出詩作中所表達的諷刺意味？ 譯文： 京師郊野的道路塵土飛揚，非常熱鬧。路上的行人都說著自己看完花回來。 玄都觀中種下了好多的桃樹，全部都是我離開後所種下的。 作者以熱鬧的京城襯托出自己從冷清的邊疆回來的孤寂，兩兩形成對比。熱鬧的京城裡滿滿都是看完花準備花城的行人，可知當時有「豔色驚城」的一番鬧景。並提出了一種「你們這群紅極一時的權貴們，根本都是在我劉禹錫走後才抓到機會爬上高位的！」因而得罪權貴。

三個形容詞
課程中提到許多有關劉禹錫的人生經歷，也能夠從中反映出其人格特質，請同學依照自己對劉禹錫的認識給予三個形容詞。 1. 我覺得劉禹錫是 辛苦 的，因為他……。 　一直被貶謫，來來回回好幾次。 2. 我覺得劉禹錫是 白目 的，因為他……。 　有閒情逸致寫詩諷刺其他人，擺明就是要掀起一場腥風血雨。 3. 我覺得劉禹錫是 幸運 的，因為他……。 　在發揚他政治理念的道路上並不是單打獨鬥，有人陪他一起發起革新運動。
我是 IG 經營大師
在二十一世紀的今天，劉禹錫穿越時空來到了現代，看到許多人都滑著IG的劉禹錫不免想開創屬於自己的帳號。試想如果今天劉禹錫請你協助幫忙開立一個帳號，你會如何幫他設計呢？（可以繪圖或文字敘述的方式完成，內容應包括姓名、用戶名稱、個人簡介、以及至少一篇貼文（貼文的設計可以圖為主））

附錄二　學習單一

　　閱讀陶淵明〈歸園田居〉三首與劉禹錫〈陋室銘〉甲、乙兩篇文章後，試著回答以下問題。

甲　　　　　　　　　　　　**歸園田居** 三首　　　　　　　　　　陶淵明

少無適俗韻，性本愛丘山。誤落塵網中，一去三十年。羈鳥戀舊林，池魚思故淵。
開荒南野際，守拙歸園田。方宅十餘畝，草屋八九間，榆柳蔭後簷，桃李羅堂前。
曖曖遠人村，依依墟里煙；狗吠深巷中，雞鳴桑樹巔。戶庭無塵雜，虛室有餘閑。
久在樊籠裡，復得返自然。
野外罕人事，窮巷寡輪鞅。白日掩荊扉，虛室絕塵想。時復墟曲中，披草共來往；
相見無雜言，但道桑麻長。桑麻日已長，我土日已廣；常恐霜霰至，零落同草莽！
種豆南山下，草盛豆苗稀。晨興理荒穢，帶月荷鋤歸。道狹草木長，夕露沾我衣；
衣沾不足惜，但使願無違。

乙　　　　　　　　　　　　　　**陋室銘**　　　　　　　　　　　劉禹錫

山不在高，有仙則名；水不在深，有龍則靈。斯是陋室，惟吾德馨。苔痕上階綠，
草色入簾青；談笑有鴻儒，往來無白丁。可以調素琴，閱金經；無絲竹之亂耳，無
案牘之勞形。南陽諸葛廬，西蜀子雲亭。孔子云：「何陋之有？」

---

1. 請試著就文章內容說明陶淵明與劉禹錫二位在隱居後的生活有何異同？

　　相同：1.隱居的地方人煙罕至；2.都有聊天的對象

　　相異：休閒活動：甲篇描寫多著重於作者的農務生活，而乙篇沒有提
　　　　　及種植作物的農業生活，但有讀經、彈琴、與學識淵博的人談
　　　　　話的生活。

2. 請問甲篇中寫道「羈鳥戀舊林，池魚思故淵」是想要表達何種意涵？
　 與乙篇劉禹錫的隱居觀有何不同？

陶淵明認為自己誤入官場中，並以羈鳥、池魚自比，表達出想回歸自然的情懷。而劉禹錫則是將回歸自然是為個人儲備體力的跳板，在入世後能夠一展長才，施展抱負。

3. 甲篇中寫道「種豆南山下，草盛豆苗稀。晨興理荒穢，帶月荷鋤歸。」你認為作者將這句話寫進作品中的意義為何？

我認為作者將農務工作比喻為官場，透過這句話表達出自己已經踏入過官場，努力在這個混沌的地方生存過了，但仍無功而返。

4. 心理學家榮格曾說過「只有經歷了痛苦，方能真正醒過來」，請試著就對甲、乙理念的解析，解釋兩位作者在經歷過何種痛苦後，對何事「醒過來（頓悟後做出改變）」？

我認為兩位作者在經歷官場失意的痛苦後，陶淵明了解到自己不適合爭權奪利的生活，選擇遠離朝廷的生活；劉禹錫則是了解到自己需要休息一下，打敗朝廷奸佞仍然需要儲備自己實力，待時機成熟時反擊。

（楷體字為參考答案）

附錄三　學習單二

轉念咒語「ABCDE」

ABCDE轉念法：

A 代表的是 發生的事實 ，B 代表的是 我的表現 ，C 代表的是 因事實影響我的表現造成的結果 ，D 代表的是 轉念之後的想法 ，E 代表的是 轉念之後的結果與看法。

舉例而言，大家可以試想一下長開車載你時是否有遇過車很快、闖紅燈、違規超車的車子呢？當你遇到這樣子的人時你會怎麼轉念呢？現在請幫我看一下咒語ABCDE所代表的意義，跟著我一起

```
A：三寶違規        →  B：我很生氣  →  C：我準備拍
超車影響我的                           影片上傳檢
用路安全。                             舉他
                        ↓
                   D：他應該是      →  E：放慢速度離
                   家裡有急事          他遠一點、保護
                                      他也保護自己
```

請同學依照你對劉禹錫的了解，為劉禹錫遭貶一事寫下ABCDE咒語。
A：官場上不得意，遭小人陷害。
B：他很無奈、委屈，明明只是想要報效國家。
C：他決定與朝廷硬碰硬，寫詩攻擊小人，將其惡行揭發並且公諸於世。
D：他們只是在用自己的方法報效國家。
E：我應該先要儲備自己的能力，才有機會以我的方式達成報效國家的理想。

請同學依照你最近遇到的困境或煩心事為自己寫下ABCDE咒語。

（楷體字為參考答案）

【散戲】

沖刷一切的時代洪流 ── 洪醒夫〈散戲〉

領域／科目	語文領域／國語文	設計者	許琨婉
實施年級	普通高級中學二年級	總節數	共 4 節，200 分鐘
單元名稱	沖刷一切的時代洪流 ── 洪醒夫〈散戲〉		

設計理念	〈散戲〉是臺灣鄉土作家洪醒夫的小說作品。在閱讀本文時，除了能了解臺灣鄉土作家洪醒夫的寫作風格及創作題材，亦能對「歌仔戲」有進一步的認識。此外，〈散戲〉背後更隱含了傳統文化逐漸式微的議題。面對時代洪流的沖刷，傳統文化的火光微弱到近乎快要熄滅，要如何將薪火傳承下去，是生活在現代的我們必須思考的課題。 　　本教案透過閱讀理解、分析以融入生命議題。從〈散戲〉的寫作結構開始，說明現代小說敘事手法和觀點，並更進一步讓學生能分析小說之情節、寫作手法和背後的象徵及隱喻。藉由教師引導學生找出〈散戲〉中的矛盾衝突和生命態度，培養學生客觀分析及同理傾聽的素養，強化學生思考問題解決之道的能力。最後，希望能透過延伸活動教學，讓學生了解更多臺灣傳統文化，探討目前傳統戲曲所面臨到的一些問題，反思我們應該如何面對此種轉變。

設計依據				
學習重點	學習表現	1-V-2 聽懂各類文本聲情表達時所營構的時空氛圍與情感渲染。 2-V-6 關懷生活環境的變化，同理他人處境，尊重不同社群文化，做出得體的應對。 5-V-1 辨析文本的寫作主旨、風格、結構及寫作手法。 5-V-3 大量閱讀多元文本，探討文本如何反應文化與社會現象中的議題，以拓展閱讀視野與生命意境。 5-V-5 主動思考與探索文本的意涵，建立終身學習能力。	核心素養	國S-U-A2 透過統整文本的意義和規律，培養深度思辨及系統思維的能力，體會文化底蘊，進而感知人生的困境，積極面對挑戰，以有效處理及解決人生的各種問題。 國S-U-B3 理解文本內涵，認識文學表現技法，進行實際創作，運用文學歷史的知識

		5-V-6 在閱讀過程中認識多元價值、尊重多元文化，思考生活品質、人類發展及環境永續經營的意義與關係。	背景，欣賞藝術文化之美，並能與他人分享自身的美感體驗。 國S-U-C2 了解他人想法與立場，學習溝通、相處之道，認知社會群體生活的重要性，積極參與、學習協調合作的能力，發揮群策群力的團隊精神。 國S-U-C3 閱讀各類文本，建立自我文化認同的信念，理解多元價值的可貴，深入探討各項社會議題，關注國際情勢，強化因應未來社會發展所需的能力。
	學習內容	Ac-V-1 文句的深層意涵與象徵意義。 Ad-V-1 篇章的主旨、結構、寓意與評述。 Ad-V-2 新詩、現代散文、現代小說、劇本。 Bb-V-2 對社會群體與家國民族情感的體會。 Cc-V-1 各類文本中的藝術、信仰、思想等文化內涵。 Cc-V-2 各類文本中所反映的矛盾衝突、生命態度、天人關係等文化內涵。	
議題融入	實質內涵	生U1 思辨生活、學校、社區、社會與國際各項議題，培養客觀分析及同理傾聽的素養。 生U5 覺察生活與公共事務中的各種迷思，在有關道德、美感、健康、社會、經濟、政治與國際等領域具爭議性的議題上進行價值思辨，尋求解決之道。	
	所融入之學習重點	Cc-V-1 各類文本中的藝術、信仰、思想等文化內涵。 Cc-V-2 各類文本中所反映的矛盾衝突、生命態度、天人關係等文化內涵。	
與其他領域／科目的連結		可與藝術領域的課程做連結，在課堂上介紹傳統戲曲。	
教材來源		高中國文課文〈散戲〉	
教學設備／資源		黑／白板、投影機、影片	

學習目標

1. 認識洪醒夫與鄉土小說。
2. 對傳統文化在時代中的地位變遷有所體悟。
3. 能理解文章結構，分析人物特色。
4. 能以後設認知檢視文本，省思自身的同時提出問題的解決之道

<table>
<tr><td colspan="4" align="center">學習脈絡</td></tr>
</table>

節次	學習重點	閱讀認知歷程	學習單
一	1. 對傳統戲曲有基本的認識。 2. 〈散戲〉的題目解讀。 3. 洪醒夫與鄉土文學。	廣泛理解 檢索訊息	第1-2頁
二	1. 補充閱讀〈散戲〉前半段原文。 2. 了解〈鍘美案〉的故事內容和人物關係。 3. 課文第一至三段的文本分析與閱讀理解。 4. 短文寫作練習。	檢索訊息 廣泛理解 統整解讀 省思評鑑	第2-3頁 閱讀補 充資料
三	1. 課文第一至三段的文本分析與閱讀理解。 2. 複習與總結。 3. 小組討論下次上課課堂成果發表的內容。	廣泛理解 省思評鑑 統整解讀 創作發展	第3頁
四	1. 進行課堂成果發表。 2. 填寫小組互評表。 3. 複習與總結。	創作發展 省思評鑑	小組互 評表

<table>
<tr><td colspan="3" align="center">教學活動設計</td></tr>
</table>

教學活動內容及實施方式	時間	備註
第一節 **課前預備：** ㈠學生預習課文內容，並事先進行分組。 ㈡教師發下學習單。 **一、引起動機** ㈠教師提問： 1. 請學生配合學習單的內容，寫出對傳統戲曲的印象。 2. 請學生完成學習單的內容「傳統戲曲連連看」。 3. 教師鼓勵學生踴躍發表自己第一題的答案。（於課堂上發表的同學可加該單元的平時成績） ㈡影片播放： 1. 教師播放影片：【民視異言堂】後台ㄟ心聲挽救歌仔戲2019.06.22	14分鐘	評分方式： 1. 學習單。 2. 口頭發表（加分項）。 對於沒有明確標準答案的問題，教師可以先分享自己的答案，使同學找到作答方向，同時應鼓勵學生踴躍發言。

2. 教師鼓勵學生發表看完影片後的想法。（於課堂上發表的同學可加該單元的平時成績） **二、發展活動** ㈠〈散戲〉題目的解讀 1. 配合學習單，教師詢問學生對於〈散戲〉一題之解讀。 2. 教師透過題解介紹「散戲」的多重含意： 　⑴指小說中玉山歌劇團表演結束，故「散」念ㄙㄢˋ，指「結束、散場」。 　⑵該劇團因失去觀眾，演出不夠用心，演員「鬆散」，兼有ㄙㄢˇ之意。 　⑶暗示玉山歌劇團面臨解散的命運。也暗示野臺歌仔戲失去觀眾，往日盛況不再，形同即將下臺的沒落藝術。 ㈡引用洪醒夫對於散戲的說明： 1.〈散戲〉是較完整的一篇，它記錄歌仔戲沒落後演員的遭遇及心情。寫那些人因生活壓力，不得不放棄自己不願放棄的東西時的悲壯淒清。……我寫『〈散戲〉』也無意確定歌仔戲的地位。我關心的是這批人。我們知道，人雖有貴賤富貧賢不肖之分，但他們都是人；是人，就有七情六慾，平劇演員有，歌仔戲演員自然也有，我要寫的是戲臺後面的『人的生活』，不是寫那個戲。 ㈢〈散戲〉劇情線的鋪陳： 1. 以小說人物秀潔的心境思想作敘事主軸，同時進行兩線鋪陳： 　⑴臺上正進行「秦香蓮」的戲碼。 　⑵秀潔在演戲過程中陷入「玉山歌仔劇團」由盛而衰的回憶漩渦。 2. 最終兩線合而為一，共同迎來高潮。→走向終場：「戲，就這樣散了！」 ㈣作者介紹——洪醒夫 1. 作者生平、生卒年、出身背景、文學特點、寫作理念、成就。 2. 洪醒夫改名一事冠，解釋洪醒夫改名原因 3. 述及洪醒夫筆下農民共同的性格。	30分鐘	

三、總結活動	6分鐘	
㈠介紹鄉土文學		
1. 鄉土文學的定義：鄉土文學是指帶地方色彩的文學作品，描寫純樸的鄉土人物、鄉土故事及具有濃厚鄉土風味的作品。		
2. 介紹幾個有名的鄉土文學作家，並舉例其作品。		
3. 引用學者葉石濤在〈臺灣鄉土文學史導論〉中的主張：		
⑴「所謂鄉土文學應該是臺灣人（居住在臺灣的漢民族及原住民）所寫的文學。」		
⑵「臺灣鄉土文學應該是以『臺灣為中心』寫出來的作品；換言之，它應該是站在臺灣的立場上來透視整個世界的作品。」		
第二節		評分方式：
課前預備：		1. 學習單。
㈠學生預習課文內容。		2. 口頭發表，為加分項。
㈡教師發下閱讀補充資料。		
一、引起動機	10分鐘	
㈠教師請學生先自行閱讀第一部分的補充資料：〈散戲〉前段原文。		學生若無法在時間內閱讀完補充資料，教師可透過派發為回家作業，讓學生利用課餘的時間將文章讀完。
㈡教師派發回家作業：		
1. 學生閱讀完〈散戲〉前段原文。		
2. 學生回家完成短文寫作練習。		
二、發展活動	30分鐘	
㈠探索「鍘美案」：		教師應先針對短文寫作的內容進行說明，引導學生寫作方向。
1. 教師講述〈鍘美案〉之故事內容。		
2. 學生填答學習單：依據故事、閱讀補充資料和課文內容，完成學習單上對應的內容。		
㈡教師進行課文第一段講述		
1.「戲就這樣散了。」→首句就有點題的作用。「戲」為全文主幹，「散」為全文主旨，而散的涵義有很多重……補充：其實小說在此之前有「戲，就要散了」的預告；「就這樣」三字突顯「鍘美案」的散場不太尋常，因為觀眾冷清、演		

員意興闌珊。此句也是小說樞紐，除了將前半部
臺上戲碼和真實人生戲碼交織的部分終結，同時
也開演了戲團終於要解散的戲碼。

2. 「秀潔回到後臺……在外邊長板凳上坐下抽
煙。」
　(1)修辭：
　　　a.「換上便服，掀開布帘」：單句對。

3. 「煙抽了大半截，才看到……怎麼可以對戲那麼
不尊重？」
　(1)字詞義
　　　a.「喜孜孜」：歡喜的樣子。
　　　b.「歉疚」：慚愧不安。
　　　c.「豈有此理」：哪有這種道理。意謂斷無此
　　　　理，表示憤怒之詞。
　(2)修辭
　　　a.「怎麼可以對戲那麼不尊重？」：激問
　　　＊補充：疑問、提問、激問三者的區別。
　　　b.「悠哉悠哉」：類疊。

4. 段落大意：寫散戲後，秀潔發現阿旺嫂是故意
「賴戲」，心中有氣。此段作者以敘述者的語
言，進入秀潔的內心世界。

(三)教師進行第二段課文講述

1. 「不管有沒有觀眾，戲都應該好好演！」：突顯
秀潔的敬業精神。

2. 字詞義
　(1)「扯開來講」：攤開來說。
　(2)「哄」：ㄏㄨㄥˇ。
　(3)「圍攏」：圍繞聚攏。
　(4)「挑剔」：苛求責備，吹毛求疵。
　(5)「人聲鼎沸」：指人聲嘈雜，如鍋中的水沸
　　　騰。
　(6)「慷慨激昂」：志氣高昂，情緒激揚。

3. 修辭
　(1)「輕描淡寫」：句中對。
　(2)「咬牙切齒」：句中對。

⑶「妳怎麼可以離開？」：激問。

⑷「我給你講」：飛白。

＊補充「飛白」：指將語言中的方言、俗語、吃澀、錯別、故意加以記錄或援用的修辭方法。

⑸「七嘴八舌」：鑲嵌。

⑹「人聲鼎沸」：譬喻。

(四)段落大意

1. 可分三個部分進行分析：

⑴秀潔暗諷阿旺嫂「不負責任」，並斥責她不敬業，為之後兩人的衝突埋下引爆點。而後秀潔與阿旺嫂爆發口角衝突，而二人的話語始終沒有交集。

⑵秀潔站在「演員」的立場指責阿旺嫂；阿旺嫂以「母親」的角色為自己辯護。

⑶其他團員聽到爭執聲，本想過來勸架，後面卻變對歌仔戲的「表忠大會」。

2. 本段大部都是對話，而人物言語不段被岔斷、搶白，突顯衝突的激烈，製造了強大的戲劇張力。

(五)教師進行第三段課文講述

1. 「紙菸上那一點火光在他臉上一閃一滅，一閃一滅」：象徵著傳統文化似乎也在明暗間閃滅，忽隱忽現。

2. 「兩相對照之下，使她內心悸動不已，便禁聲了。」：對照老人過去的自信和眼前的沮喪，不難理解老人的痛苦掙扎更甚於她，使她不忍再去挑起話題。

3. 字詞義

⑴「木然」：神情呆滯、面無表情的樣子。

⑵「佝僂」：ㄎㄡˋㄌㄡˊ，背部向前彎曲。

⑶「頹喪」：消極喪氣的樣子。

⑷「禁聲」：閉口，不作聲。多作制止發聲之辭。

4. 段落大意：描寫金發伯木然的反應，及秀潔見了金發伯神情後的黯然神傷。

內容	時間	評分方式
三、總結活動： ㈠教師總述一至三段重點。 ㈡教師請學生回家填寫學習單問題： 1. 為什麼這裡多次以「秦香蓮」代稱阿旺嫂？ 2. 阿旺嫂和秀潔分別站在什麼立場為自己辯護？而背後又象徵了什麼？ 3. 為什麼這裡要特別描寫金發伯不發一語，頹然的的樣子？	10分鐘	
<div align="center">**第三節**</div>**課前預備：** ㈠學生預習課文內容，按分組座位坐好。 ㈡教師提醒學生在下課前繳交短文寫作練習作業。		評分方式： 1. 學習單。 2. 口頭發表，為加分項。
一、引起動機 ㈠教師複習上節課所上的內容。 ㈡教師引導學生回顧上次學習單留下的問題： 1. 教師詢問同學是否願意口頭發表。（於課堂上發表的同學可加該單元的平時成績） 2. 教師說明各小題答案。	5分鐘	3. 小組討論參與度。
二、發展活動 ㈠教師進行課文第四段講述 1. 文意解釋： 　⑴「大家心裡想的……卻也懶得再去分辨」 　⑵「她慶幸自己還……絕對不讓自己再繼續維持這個樣子了……」 　⑶「唉！是應該老老實實待在家裡了……」 　⑷「不要學歌仔戲就可以了……」 　⑸「是了就是這樣，去跟金發伯說……」 2. 背景補充：歌仔戲穿插流行歌和蜘蛛美人的原因。 3. 字詞義： 　⑴「蜘蛛美人」：一種人頭蜘蛛身的表演。 4. 段落大意：體會到歌仔戲已經衰微，秀潔暗自決定退出歌仔戲團。	33分鐘	

(二)教師進行課文第五段講述 1.文意解釋： 　(1)「卻聽金發伯說」 　(2)「不管有沒有人看……『玉山』的招牌 　　戲。」 　(3)「秀潔清楚地感受到……在急速的擴張 　　著。」 　(4)「秀潔聽出他是……有意大笑。」 　(5)「笑聲停歇……奈何得了本宮？」 　(6)「不必刻意去學……功力十足。」 2.字詞義： 　(1)「十二道金牌」：精忠岳飛劇中的一齣。岳 　　飛破金，但因朝廷主和，乃一日降十二塊金 　　牌召還，後岳飛因莫須有之罪而死於獄中。 　(2)「玉山」：小說中秀潔的劇團名。 　(3)「開封府尹」：指包青天。府尹，官名，為 　　當時的行政首長。 　(4)「本宮」：小說、戲曲中王室中人的自稱。 3.修辭： 　(1)「『正經的』事情做」：倒反。 4.段落大意：由金發伯口中說出解散歌仔戲團，並 　決定演出最後一場招牌戲。 (三)教師進行課文第六段講述 1.文意解釋： 　(1)「其他人聽了……鬧成一團」 　(2)「便在他的眼中逐漸模糊起來……」 2.段落大意：首尾呼應，第一段是鍘美案的散戲， 　最後一段是玉山歌仔戲團的散戲。而此處用到了 　對比的手法，以歡笑襯托金發伯跟秀潔的無奈與 　感傷。		
三、總結活動 (一)教師總結〈散戲〉的課文內容。 (二)教師請學生小組討論學習單問題： 1.文中主角秀潔是如何面對歌仔戲的沒落？如果今 　天你是秀潔，遇到這樣的情況你會採取什麼行 　動？	12分鐘	

2. 有哪些文化瑰寶與藝術表演跟歌仔戲一樣逐漸沒落？（至少寫出三項）那我們又可以如何保存、延續這些傳統文化呢？ ㈢教師事先說明下次上臺報告的內容： 1. 小組抽籤決定報告主題。 2. 題目範圍：京劇、川劇、黃梅戲、能劇、歌仔戲、歌劇、崑劇。 3. 準備一個約10分鐘的報告或是選擇該類戲曲中的其中一個作品進行演出。 4. 選擇用演出方式呈現的組別可以額外獲得加分。 5. 利用剩餘課堂的時間，讓小組先進行初步的討論。		在進行小組討論、分工的時候，若教師留意到學生的討論陷入凝滯狀態，教師應適時從旁協助，引導學生找到報告方向。
第四節 **課前預備：** ㈠學生準備好成果發表需要用到的物品和設備。 ㈡教師發回短文寫作作業，並發下小組互評表。 一、綜合活動 ㈠學生成果發表 1. 教師讓各組進行最後的檢查，準備上臺會使用到的物品。 2. 若有報告不完的情形可將簡報上傳至班群或雲端學院，但教師仍要盡量提醒學生時間上的限制。 ㈡學生小組填寫互評表 1. 學生闡述自己在這次的報告中所獲得的經驗（學習到的新知識、技能等），以及別的組別有什麼值得學習或是需要改進的地方。 2. 教師給予獎品鼓勵：互評表中有一欄「我們覺得本次表現最優秀的組別是＿＿＿＿」，教師回收互評表後進行統計，得票數最高的組別可以獲得獎勵。 3. 老師在課堂的最後為本次活動做一個總結，並在下課前回收互評表，作為評量的其中一個依據。	50分鐘	評分方式： 1. 學生對報告的參與度。 2. 學生成果發表。 3. 小組互評表。 小組互評表：讓學生為其他組別進行評分，並寫下建議與回饋，有哪些可以改進的地方？有哪些值得學習的地方？並同時也對自己的小組自評，理解自我優缺點，而展開不同的視野。

參考資料：

1. 樵客老師的國文教學網站：
   (1) https://rueylin0119.pixnet.net/blog/post/97891761-%E6%95%A3%E6%88%B2
   (2) https://rueylin0119.pixnet.net/blog/post/95710233-%E4%BA%BA%E6%80%A7%E7%9A%84%E5%85%A9%E9%9B%A3%E6%8A%89%E6%93%87%E2%94%80%E2%94%80%E3%80%8A%E9%8D%98%E7%BE%8E%E6%A1%88%E3%80%8B
2. 〈散戲〉前半段原文：https://sites.google.com/site/timetunnel104/wen-xue-da-guan-yuan/san
3. 小小翻轉教室：
   (1) https://sk1492.pixnet.net/blog/post/289388875
   (2) https://sk1492.pixnet.net/blog/post/349371934
4. 短文寫作素材出處：
   (1) 潘乃欣〈即將被 AI 取代的10個職業〉：https://web.cheers.com.tw/issue/2017/ai/article/3-3.php
   (2) 賴昭正〈日常生活範式的轉變：從紙筆到AI〉：https://pansci.asia/archives/362236
   (3) 林士蕙〈AI 正吞噬你的工作？李開復、OpenAI 老闆都示警〉：https://www.gvm.com.tw/article/99652
6. 以前課堂上小組同學們一起製作的〈散戲〉教案

附錄：
學習單、補充閱讀資料、小組互評表

附錄一　沖刷一切的時代洪流 —— 洪醒夫〈散戲〉學習單

班級：＿＿＿＿＿　座號：＿＿＿＿＿　姓名：＿＿＿＿＿

一、課前探索

㈠請問你是否有欣賞過傳統戲曲的經驗呢？請寫下自己在欣賞過傳統戲曲後的感想，或是自身對於傳統戲曲的印象：

請學生自行發揮回答。

㈡關鍵字配對 —— 傳統戲曲連連看

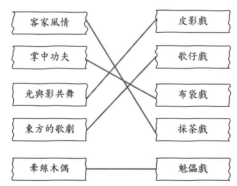

圖表一：由作者製作

二、課文閱讀與理解

㈠〈散戲〉的題目有何涵義？

⑴指小說中玉山歌劇團表演結束，故「散」念ㄙㄢˋ，指「結束、散場」。

⑵該劇團因失去觀眾，演出不夠用心，演員「鬆散」，兼有ㄙㄢˇ之意。

(3) 暗示玉山歌劇團面臨解散的命運。也暗示野臺歌仔戲失去觀眾，往日盛況不再，形同即將下臺的沒落藝術。

*教師先讓學生自行作答，之後配合課文題解進行說明。

(二)鍘美案的人物關係

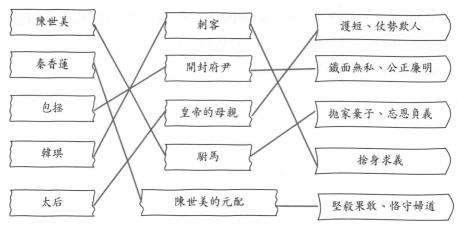

圖表二：由作者製作

(三)鍘美案對應課文人物關係：

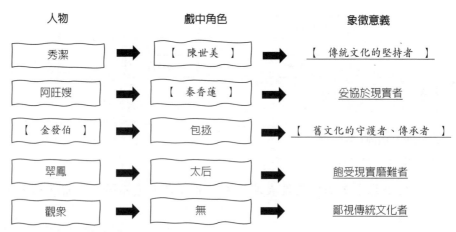

圖表三：由作者製作

(四)為什麼課文中多次以「秦香蓮」代稱阿旺嫂？

突顯阿旺嫂的怠忽職責，故意賴戲。

(五)阿旺嫂和秀潔分別站在什麼立場為自己辯護？而背後又象徵了什麼？

(1) 秀潔：站在「演員」的立場，是「傳統文化的堅持者」。

(2) 阿旺嫂：站在「母親」的立場，是「妥協於現實者」。

(六)為什麼課文要特別描寫金發伯不發一語，頹然的的樣子？

以團主金發伯今昔神采的差異，對比出劇團昔日的輝煌，與今日的沒落。

(七)文中主角秀潔是如何面對歌仔戲的沒落？如果今天你是秀潔，遇到這樣的情況你會採取什麼行動？

(1) 準備回家安分種田，結婚生子，不再對歌仔戲的未來有所期待。

(2) 請學生自行發揮回答。

(八)有哪些文化瑰寶與藝術表演跟歌仔戲一樣逐漸沒落？（至少寫出三項）那我們又可以如何保存、延續這些傳統文化呢？

請學生自行發揮回答。

（楷體字為參考答案）

附錄二　閱讀補充資料：〈散戲〉前段原文

一、請同學閱讀先前老師所發下的〈散戲〉前段原文。

二、短文寫作練習：請同學閱讀下文，回答問題。

　　AI時代來臨，我們將會遭遇到什麼樣的衝擊呢？

　　隨著科技進步與生活型態的改變，人類未來將面臨的壓力和挑戰也與日俱增。其中，關於「AI是否會取代人類的工作」這項議題，長久以來就有兩種不同的聲音，抱持樂觀、正面想法的群眾認為，在過往工作被AI取代的同時，也會創作出新的工作機會；抱持悲觀、負面想法的群眾則認為，人類的工作終將會被AI所取代，而總有一天AI將會統治世界。兩方的主張直至今日依舊僵持不下。

　　在潘乃欣〈即將被AI取代的10個職業〉[1]一文中有提到，最容易被AI取代的前十名職業，第一名為「電銷或客服人員」，其次依序為快遞或外送員、會計師、零售業店員、導遊、計程車司機、不動產經紀人、演員、財務分析或理財專員，第十名為記者。而在文中亦有提到，若要評估自身的工作是否容易被取代，可以從五個面向來看：專業程度，創意程度、管理、溝通複雜度和可預測的體力勞動。

　　近期，聊天機器人ChatGPT的爆紅，引起各界的關注。ChatGPT是美國舊金山OpenAI公司提供的一款免費的人工智能軟體，在泛科學網站中，賴昭正〈日常生活範式的轉變：從紙筆到AI〉[2]一文點出了ChatGPT的優勢和隱憂：「它不但可以回答你任何問題、跟你聊天，還可以快速（以秒計）幫你寫散文、詩歌、文章。這不但立即引起整個教育界的震撼，也成為報章雜誌熱門討論的話題！過年後，不少公立高中學校便迫不及待地宣布禁止裝置及使用。」由此可見，ChatGPT的出現，對教育界造

---

[1]　《Cheers 快樂工作人雜誌》：潘乃欣〈即將被 AI 取代的 10 個職業〉

[2]　PanSci 泛科學——賴昭正〈日常生活範式的轉變：從紙筆到 AI〉

成了不小的衝擊，它就像一把雙面刃，有效的利用可使其作為教育的輔助工具，但濫用的話將會成為扼殺學生獨立思考和創作力的凶器。該如何謹慎使用這項技術，將會是未來人們需要學習的課題。

（文章由作者撰寫，引用資料出處如下方註記）

問題㈠：

　　請同學根據文章敘述，推測第二段中提及的哪一個職業會因ChatGPT的出現，導致「被取代率」提高，為什麼？（約80字）

　　根據文章，ChatGPT除了可以回答問題和聊天，還具備了快速創作文章的能力。而「記者」的工作內容需要撰寫新聞稿，屬於一種文章創作，故被取代率有可能會提高。（71字）

問題㈡：

　　引領開創ChatGPT的執行長奧特曼曾言[3]：「每天在OpenAI的工作，都在提醒著我，AI帶來的社會經濟變革，會比所有人想像中更快。同時，如果政府政策沒及時因應，最終，大多數人類會過得比現在更糟。」而微軟現任執行長納德則認為[4]：「AI的崛起，就像他兒時80年代迎接PC興起一樣，都是科技賦能，會讓人類生活與工作更創新，而不是取代人類。」你較認同誰的想法呢？請思考自己的課堂學習經驗，以「AI可取代的和不可取代的」為題，撰寫一篇首尾完足的短文。文長約400-500字。

　　請學生自行發揮回答。

（楷體字為參考答案）

---

[3] 《遠見雜誌》：林士蕙〈AI 正吞噬你的工作？李開復、OpenAI 老闆都示警〉

[4] 《遠見雜誌》：林士蕙〈AI 正吞噬你的工作？李開復、OpenAI 老闆都示警〉

附錄三　小組互評表

班級：＿＿＿＿＿　組別：＿＿＿＿＿　組員姓名：＿＿＿＿＿

1. 評分組別：
2. 分數：
3. 建議與回饋：

1. 評分組別：
2. 分數：
3. 建議與回饋：

1. 評分組別：
2. 分數：
3. 建議與回饋：

1. 評分組別：
2. 分數：
3. 建議與回饋：

我們最喜歡的組別是＿＿＿＿＿，因為……（請用50-100字簡述原因）

圖表一：由作者製作

【諫逐客書】

看「諫」過去，「逐」起橋梁——
從〈諫逐客書〉搭起我的生命觀

領域／科目	語文領域／國語文科	設計者	張力元
實施年級	普通高級中學二年級	總節數	共4節，180分鐘
單元名稱	看「諫」過去，「逐」起橋梁—從〈諫逐客書〉搭起我的生命觀		

設計理念	〈諫逐客書〉為駢文之初祖，以懇切之語與大量例證表明作者李斯對秦王的勸諫之志，全文無一絲悲苦之情，盡以古今情境告誡逐客之失；然其背後的歷史意義與人對生命的追求亦是重要。秦王為鞏固權力想驅逐客卿，又迫於政治上的角力鬥爭、國家情形與未來考量，不得不收回命令的掙扎；李斯遠征至秦，上任未捷便面臨生涯危機，在同僚鼓舞之下寫成此書，只為一己生命的光輝。我們能從文章中看見隱含的人生難題，思考每個決定下的意義，從歷史人物裡探討自己對生命的想法。 　　本教案以〈諫逐客書〉一文探析歷史、政治與人物心境的秘密，將「以史為鏡」的全知觀點，假設不同選擇下的種種結果；又以現代社會體制和遭遇類比，設想自己的抉擇與後續影響。鼓勵學生廣蒐訊息、發散思考並與同儕分享反思，以哲學思辨與人學探索之法，帶領學生做價值思辨，練習解決問題；反思「我為何而活？」的人生問題，以此循序漸進地認識自己的生命觀。

設計依據				
學習重點	學習表現	2-V-2 討論過程中，能適切陳述自身立場，歸納他人論點並給予回應，達成友善且平等的溝通。 5-V-1 辨析文本的寫作主旨、風格、結構及寫作手法。 6-V-3 熟練審題、立意、選材、組織等寫作步驟，寫出具說服力及感染力的文章。	核心素養	國S-U-A2 透過統整文本的意義和規律，培養深度思辨及系統思維的能力，體會文化底蘊，進而感知人生的困境，積極面對挑戰，以有效處理及解決人生的各種問題。

	學習內容	Bd-V-1 以事實、理論為論據,達到說服、建構、批判等目的。 Cb-V-2 各類文本中所反映的個人與家庭、鄉里、國族及其他社群的關係。	國 S-U-B1 運用國語文表達自我的經驗、理念與情意,並學會從他人的角度思考問題,尋求共識,具備與他人有效溝通與協商的能力。
議題融入	實質內涵	1. 生U1 思辨生活、學校、社區、社會與國際各項議題,培養客觀分析及同理傾聽的素養。 2. 生U5 覺察生活與公共事務中的各種迷思,在有關道德、美感、健康、社會、經濟、政治與國際等領域具爭議性的議題上進行價值思辨,尋求解決之道。	
	所融入之學習重點	1. 從本課作者李斯的生命故事,引導學生反思自己生命的目標與價值。 2. 將課堂經驗遷移至現代社會議題中,積極參與社會議題之討論。	
教學設備／資源		課本、學習單、slido、電腦、單槍投影機、海報紙、點點貼紙(紅色、藍色)	

學習目標
1. 學生能清楚了解秦國之特色與歷史背景。 2. 學生能了解李斯上書目的與寫作技巧,並運用在撰寫文章中。 3. 學生能積極參與小組活動,傾聽同儕意見並表達自己的想法。 4. 學生能觀察現今社會所形成的文化習慣,並以課堂經驗探究其合理性。

學習脈絡		
節次	學習重點	閱讀認知歷程
一	1. 認識文章背景。 2. 掃描國學常識。	廣泛理解 檢索訊息
二	1. 學習「以史為證」寫作手法。 2. 連結自身經驗。 3. 對比古今政治架構。	檢索訊息 發展解釋 廣泛理解

節次	學習重點	閱讀認知歷程
三	1. 學習「以例為證」寫作手法。 2. 省思生活。 3. 設身處地。	檢索訊息 發展解釋 省思評鑑
四	1. 學習「首尾呼應」寫作手法。 2. 文章對政治情勢的影響。	發展解釋 省思運用

教學活動設計		
教學活動內容及實施方式	時間	備註
第一節 **一、引起動機** (一)教師播放相關影片——「說話的藝術」 　　https://www.youtube.com/watch?v=D4QRKUQVaoA 1. 教師以影片引起學生興趣。 2. 教師以問題帶領學生反思： 　(1)用什麼技巧比較有可能引起父母的興趣？ 　(2)傳統的方式為什麼比較不容易成功？ 　(3)除了影片中的方法，你有什麼獨特的說服技 　　巧或成功經驗嗎？ 3. 請學生將答案寫在學習單上，並邀請學生分享。 (二)教師說明本課背景： 1. 秦國為戰國時期的強盛大國：由秦始皇主政的秦 　國，實行高壓專制的管制，增強兵力征討四方， 　為實現一統天下的宏願。 2. 因為戰亂及封建制度崩壞，專業學術下放至民 　間，秦王為了富強國家、增添人力，故興起「養 　士之風」，形成大量的「客卿」湧入秦國。 3. 當時秦國內部有守舊派（秦國本土官員）與客卿 　派相互拉扯。且呂不韋拉攏客卿，秦王為了消除 　呂不韋的勢力，才會在鄭國渠事件爆發後下逐客 　令。	8分鐘 2分鐘	搭配學習單「壹、作者與題解」。 教師適時引導影片內容，有利於學生回答問題。 評量方式：學生自願回答可以加該單元平時分數。 教師以講述法搭配當時地圖，帶領學生了解春秋戰國時期的歷史背景；並適時連結學生在歷史課中習得的知識。

二、發展活動		搭配學習單「貳、作者與題解」。
(一)教師說明「鄭國渠事件」：	15分鐘	教師多輔以問答引發學生自主思考。
1.為本課撰文之導火線。		
2.教師引導學生思考鄭國渠對秦、鄭二國的意義，並請學生記錄在學習單上：雖然鄭國渠於後世眼光來看是助長秦國之勢，成為秦王一統六國不可或缺的部分。但此事件於當時造成朝野一片譁然，因鄭國為「間諜」一事較秦王難以放心眾「客卿」的心思，故下達「逐客令」要求所有非秦國本籍的官員於期限內離開。		
3.教師延續鄭國渠事件，說明本文起源：秦國官員李斯，上〈諫逐客書〉給秦王，斥責秦王此事之非，勸諫秦王收回逐客令。		
⇨目的：使自己能繼續待在秦國效力。		
⇨題解：		
⑴諫：勸諫。		
⑵書：上書，古代臣子對帝王進言時所寫的文章。		
(二)教師介紹秦國宰相李斯：	15分鐘	
1.李斯（前284年－前208年），楚國上蔡（今河南省上蔡縣西南方）人，是秦朝著名的政治家、文學家和書法家，曾任秦朝左丞相。		
2.以問題引導學生認識李斯的生平事蹟，		
⑴李斯不是秦國人，為什麼會到秦國呢？		
・老鼠的啟發、師承荀子		
⑵李斯如何當上秦國丞相呢？		
・初入秦受呂不韋賞識、諫逐客書、斯言順耳		
⑶李斯的生命結局如何呢？		
・合謀易儲、東門黃狗		
三、總結活動		
(一)重點回顧：	2分鐘	
1.教師總結今日課程活動，以問答法與學生一起複習本堂課程重點。		
(二)問題思考	8分鐘	搭配學習單「貳、小組討論」。

1. 請學生小組討論： 　　為了幫助秦王達成統一六國的願望，立下眾多汗馬功勞，請學生就課堂介紹，與組員討論以下問題：「在生命終結之前，李斯向兒子哭喊，你認為經歷一生風雨後，他真正追求的人生境界是什麼呢？」並將其答案記錄於學習單中，將於下次上課時以組為單位進行全班分享。		2-V-2 討論過程中，能適切陳述自身立場，歸納他人論點並給予回應，達成友善且平等的溝通。
第二節 **一、課堂準備** ㈠學生：國文課本、學習單 ㈡教師：國文課本、學習單、籤筒、芬園鄉公所職務結構圖、半開海報紙*6、奇異筆*8、紅色點點貼紙*100、藍色點點貼紙*100	1 分鐘	
二、引起動機 ㈠小組分享：上節課末請學生就課堂介紹，與組員討論並將其答案記錄於學習單中，並於本次上課時以組為單位進行全班分享「在生命終結之前，李斯向兒子哭喊，你認為經歷一生風雨後，他真正追求的人生境界是什麼呢？」。 1. 請各組學生輪流分享。 2. 教師總結回饋：指出學生相同與不同的觀點，並與李斯對比。 　⑴在結束驚心動魄的人生前，李斯成功為自己博得了秦國丞相之位，可謂了結年輕時的志業。 　⑵在秦王崩後，李斯的勢力大不如前，秦二世不聽李斯的意見，顯然李斯大勢已去。他感嘆自己為了權位而未曾珍惜與家人共處的時光，表其遺憾。	10分鐘	搭配學習單「貳、小組討論」。 2-V-2 討論過程中，能適切陳述自身立場，歸納他人論點並給予回應，達成友善且平等的溝通。 教師須喚起學生上節課的學習內容，並引導學生從自身想法與他人意見中對比分析、保持尊重態度。
三、發展活動 ㈠課文第一段： 1. 教師說明段落要旨與內容重點：以開門見山法，李斯直指全文核心，點出秦王逐客之非，節奏明快、統領全文。	6分鐘	5-V-1 辨析文本的寫作主旨、風格、結構及寫作手法。

2. 教師解釋本文以「臣」、「竊」表達李斯身為臣子的自謙之詞，表達對秦王的敬畏之心。

※補充古文中常見謙稱「我」之詞：

竊	（暗自、私下）竊以為過矣。
僕	僕自到九江。
猥	猥以微賤。
愚	愚以為宮中之事。
不佞	不佞之幟。
不才	意同於「不佞」。
區區	
在下	

3. 教師以《史記・李斯列傳》：「秦宗室大臣皆言秦王曰：『諸侯人來事秦者，大抵為其主游閒於秦耳，請一切一律逐客。』李斯議亦在逐中。」說明李斯作文之由。

(二)課文第二段：

1. 教師請全班同學朗讀全文。

2. 教師說明段落要旨與內容重點：李斯以秦國諸君用客卿而強盛的史實，說明納客之利。

　(1)本段列舉貼近秦王，且真實的歷史資料，說明客卿對秦國的重要性。

　(2)以反面論述告訴秦王，若拒絕客卿而不用，國家將無法富強。

3. 教師介紹文法、修辭與字詞重點：

　(1)說明本段大量運用排比句型：藉由連用三個或三個以上內容相關、結構相同或相似的句法，藉以表達出同範圍、同性質的意象，並增添其壯闊之勢。

　(2)錯綜：抽換詞面、交錯語次，以使文句更加豐富，相互疊襯。

　(3)字詞重點：

13分鐘

搭配學習單「貳、小組討論」。

教師以講述法說明李斯書寫本文的意涵，並請學生將內容記錄在學習單中。

◎Cb-V-2 各類文本中所反映的個人與家庭、鄉里、國族及其他社群的關係。

教師說明時可以「多元立場」帶領學生思考，引導學生綜觀事件的能力。

教師多輔以問答引發學生自主思考。

繆			
ㄇㄨˋ	通「穆」。	秦繆公。	
ㄇㄧㄡˋ	詐偽	《正氣歌》：「豈有他繆巧？」	
	通「謬」，錯誤的。	謬論	
ㄇㄡˊ	綢繆，指纏縛，引申為修補，使之堅固。	《詩經》：「徹彼桑土，綢繆牖戶。」	
ㄌㄧㄠˊ	通「繚」，纏繞	《赤壁賦》：山川相繆。	
ㄇㄧㄠˋ	姓氏。	繆襲，三國人。	

臯			
臯	ㄍㄠ	岸、水邊地。	露失青臯。
臬	ㄋㄧㄝˋ	古用以測量日影的桿柱，計時用。後喻法度。	奉為圭臬。

四、綜合活動 ㈠分組活動：鄉民的理想 1. 教師說明活動規則： 　李斯透過四位先王的史實利證，向秦王說明逐客之非；請你以當時的平民視角，想想看若今日中華民國政府中有許多「非本國籍官員」（美國、日本、英國），可能會出現哪些利益或弊端；你的想法又是什麼。 2. 請學生以彰化縣芬園鄉公所為設想單位，其中的「秘書」每一「課、室」皆有非本國籍官員，以下為結構圖：	15分鐘 (12分)	搭配學習單「鄉民的理想」。活動道具：芬園鄉公所職務結構圖、半開海報紙＊6、奇異筆＊8、紅色點點貼紙＊100、藍色點點貼紙＊100。 生U1 思辨生活、學校、社區、社會與國際各項議題，培養客觀分析及同理傾聽的素養。

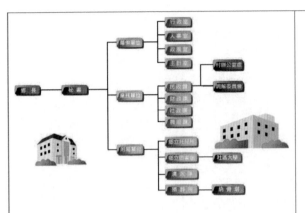

3. 請小組討論「在這樣的地方政府結構中，可能會
對原鄉民出現什麼樣的利益與弊端？」並將討論
結果用奇異筆書寫在海報紙上。
4. 請小組在海報上規劃投票區，分別寫上「贊成、
反對」，由小組長引導投票「是否贊成這樣的政
府官員配置」，並記錄票數。
5. 教師發給每位學生三個紅色點點貼紙與三個藍色
點點貼紙，並指導各組將海報貼在教室各處，請
學生相互觀摩彼此的討論內容。
　　⇨ 將你最認同的利益貼藍色點點、最認同的弊端
　　　貼紅色點點。
　　⇨ 不可以貼自己組的內容。
　　⇨ 點點不一定要完全貼完。
(二)問題思考：
1. 教師引導學生將活動過程記錄在學習單上，並說
明自身想法：
　　(1)請記錄小組的討論內容。
　　(2)敘述你於各組海報中觀察到的事情（相異與
　　　相同）。
　　(3)關於此政策，你的個人想法是什麼。
第三節
一、課堂準備
(一)學生：國文課本、學習單、手機（僅限活動時使
用）
(二)教師：國文課本、學習單、電腦、單槍投影機、
slido網頁

3分鐘

1分鐘

2-V-2 討論過程中，
能適切陳述自身立
場，歸納他人論點
並給予回應，達成
友善且平等的溝
通。

教師須適時引導學
生以多元思考，助
於學生對綜觀能力
的培養。

評量方式：學習單
的正確度與完整
度，表達自身想法
的順暢性。
學生參與活動的積
極程度可列入平時
成績。

二、引起動機		
(一) 教師複習先前課程內容：	3分鐘	評量方式：學生自
1. 教師以問答法學生抽點學生回答下列問題，已達		願回答可以加該單
複習之效：		元平時分數。
(1) 李斯〈諫逐客書〉首段的「臣」、「竊」是什麼		
意思，又為何如此運用，目的是什麼？		
(2) 本文第二段李斯為何舉先王之利，是要告訴秦王		
什麼事情，此法的效果是什麼？		
(二) 教師請小組分享「鄉民的理想」討論結果：	7分鐘	2-V-2 討論過程中，
1. 請各組領回上次的海報紙，並觀察其票數：		能適切陳述自身立
(1) 組內討論自己前堂課中觀摩各組的內容，與		場，歸納他人論點
自己組的有何異同。		並給予回應，達成
(2) 由小組長再次舉行一次投票：「是否贊成這		友善且平等的溝
樣的政府官員配置」，並以不同顏色的筆記		通。
錄票數。		
2. 教師請各組分享兩次投票結果、小組觀察到的異		
同之處。		
3. 教師引導學生思考：		
(1) 「以百姓的角度」設想，我們期待政府的決		教師總結此活動，
策能讓自己得到最大的自身利益；而多元化		以「多元立場」去
的政府機構，表示我們將思考的範疇從「我		觀看國家與生命的
自己、我的家」放大到「我們的地球家」；		模樣，從中探索自
同時思考整個中華民國甚至全球的利益。人		己的價值觀和生命
生存目的除了追求心中理想，更有為世界幸		觀。
福的抱負。		
(2) 李斯〈諫逐客書〉提到的「納客」確實有為		
己之心，但其設身處地、以秦國的利益為		
主，又是以視野判斷的。		
三、發展活動		
(一) 課文第三段	15分鐘	5-V-1 辨析文本的寫
1. 教師請全班同學朗讀全文。		作主旨、風格、結
2. 教師說明段落要旨與內容重點：李斯說秦王重物		構及寫作手法。
而輕人，以明逐客之弊。		

⑴以大量的排比句說明秦王對異國之物的喜愛，再用對比法表現「秦王對物與對人態度不平等」的矛盾。 ⑵說明這樣待人接事之法非為能「跨海內、至諸侯」一統六國的氣度。 3. 教師介紹文法、修辭與字詞重點： ⑴李斯以大量排比與對偶推砌文字，具有鋪敘藻飾的特色，開啟漢賦在語法結構上的華麗特性。 ⑵設問(激問)：激問又稱「詰問」或「反問」。有問無答，推敲下卻見暗示，答案一定在問題的反面。可以讓文章更有氣勢。 　　如：客何負於秦哉？ ⑶字詞重點	搭配學習單「知識補充站」。 教師以講述法搭配學習單，說明李斯諫秦王逐客之法。 教師多輔以問答引發學生自主思考。

致	
獲得	致昆山之玉。
盡心、盡力	《論語學而》：「事君能致其身。」
達到	蠅附驥尾而致千里。 （蒼蠅因附在千里馬的尾巴上而跑了千里的路程。比喻普通人因沾了賢人的光而名聲大振。）

傅		
ㄈㄨˋ	教導	一傅眾咻
	通「附」，鑲嵌、裝飾。	傅璣之珥。 （字字珠璣：每個字都項珍珠一樣。形容詩文珍貴、語言精鍊。）
ㄈㄨ	通「敷」，塗抹。	方孝孺〈指喻〉：「傅以善藥。」

(二)教師引導學生思考問題： 　1. 由教師帶領學生發現其矛盾點、立場不同的困難，與李斯為文的核心思想「為王需要具備宏觀的視野」。 　李斯以「秦王對物與對人態度不平等」的矛盾說明秦王欲在物品上取得國際級的最優等，卻在選用人才上只停留在秦國內部；人才的等級不夠，自然難以稱霸天下。 　2. 課堂活動：因為物流，沒有距離 　　(1)教師說明活動規則：請學生從日常生活中選出五樣經常使用的工具（如：原子筆、衛生紙、手機、襪子、書本），記錄是由哪個國家製作而成，並記錄在學習單中。 　　(2)教師引領學生思考：李斯舉秦王好用不同國家器具而不用外國之客；對比今人用國外製品，卻害怕與外國人交友、說話。	14分鐘	Bd-V-1 以事實、理論為論據，達到說服、建構、批判等目的。 搭配學習單「因為物流，沒有距離」。 教師引導學生觀察生活中的物品，以多元化社會的國際化，反思秦王的舉動。
四、總結活動 (一)問題與討論：slido活動 　1. 教師引導學生試想秦王好用不同國家所製作的器具而不用外國之客；對比今人用國外製品，以友人害怕與外國人交友、說話。 　2. 教師請學生根據經驗，簡述自己認為與外國人交流的阻礙有哪些？並將回答輸入到slido中。	8分鐘	教師以電子軟體slido讓學生表達意見，並以簡單地方式呈現衆多意見；教師以此延伸，帶領學生探討文化間的隔閡。
(二)教師引導學生總結課程內容： 　1. 教師說明客卿對秦王而言不僅是異鄉人，也代表著呂不韋的勢力，故秦王需要「為大局著想的宏觀」態度，去私情而落實一統天下的宏觀胸襟。 　2. 教師說明李斯以秦國的立場，舉眾多例證說明秦王逐客之失；且以同理心勸諫秦王，亦藉此突顯自己身為客卿的才能。	2分鐘	
第四節		
一、課堂準備 (一)學生：課本、學習單 (二)教師：課本、學習單、寫作提示及稿紙	1分鐘	
二、引起動機 (一)教師複習先前課程內容：	3分鐘	

1. 課文第三段的重點回顧，李斯舉秦王對各種異國物品的喜好甚深，卻下令欲逐各客卿出秦國。李斯針對此點勸諫秦王逐客之非。 　⇨ 以物比人。 2. 教師說明因人本身性格的不同與情感的差異，李斯在文中展現極高「設身處地」的說服技巧，掌握秦王想要一統天下的心，方能成功使秦王收回逐客令。		
三、發展活動 ㈠課文第四段： 1. 教師說明段落要旨與內容重要：李斯循序漸進告訴秦王國家富強的重點，需要具備顧全大局的宏觀態度，提醒強王屏除私心，強調納客的重要性，並以反例證明逐客的之失。	10分鐘	5-V-1 辨析文本的寫作主旨、風格、結構及寫作手法。
⑴說明國家富強之三要素：地廣、國大、兵強，方能粟多、人眾、士勇，即可達到富強。		教師以講述法縱說李斯的為文手法，並請學生將內容記錄在學習單中。
⑵以泰山、河海不捨棄小土小水的例證，強調君王需要有廣納賢才的宏觀，方能達到五帝三王之所以無敵的境界。		
⑶今日秦王竟然拋棄百姓、拒絕賓客，讓天下之士不願意來到秦國，此可謂將兵器與糧食丟棄，故失去糧食、百姓與兵力。		教師多輔以問答引發學生自主思考。
2. 教師介紹文法、修辭與字詞重點： ⑴映襯：是在描繪主體事物時，用相似或相反的次要事物陪襯，使主體事物的特徵更突出和鮮明。如：「是以地無四方……所以無敵也。」		
⑵借代：放棄通常所用的本名或語詞不用，另找其他相關的名稱或語詞來代替的修辭方法。 如：黔首借代為百姓。		
⑶轉品：一個字詞在文句中改變了它原來的詞性的修辭。 業：名詞→動詞。		
⑷字詞重點		

粟	ㄙㄨˋ
票	ㄆㄧㄠˋ
栗	ㄌㄧˋ

(二)課文第五段：	4分鐘	
1. 教師說明段落要旨與內容重點：		Bd-V-1以事實、理
(1)與首段相呼應，總結且再次強調逐客之害。		論為論據，達到說
說明客卿的賢能之人多，且願意向秦國效力		服、建構、批判等
的忠誠者眾，同時也表達出李斯本人對秦王		目的。
的忠誠。		
(2)逐客最後不僅會危害到國家內部，也會在外		
界樹立許多敵人；對秦國是有害無益的。		
(三)駢文之初祖：	6分鐘	搭配學習單「駢文
〈諫逐客書〉被譽為「漢賦之先聲、駢文之初		之初祖」。
祖」。		教師詳細說明本文
1. 教師說明賦、駢體的特色：		被讚譽的原因，以
(1)「賦」體之特性：善於使用富麗鋪張的手		「駢」、「賦」文
法，文章介於詩文之間，為韻文體，具有強		體的特性帶領學生
悍的音律結構。		相互比較，以練習
(2)「駢」體之特性：大量運用排比、對偶，具		文學省思與批評。
有氣勢奔騰雄壯的特色，有辭采富麗、音調		
鏗鏘的特色。		
2. 教師說明本文與漢賦、駢文的相似處：		
(1)善用排比：本文使用大量的排比句型展現史		
實資料，強調逐客之非與納客之重，又有音		
節的輔佐，展現鏗鏘的韻律感。		
(2)以物比擬：不僅以物去對比秦王對待人的態		
度以表逐客之非；全文雖未曾直接寫出關於		
顏色的字眼，但藉由各式物品的描寫，展現		
豐富的色彩性。		
(3)駢散並用：以散句及排句並用，在音樂節奏		
上展現美感。故開啓了散文辭賦化的為文風		
氣。		
3. 教師解說〈諫逐客書〉被稱為「駢文之初祖」，		
但在「漢賦之先聲」上僅為結構和語言上開啓漢		
賦鋪敘藻飾的特色。		

四、綜合活動		
（一）問題思考 1. 教師引導學生思考以下問題，讓學生從課文觀點轉移到自身，提供設身處地的思考練習： 　(1)你認同李斯〈諫逐客書〉中的內容嗎？如果你是帝王，會因此收回逐客令嗎？ 　(2)此事件的產生可見國內大臣對「客」產生的意見分歧，如果是你，在收回逐客令後會採取什麼樣的解決方式以消弭本土與外籍官員間的隔閡呢？ 2. 教師請學生思考此兩個問題，引導學生投票是否收回逐客令，並請學生分享自身想法。 回答示範： 　(1)收回逐客令：認同李斯觀點，大量人才進來確實可以幫助國家富強。 　(2)不收回逐客令：認為只是為了證明自己忠誠，但沒有辦法檢測內心是否忠於秦國，可能是另一個陰謀；沒有針對鄭國渠事件做出解釋，恐怕不是單一事件，也沒有提及如何防範。 　　⇨ 教師正反平衡問題結果：歷史上的結果是秦王收回的逐客令，但重要的是要學習說服的技巧，勇於爭取自己的權益。 3. 若你身為帝王或丞相，該如何消除本土與外籍官員間的隔閡？ 回答示範： 　(1)立法削減外籍官員的權力（只能到第幾級） 　(2)立定完整的審查機制（立法、司法與行政等權力分立等） 　(3)辦宴會交流，增進彼此的認識與情感。	6分鐘	搭配學習單「收回不回收」。 Bd-V-1 以事實、理論為論據，達到說服、建構、批判等目的。 生U5 覺察生活與公共事務中的各種迷思，在有關道德、美感、健康、社會、經濟、政治與國際等領域具爭議性的議題上進行價值思辨，尋求解決之道。
（二）寫作練習 1. 說服需要許多技巧，察覺自己的長處，發覺他人的需求，不僅需要覺察自己與他人之間的差異性，亦需要針對問題點提出解方，增加說服成功的機會。 2. 九合一大選將近，你的高中摯友即將參選彰化縣議員，並帶你參與免費的選舉餐會，吃飯過程中給了你一盒高級水果禮盒，裡面附著上萬的大紅	15分鐘	6-V-3 熟練審題、立意、選材、組織等寫作步驟，寫出具說服力及感染力的文章。

包。這已經觸犯公職人員選舉罷免法，實屬賄選行為，為了保護自己與高中摯友的前途，及你們之間的友情，請你以「正確的選擇」為題作一篇500-800字的文章勸諫摯友的行為。 ⇨ 為文請注意： ⑴ 不可以詩歌體撰文。 ⑵ 內容請運用〈諫逐客書〉所學，說明你對此事件的看法，以理性客觀的角度做深入分析，提出你的正反論述，並為其提出更解決之道。 ⑶ 勸諫始終是出自於好意，請務必維護友情。 ㈢ 教師總結 1. 教師帶領學生作課堂總整： 　從李斯〈諫逐客書〉中，我們看見一個忠心之臣對帝王的請求與教誨，以明確的立論、嚴謹的架構鋪陳史料，善用文辭的規劃，發揮自己換位思考的能力，以秦國最大利益的視角進行勸說，都是李斯成功說服秦王的要點。學生可從本文看見人性的明暗，學習說服的技巧，進而思考其時戰亂背景之後隱藏的痛苦。 2. 作業佈達： 　請學生完成：〈正確的選擇〉一文；課堂學習單（包含問題思考）。	1分鐘	教師視時間帶領學生審題、立綱要等寫作教學，以協助學生利用本課所習說服技巧自行完成文章。 評量方式：文章切題度、內容完整度、文辭適切度與本課說服技巧熟練度。 教師總結全課內容，以〈諫逐客書〉中李斯勸諫秦王一事，引領學生思索自己生命所求，進而探索價值觀與生命觀。

參考資料：
學位論文
林俞學（1994）。《春秋戰國時代秦國重要人物研究》。國立中山大學中國文學研究所碩士論文，偉出版，高雄市。

網路資源
1. WisdomBread智慧麵包(2019年9月7日)。說話的藝術 如何說服父母帶你去迪士尼樂園？-EricEdmeades（中英字幕）取自https://www.youtube.com/watch?v=D4QRKUQVaoA
2. SnapaskTaiwan時課問（2021年6月2日）。〈諫逐客書｜逐客還是用客？統一天下最好的方式！｜古文教室大逃脫EP.15｜甲骨老師〉。取自https://www.youtube.com/watch?v=LGuReI_ViLE
3. 臺北酷課雲（2021年7月23日）。〈高中國文〈諫逐客書〉的歷史背景〉。取自https://www.youtube.com/watch?v=6IfRrK9RWHw
4. 臺北酷課雲（2018年11月13日）。〈高中國文〈諫逐客書〉的論述觀點〉。取自https://www.youtube.com/watch?v=Og-aFXjrgZ8
5. 龍騰普高國文（2022年2月15日）。〈龍騰©線上學堂第四冊第五課諫逐客書｜大同高中莊嘉薰老師〉。取自https://www.youtube.com/watch?v=q4DAqS_3IdI

附錄一

李斯〈諫逐客書〉

班級：＿＿＿＿＿＿　座號：＿＿＿＿＿＿　姓名：＿＿＿＿＿＿

壹、作者與題解

一、說話的技巧

　　說話的技巧請仔細觀看影片內容，並回答下列問題：

1. 影片中，用什麼技巧比較有可能引起父母的興趣？
2. 傳統的方式為什麼比較不容易成功？
3. 除了影片中的方法，你有什麼獨特的說服技巧或成功經驗嗎？

> 1. 先了解父母親關注的內容，再投其所好，進而帶到自己的願望。
> 2. 傳統的方式直接說出願望，沒有說明想去的理由，亦無思考到父母的擔憂，所以意被拒絕。
> 3. 由學生自行回答。

二、鄭國渠的秘密

　　請同學閱讀以下短文，並思考鄭國渠對秦、鄭二國的優缺點，並分別記錄於下方：

　　「鄭國渠」為戰國時期水利工程學家鄭國，於秦王政元年（前246年）為秦國所主持修築的河渠。但鄭國本為韓國派去秦國的間諜，目的是為了勸說秦王大力修築水利工程，將經費與人力皆放在秦國國內，以減少出兵東征的可能。

　　後來被秦王發現其目的，欲殺鄭國，他言：「始，臣為間，然渠成，

變秦之利也。」他 修此渠不過「爲韓延數歲之命」爲秦卻「建萬世之功」；秦始皇於是讓他繼續主持完成了這項工程，後來鄭國渠確實使秦國國力更加強大。

	秦國	鄭國
優點	加強堤防、增強國力。	減少秦國出兵量能。
缺點	人力物力耗損級大，興建時期降低國力。	增加遭到秦國報復的可能。

三、李斯故事多，充滿悲與喜：

李斯	戰國時期楚國上蔡人

	秦丞相：廢封建、行郡縣；焚詩、書百家之作。		
生平故事	李斯不是秦國人，為什麼會到秦國呢？		
	老鼠的啓發	師承荀卿	結交呂不韋
	李斯是如何當上秦國丞相的呢？		
	初入秦	諫逐客書	斯言順耳
	李斯的生命結局是如何的呢？		
	合謀易儲		東門黃狗

1. **老鼠的啓發（說明環境的重要）**

   李斯年輕的時候在家鄉楚國上蔡擔任小官員，有次，他看到廁所的老鼠在吃髒東西，每逢有人或狗走來時，就受驚逃跑；後來李斯又走進糧倉，看到糧倉中的老鼠，吃的是屯積的粟米，住在大屋子之下，不用擔心人或狗驚擾。

2. **師承荀子：**

   向荀子學習帝王治理天下的學問，與韓非是同窗；亦受到荀卿的指點，到秦國找尋一展長才的機會，這才千里迢迢西行來到秦國。

3. **初入秦受到呂不韋賞識：**

   受到呂不韋賞識，得以勸說秦王攻滅東方六國是勢之所在，須把握時機而爲之，及後被任命爲長史。秦王採納其計謀，遣謀士持金錢到山東六國去遊說，離間各國君臣，又任命其爲客卿。

4. **斯言順耳：**

   以「五德終始論」中的火德，說明秦國應施法政以成火德，鞏固秦王地位；下焚書坑儒之令，沒收了《詩》、《書》和諸子百家的著作；又廢封建、行郡縣，行住國家的中央集權制，深得秦王信任，加其軍功，步上丞相之位。

5. **合謀易儲：**

   秦王崩後，李斯被趙高說服，合謀更改秦始皇的遺詔，改立胡亥爲太子，又派使者矯詔以戍邊無功和誹謗不孝的罪名賜死扶蘇，爲秦二世；最後以「不忠」的罪名賜死蒙恬，將兵權交予副將王離。

6. **東門黃狗：**

   先是勸諫之言不受秦二世重用、後又遭到趙高陷害。前208年7月，李斯被判處受五刑，在雲陽街市腰斬。二世二年七月，具斯五刑，論腰斬咸陽市。斯出獄，與其中子俱執，顧謂其中子曰：「吾欲與若復牽黃犬俱出上蔡東門逐狡兔，豈可得乎！」遂父子相哭，而夷三族。

貳、小組討論

　　回顧李斯的一生，年少便有治國之大志，透過努力步步登上秦國丞相之位，也確實協助秦國一統天下。可惜秦始皇駕崩後，李斯聽信趙高之言，最後被陷害至死，一生功過相抵，結局不勝唏噓。

在生命終結之前，李斯向兒子哭喊，你認為經歷一生風雨後，他真正追求的人生境界是什麼呢？

請學生自行回答。

李斯寫〈諫逐客書〉的最大目的是：

使自己能繼續待在秦國效力。

鄉民的理想

李斯透過四位先王的史實利證,向秦王說明逐客之非;請你以百姓視角,想想看若今日中華民國政府中有許多「非本國籍官員」(美國、日本、英國),可能會出現哪些利益、弊端;並與組員討論。

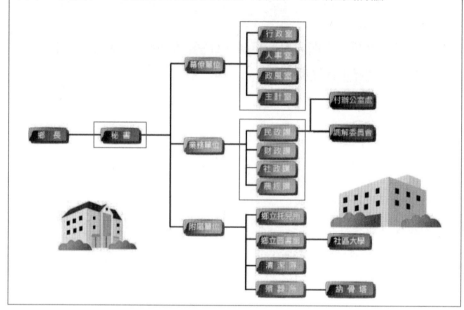

＊操作提醒:

請組內輪流分享看法。

將小組認為的利益、弊端統整記錄在海報紙上。

請規劃組員投票區:是否贊成這樣的政府官員配置?

討論紀錄區:

請學生自行回答。

請敘述你於各組海報中觀察到的事情（各組的共同、相異點等）：

請學生自行回答。

觀察完大家的海報，關於此政策，你的個人想法是什麼：

請學生自行回答。

知識補充站

1. 太阿之劍：泰阿劍（逐日、奔月、追星三劍），中國十大名劍之一，楚國鎮國至寶，是歐冶子和干將兩大劍師聯手所鑄，是把威道之劍。楚國的都城已被晉國的兵馬圍困了三年。晉國出兵伐楚，是想得到楚國的鎮國之寶：泰阿劍。

   ※泰阿倒持：意為「倒拿著劍」，把劍柄給別人，把大權交給別人，自己反受其害。

2. 音樂相關成語：

鄭衛之音	本指春秋戰國時鄭、衛等國的民間音樂，因儒家認為其音淫靡，不同於雅樂，故斥之為淫聲。 《禮記樂記》：「鄭衛之音，亂世之音也。」
桑間濮上	桑間、濮上，古代衛地名，為當時青年男女幽會、唱情歌的地方。 《禮記樂記》：「桑間濮上之音，亡國之音也。」 後指淫風流行的地方。
韶虞武象	指莊重雅正的音樂。

陽春白雪	高雅之樂。
下里巴人	鄙俗之樂。
芻蕘之歌	鄙俚之樂。
高山流水	樂曲高妙。 語本〈列子湯問〉：「伯牙鼓琴，志在登高山。鍾子期曰：『善哉！峨峨兮若泰山』志在流水。鍾子期曰：『善哉！洋洋兮若江河。』」後比喻知音的難遇。
引商刻羽	指加長商音，削減羽音。指在音樂上的造詣高深。

駢文之初祖

「賦」體之特性	善於使用富麗鋪張的手法，文章介於詩文之間，為韻文體，具有強悍的音律結構。
「駢」體之特性	大量運用排比、對偶，具有氣勢奔騰雄壯的特色，有辭采富麗、音調鏗鏘的特色。

請寫出本文與漢賦、駢文的相似處：

1. 善用排比：本文使用大量的排比句型展現史實資料，強調逐客之非與納客之重，又有音節的輔佐，展現鏗鏘的韻律感。
2. 以物比擬：以物去對比秦王對待人的態度以表逐客之非；全文雖未曾直接寫出關於顏色的字眼，但藉由各式物品的描寫，展現豐富的色彩性。
3. 駢散並用：以散句及排句並用，在音樂節奏上展現美感。故開啟了散文辭賦化的為文風氣。

因為物流，沒有距離

本文的第四段以各種國家精良的物品，對比秦王對客卿排斥的態度不夠寬宏，難以稱霸天下。

　　請你從日常生活中選出五樣經常使用的工具（如：原子筆、衛生紙、手機、襪子、書本等），**記錄是由哪個國家製作而成**，而**你買進的地點**是在哪裡呢？

物品	產地	買進地點

請你與前後左右的同學彼此參考，將你發現的不同記錄下來。

請學生自行回答。

請你根據經驗，說說你認為與外國人交流的阻礙有哪些？

請學生自行回答。

收回不回收

閱畢李斯的〈諫逐客書〉，如果你是秦王，會不會收回逐客令呢？

否也，逐客已下，盡快離開我大秦！

會，愛卿有理，我收回逐客令！

若你是秦王，為什麼會做出這樣的選擇呢？

請學生自行回答。

歷史中的秦王最終收回了逐客令，李斯也成功留在秦國。但守舊派（本土客卿）與客卿派間的隔閡難以消弭；若你身為秦王或丞相，該如何消除本土與外籍官員間的隔閡？

請學生自行回答。

輪到你了！寫作練習

　　九合一大選將近，你的高中摯友即將參選彰化縣議員，並帶你參與免費的選舉餐會，吃飯過程中給了你一盒高級水果禮盒，裡面附著二十萬的大紅包。這般行為已經觸犯公職人員選舉罷免法，實屬賄選行為。

　　為了保護自己與高中摯友的前途，及你們之間的友情，請你以「正確的選擇」為題作一篇500-800字的文章勸諫摯友的行為。

⇨為文請注意：

1. 不可以詩歌體撰文。

2. 內容請運用〈諫逐客書〉所學，說明你的此事件的看法，以理性客觀的角度做深入分析，提出你的正反論述，並為其提出解決之道。

3. 勸諫始終是出自於好意，請務必維護友情。

【項脊軒志】

〈項脊軒志〉——時間與空間中的自我養成記

領域／科目	語文領域／國語文	設計者	方薪喻
實施年級	普通高級中學一年級	總節數	共 4 節，200 分鐘
單元名稱	〈項脊軒志〉——時間與空間中的自我養成記		

設計理念	〈項脊軒志〉是歸有光的人生歷程縮影。全文從項脊軒的外觀描寫開始，逐步帶入軒中生活，藉由書房中的日常引出物是人非的變遷，蘊含深刻動人的親情，本文為作者分成兩個時期接續完成，展現年輕面對家庭變化與失去的不安和傷悲，以及成年後回顧自我的認同與接受。 　　本教案設計經由〈項脊軒志〉中親情與自我認同的兩大寫作主軸，融入生命教育五大學習重點的「終極關懷」與「人學探索」，在學習文本的過程中，引導學生將個人生活經驗與歸有光〈項脊軒志〉進行連結，藉由探究文意，覺察自己面對家庭的情感和生命中的失落經驗，並接納自我的存在與認同。

設計依據				
學習重點	學習表現	2-V-4 樂於參加討論，分享自身生命經驗及對文本藝術美感價值的共鳴。 5-V-1 辨析文本的寫作主旨、風格、結構及寫作手法。 5-V-5 主動思考與探索文本的意涵，建立終身學習能力。 6-V-4 掌握各種文學表現手法，適切地敘寫，關懷當代議題，抒發個人情感，說明知識或議論事理。	核心素養	A1 身心素質與自我精進國S-U-A1 透過國語文的學習，培養自我省思能力，從中發展應對人生問題的行事法則，建立積極自我調適與不斷精進的完善品格。

		Ac-V-1　文句的深層意涵與象徵意義。 Ad-V-4　非韻文：如古文、古典小說、語錄體、寓言等。 Bb-V-4　藉由敘述事件與描寫景物間接抒情。 Cc-V-2　各類文本中所反映的矛盾衝突、生命態度、天人關係等文化內涵。	
議題 融入	實質內涵	生U2　看重人皆具有的主體尊嚴與內在價值，覺察自我與他人在自我認同上的可能差異，尊重每一個人的獨特性。（人學探索） 生U3　發展人生哲學、生死學的基本素養，探索宗教與終極關懷的關係，深化個人的終極信念。（終極關懷）	
	所融入之 學習重點	生Bb-V-3　在關係與時間中的「我」。 生Ca-V-5　失落與悲傷的面對與處理。	
與其他領域／ 科目的連結			
教材來源		課本、自編學習單	
教學設備／ 資源		課本、PPT、學習單、黑板、投影設備、電腦	

學習目標

1-1 學生能推斷書房對於文人的重要性

1-2 學生能發現作者生平與其創作背景的關聯

2-1 學生能比較項脊軒修繕前後的不同特點

2-2 學生能陳述課文第二段中的悲喜轉折處

3-1 學生能理解作者與家人間由互動而生的情感

3-2 學生能連結文本中重要他人的概念至自身經驗

4-1 學生能詮釋〈項脊軒志〉前後記中作者面對失去的心境轉變

4-2 學生能描述作者在不同人生階段的自我認同變化

4-3 學生能創作一篇與自我經歷相關的文章

教學活動設計		
教學活動內容及實施方式	時間	備註
第一節 課堂準備 學生：預習〈項脊軒志〉的題解和作者，並思考書齋之於古人的意義 教師：準備教學用具：學習單、板書設計、Slido問答Qrcode		
一、引起動機 ㈠教師向學生提問，你理想中的書房會是什麼風格？並請學生思考自己喜歡的書房風格會具備哪些物品和特色（例如：老師理想的書房是溫暖明亮的，希望具備一扇大落地窗、柔黃光的檯燈），最後運用slido收集學生畫底線處的答案。 ㈡教師進一步連結學生對書房想像的回應，帶入古人書房常見的風格：古色古香、木質、高雅等，並說明書房對於學生來說是讀書的地方，對古代文人來說是仕途的起點，也同時是個人放鬆、休息的空間，是一個能寄託真實自我和抱負的所在，因此每個書房都會具有書齋主人獨特且喜愛的風格。	10分鐘	以口語評量的形式，能說出自己理想中的書房環境，並能推想出書房之於文人的重要性。
二、發展活動 ㈠教師向學生說明書齋及其命名之於古人的意義 1. 在古代「書齋」是古人託付對理想生活追求及乘載願景期待的地方，因此書齋的命名變成展現古人意念、思想重要的一環。 2. 教師分享有名的書齋作為例證：清蒲松齡書齋名為「聊齋」，相傳他在創作《聊齋志異》時，為搜集素材常設煙、茶在路邊，路人若分享故事、傳聞，便可免費取用，只要在聊天中聽到好的材料，便會在「聊齋」整理成文，是一個能期待作品完成的地方。現代受大眾喜愛的飲冰室茶集飲料，命名是緣自民初梁啓超的書齋「飲冰室」當	25分鐘	

時他面臨變法維新，臨危受命，面對國家內憂外患的焦慮，讓他想以喝冰水來解除內心的焦灼，表現了他對國家的理想期望和生活紓壓方法。 ㈡教師搭配課本題解向學生說明項脊軒志書齋命名原因，歸有光將他的書房名為「項脊軒」，項：脖子；脊：脊椎，項脊是脖子與背脊相連之處，雖然狹小，但是維繫人生命的關鍵處，從空間上來看，項脊軒位處家中狹窄之地，也是連接房屋的核心。同時「項脊」有紀念遠祖的涵意，作者也對書房中發生的家事、人事有所感懷，便以此命名。 ㈢教師說明〈項脊軒志〉的文體，並透過舉例解釋雜記體及其分類 　〈項脊軒志〉是一篇抒情記敘文，「志」在古時多有紀錄之義，志和記的差別在於「志」多用來記錄人物事蹟，而「記」通常用來記事或記物。 1. 山水遊記：袁宏道〈晚遊六橋待月記〉，以作者親身經歷的自然風景為題材，記敘旅途見聞和感受。 2. 臺閣名勝記：歐陽脩〈醉翁亭記〉，古人修築亭臺後或觀覽名勝古蹟後，記述修葺過程與歷史沿革，抒發個人懷抱所作。 3. 書畫雜物記：韓愈〈畫記〉，專為記述書畫和器物的文章，內容多記器物形狀、特點，闡發藝術見解。 4. 人事雜記：歸有光〈項脊軒志〉，專記人敘事。 ㈣教師以生命折線圖向學生說明作者生平 1. 命名由來：歸有光，字熙甫，號震川，又號項脊軒，科舉失意後，因遷居嘉定（上海）講學，學生眾多，尊稱其稱震川先生。 2. 生命折線圖順序 　1507年，歸有光出生，大家庭日漸中落，其衰敗和分裂也寫於項脊軒志中。 　1515年，8歲，喪母	學生運用學習單（一、有光的生命折線圖）以線性圖解形式的紙筆評量，建構作者生平的架構與脈絡，能連結作者生平和創作背景。

1525年，18歲，寫項脊軒志，考取貢生 1530年，23歲，娶第一任妻子衛氏 1535年，28歲，衛氏和長女過世 1537年，30歲，娶第二任妻子王氏 1542年，35歲，科舉不順，遷居嘉定講學，寫項 　　　　脊軒志補記 1565年，60歲，中進士 1571年，去世，享壽64歲 教師帶領學生填上每個年份對應到的歸有光人生事件，並邀請他們到黑板畫出事件帶給歸有光的情緒折線，情緒好往上畫，不好往下畫，最後形成一份歸有光的生命折線圖，讓學生了解其生平歷程，同時感受其生命跌宕的情緒。 ㈤教師向學生講解作者的文學主張 　1. 嘉靖三大家：歸有光、王慎中、唐順之。 　2. 主張反對「文必秦漢，詩必盛唐」的擬古主義，影響清代桐城派，主張文道合一，是明代散文中的唐宋派，提倡唐宋散文，與前後七子抗衡，後人將其視為唐宋八大家和桐城派間的橋樑。其文章風格樸實，情感真摯，被黃宗羲譽為「明文第一」。 **三、綜合活動**		
㈠教師總結課堂內容： 　再次講解項脊軒書齋命名之於歸有光的意義，並連結其生命經歷，引導學生在課後思考項脊軒對歸有光來說為何那麼重要，在書齋的生活中可能發生了哪些事？並預告會在之後的課程，透過文本閱讀回答這些問題。 ㈡交代學生著重複習作者的生平經歷，並透過課堂上共同完成歸有光的生命折線圖，了解折線圖的製作方式（列出0～16歲生命中發生過的大事件，並依照事件引發的情緒畫出折線）回家完成屬於自己的生命折線圖，並預習課文一、二段。	15分鐘	學生運用學習單（二、畫自己的生命折線圖）以線性圖解形式的實作評量，推想自身生命從小至今的各項經歷。

第二節 課堂準備 學生：預習第一、二段課文、完成生命折線圖 教師：準備教學用具：學習單、板書設計、便利貼 **一、引起動機** ㈠教師詢問學生平常有沒有改造和整理書桌、房間的經驗，是什麼樣的契機讓你想改變環境？發下兩張便利貼讓學生書寫改造前後環境的具體變化以及會產生哪些不同的心理感受？再分別貼到黑板上Before/After兩邊。 ㈡教師總結學生回應：有從凌亂變乾淨，心情上從紛亂變得平靜、容易專注，看著喜歡的格局會很開心等，再扣回文章段落主旨，引導學生在接下來的課堂一起感受歸有光改造項脊軒後的環境與心情變化。 **二、發展活動** ㈠教師請同學朗讀課文第一段 1. 教師講解第一段段落大意：項脊軒修繕前後的景象與屋況變化和在書房中的生活情趣。 2. 文章以開門見山法破題介紹項脊軒的環境，教師搭配文轉圖的學習單，在黑板上畫上兩個空白房屋，在閱讀第一段課文時，引導學生根據文章線索，將房屋修繕前後的特徵畫出來，並找出每個特徵代表的文章句子，在圖上和文章對應相同的地方進行編號後，說明項脊軒空間與修繕前後的環境配置，完成項脊軒修繕前後的空間對比如下： ⑴塵泥滲漉，雨澤下注→余稍為修葺，使不上漏（解決漏水問題） ⑵又北向，不能得日，日過午已昏→前闢四窗……室始洞然（室內昏暗到明亮） ⑶舊時欄楯→雜植蘭桂竹木於庭（營造作者高雅志趣）	10分鐘 30分鐘	 學生運用學習單（全能改造王）以文轉圖的紙筆評量形式，將項脊軒修繕前後的模樣具體化，並進行比較。

3. 教師講解於房屋修繕後，作者在軒中生活的讀書
   之樂。從借（通「積」）書滿架，可知作者是一
   位勤奮於讀書之人，對應到他18歲書寫此篇著作
   時，因優異的科舉表現考上貢生的經歷。
   「偃仰嘯歌、冥然兀坐」以及觀察軒外小鳥、月
   亮和樹影變化，展現他讀書時偶爾投入其中、偶
   爾觀察書房周遭的日常樣貌，此時歸有光的年紀
   跟學生是相近的，且都面臨人生中重要的考試，
   藉此引導學生反思平常讀書的狀態，可能也是會
   偶爾分心，玩玩書桌上的筆、看看窗外的風景，
   以解辛勤讀書之苦悶，透過古今的連結，使學生
   更能體會歸有光的書房日常。

(二) 教師請同學朗讀第二段

1. 教師說明第二段段落大意：記敘家中因家道中落
   產生的分裂及人事變遷，以此回憶過往母親於軒
   中的行為並抒發懷念之情。

2. 教師說明以「多可喜亦多可悲」作為一、二段承
   接句。
   可喜：收束上文，分家前的寧靜讀書之樂。
   可悲：藉庭中變化（庭中通南北為一、內外多置
   小門）寫家人疏離之事，各自分家，家族產生隔
   閡，而當時年輕的作者對於家庭狀況也無力改
   變，只能透過老婢女轉述從前母親到軒中對孩子
   表示關心的事，抒發母親已離世的悲情，同時反
   映其對大家庭分裂的難過，只能靠著懷念往事寬
   慰自己、彌補大家庭分裂在他心中造成的傷痕。

3. 教師補充代詞：
   相為應答的「相」為指示稱代詞，「相為應答」
   即為「應答她」。
   第二人稱代名詞：
   ⑴而：「而」母立於茲。
   ⑵爾：「爾」處我詐。
   ⑶汝：「汝」姊在吾懷。
   ⑷若：久不見「若」影。

三、綜合活動 教師總結課堂內容，引導學生觀察前一節課的生命折線圖作業，是否不斷在上下間變動，而歸有光的生命也是如此，並向學生提問文章喜轉悲的轉折處發生了哪些事而引發相關情緒？教師透過連結學生自身經驗跟著作者一起感受生命帶來的悲喜交集。	10分鐘	以口語評量的形式，讓學生能說出文章悲喜的轉折與造成兩種情緒的原因。

第三節

課堂準備

學生：預習第三、四、五段課文

教師：準備教學用具：學習單、板書設計、Slido 問
　　　答Qrcode、小組討論分組

一、引起動機 ㈠教師帶領學生回顧上一節內容，在第二段時提及母親在軒中表達對子女的關愛，引發作者懷念之感，而此段出現另一位作者生命中的重要他人──祖母，作者一樣透過對話和行動，追懷往事，以此抒發思念之情。 ㈡教師向學生提問過去或現在面臨考試和升學時是否有產生壓力的經驗？這些壓力源頭是來自哪裡？運用slido收集學生的回答。 ㈢教師總結學生答案：師長的期待、對自我的要求、渴望達成的理想，再進一步延伸提問學生，在準備考試期間，聽過師長對自己說過最印象深刻的一句話（可以是勉勵、關心等），請學生寫下來，並邀請1～2位上臺分享，最後由教師連結同學的分享和第三段內容，帶出作者祖母對孫子的期許。	10分鐘	
二、發展活動 ㈠教師請同學朗讀第三段 1. 教師說明第三段段落大意：透過以往祖母至軒中和作者的對話與互動，看見祖母對他的期待和關心，同時抒發其對家人的懷想和悲傷。	35分鐘	

2. 教師舉出祖母所說「吾家讀書久不效，兒之成，則可待乎」以及將家族傳承的象笏送給作者的行為，看出祖母對作者寄予的厚望，引導學生思考和回答「你會對什麼樣的人期待？」教師回應學生答案並說明通常是自己重視、在意的人，而不會是一個點頭之交或陌生人，由此可見，祖母對於作者的關愛之情是非常深厚的，才會使作者在回顧這段往事時不禁長號，流露出激動悲情。		以口語評量的形式，使學生能了解作者與親人的行為延伸出的情感。
(二)刻在我心底的名字──我生命中的重要他人		學生能運用學習單（刻在我心底的名字──我生命中的重要他人）以實作評量反思自己生命歷程中重要他人影響的個人自我形成。
1. 教師向學生說明，透過作者生平的介紹以及第二、三段的課文，可以知道在歸有光的一生中，有三位和他有緊密情感連結且影響他很深的女人，這些影響可能是感情上的、對自我成就上的，對一個人的情緒、自我價值、生活態度、習慣行為、志向選擇造成重大影響的他人，便是重要他人。		
2. 教師運用學習單引導學生思考，自己生命中有哪三位重要他人，並填寫到學習單上，參考第一節課所書寫的生命折線圖，記錄這三位重要他人分別在折線圖的哪個階段對自己產生了什麼樣的影響。		
3. 教師將學生每4人分成一組，互相分享彼此的重要他人與自己連結的生命故事，例如：你寫的三個人是誰？為什麼選擇寫他們？他們分別帶給你什麼影響？你跟這三位重要他人還發生過哪些特別令你印象深刻的故事呢？		
4. 教師總結學生的分享：能夠覺察自己在生命歷程中的重要他人，並思考你們之間的互動和連結，可以更釐清「自己」是什麼模樣，我們不只是自身意念所組成，往往也會受到他人的形塑，不論影響的好壞，他都成就了現在獨一無二的自己。最後發下小卡，請學生選擇一位重要他人，寫下想對他說的話。		

(三)教師請同學朗讀第四段 1. 教師說明第四段大意：敘述作者在軒中讀書的觀察及項脊軒曾四次遭到大火，但卻沒有被焚毀，像是有神蹟保護的事件。 2. 教師提及文中「久之，能以足音辨人」並向學生提問，什麼樣的情況，能讓你聽到腳步聲就知道走來的人是誰？教師總結學生回答並說明應該是環境很安靜、每天在房間讀書很無聊的觀察力訓練出來的、聽久了產生的熟悉性等，便能知道作者一定是長期待在書房中靜心、念書，所以此段下半部的內容，便隱含作者認為項脊軒因為得到神蹟的加持和保護，加上平時持之以恆的讀書習慣，而產生自己能在科舉和仕途上脫穎而出的預感，作為承接第五段對自我有遠大期許的起頭。 (四)教師請同學朗讀第五段 1. 教師說明第五段大意：作者引用歷史典故，說明自己雖處於狹小的敗屋之中，仍然心懷對自己的抱負，希望有天能夠達成自我目標，並回應祖母、家族對自己的期待。 2. 教師講述本段開頭採用類似史記太史公曰的論讚寫法，並藉由「蜀清守丹穴」來象徵欲承繼祖先仕宦志業；「諸葛孔明起隴中」則用來比喻自己雖默默無名或居於不起眼之處（狹小的項脊軒），只要有才華，肯努力，便能揚眉瞬目，替自己和家族爭光，期待能讓分崩離析的大家庭找回當初的榮光，同時不愧對深愛自己的家人的期望，實為一種對自我的勉勵，能夠呼應作者當時在軒中讀書，為了考取功名的情景。		
三、綜合活動		
教師總結上課內容：作者在18歲的年紀裡，在項脊軒小小的空間中長出了屬於自己的自我認同，這份自我認同包含了前幾堂課提到的擁有一個自己打造的舒適空間的獨立自主感、母親的關愛和重視、以及這堂課教到的祖母的期許、對自我的要求和理	5分鐘	

想，這些都是透過他在軒中的觀察和生活積累而來，而大家透過重要他人活動和第一節課的生命折線圖也漸漸建構出自我的模樣，自我是有彈性的，我是誰？我是怎樣的人的課題，是一個值得我們不斷去思考應變的生命課題。 **第四節** 課堂準備 學生：預習第六、七段課文。 教師：準備教學用具：海報紙、作文紙。		

一、引起動機

教師播放可可夜總會的預告片，跟學生介紹這部影片中提到的一句話「真正的死亡是被人遺忘」，接續向學生提問你認為的死亡意味著什麼？可能是失去、失落、分離、悲傷等，並先將答案寫在課本空白處中，在今天後半段的課程會使用到。	10分鐘	

二、發展活動

㈠教師請同學朗讀第六、七段 1. 教師說明第六、七段大意： 　　作者回憶妻子在世時，和她一起在軒中生活的往事，並在妻子過世後，種植枇杷樹，睹物思人。 2. 教師講解從第六段開始是作者在35歲後的補記，寫出他和妻子一起待在軒中的甜蜜互動，像是詢問古事、學習寫字，而後妻子過世，項脊軒也因年代久遠而損壞，但這次作者一開始選擇不多做修葺，藉此向學生提問「為什麼年少時的歸有光積極修繕書房，但在年長及妻子死後便放置損壞不管了?」教師統整學生回答並說明可能是妻子過世對其造成的打擊，讓他不敢再去看曾經有兩人回憶的地方或是因傷心無心修建等。 3. 在面對與重要他人離別時，18歲和35歲的歸有光在情緒的寫作呈現上也有所區別，教師請學生從前幾節教到的課文中找到作者回憶逝去母親和祖母時的情緒反應（母親：語未畢，余泣；祖母：令人長號不自禁）皆是較為外放、直接的悲傷，	35分鐘	

但此次妻子的過世，作者含蓄的利用景物，像是損壞的書齋、枇杷樹來詮釋哀痛，末段手植枇杷樹，樹木庭庭如蓋的文字，看似是樸素平淡的記敘，帶著睹物思人的念想，卻讓人讀來有更深的懷念和悲傷。

4. 教師講述從項脊軒志的前後記中，可以看見作者的改變，並引導學生比較不同年紀的作者處理「失去」的情感，從年輕的外顯，轉為飽經世事的內斂，但那份面對至親、至愛離去而產生的傷懷與抒發，卻是未曾變過的。

(二) 再見說明書

1. 課程一開始，教師請學生寫下伴隨死亡而來會產生的想法，在人生的旅途中，我們免不了經歷「失去」這項課題，就像作者從出生到書寫項脊軒志的過程中，也面臨重要他人離世的傷痛，教師引導學生藉由先前課堂的思考寫下自己到目前為止的生命旅程中，曾經經歷過的「失去」經驗和感受，失去的對象可以是家人、寵物、好友、重視的物品等等，不一定侷限在有生命的東西上，接著教師透過再見說明書學習單的步驟讓學生填寫，學習如何面對失去，練習好好說再見。

2. 教師講解再見三步驟：回想、當下、未來回想過去一起經歷過的事件，面對失去時當下會產生的情緒和行動，療傷過後的未來，如何帶著癒合後的傷口繼續前行，並舉課文中歸有光妻子過世為例回想→

回憶和妻子在軒中學寫字的畫面當下→過度傷心，喪失生活動力，無心也無力整修壞掉的書齋。

未來→重振之後，決定修繕兩人共有回憶的書房，看著茁壯的枇杷樹，帶著對妻子的想念，繼續生活下去。

學生能運用學習單（再見說明書）詮釋作者面對失去時的心境轉折與處理方法，且能在體會作者心情後，延伸到自我經歷上進行連結。

(三) 寫作練習─寫給16歲自己的一封信 1. 教師播放花甲男孩轉大人的預告片，並搭配《上一堂人生國文課》中項脊軒志的篇章，請學生在課堂上閱讀並分組討論鄭花甲和本文作者歸有光有哪些相似之處。例如：居住的地方、家庭組成、重要他人、自我認同。 　將整理後的內容製成一張海報，同時根據整理的項目延伸思考到自己身上，回想在這些兩人的相似處中看見自己哪些生命經歷？ 　最後每組輪流上臺分享閱讀討論內容和自身經驗。 2. 教師總結學生討論：1517年的歸有光和2017年的鄭花甲，相隔500年的兩人，有哪睦相似的成長背景。 **家庭**：兩人都生長於大家庭中，但因紛爭使得家庭分裂（歸有光家中諸父異爨對照花甲家中叔伯爭家產） **住所**：歸有光－狹窄的項脊軒；鄭花甲－小閣樓 **重要他人**：兩人都跟祖母感情很好，也都經歷祖母離世 **年少時的自我期許**：歸有光希望自己能在科舉、仕途上展現才能，恢復家族榮光也完成祖母期待；鄭花甲因為阿嬤的相挺和支持，為了不讓她失望，讀書讀到大學 **長大後對年輕自我的回顧**：歸有光歷經數次科舉不順、妻女身亡；鄭花甲大學重考三年、延畢兩年，對未來迷惘，兩個人面對年少的自己和無法達成的理想以及家人的失望，都讓他們對於「自我的認同和理想」有些懷疑。從長大的角度看，兩位少年的人生都偏離理想的軌道，但人生有太多事無法掌控，讓我們沒辦法成為自己想成為的樣子，因為這樣，歸有光才會在後記淡淡的寫著「庭有枇杷樹，吾妻死之年所手植也，今已亭亭如蓋」。就算自己依舊一事無成，讓眼淚訴說完人生故事後，日子也還沒結束，還是要繼續走下去。 3. 學生自由分享自身的成長與生命故事的體悟。		讓學生藉由文本和影集的比較作為寫作前導，深刻體會作者在面對不同人生階段時產生的自我與心境轉變，並能連結到自身，以高層次紙本評量的方式，透過寫作與自己對話，加深對自我的認同，也更能對作者的成長背景、經歷的人事產生共鳴。

4. 看完歸有光和鄭花甲的故事，我們可以看見兩人從青少年至長大的心境，教師請學生藉由分組討論時的自我經歷反思，想像現在的你是一個30歲的社會人士，如果要寫一封信給現在16歲的自己，你想對他說些什麼？請以寫給16歲自己的一封信為題，寫一篇500～700字的作文。		
三、綜合活動		
(一) 教師總結上課內容，歸有光在項脊軒中見證了一個大家庭的繁榮到分裂，也見證了自己從18歲到35歲的改變，在小小的空間中許下對自我的大大期許，隨著年紀的成熟，也意識到生命中的無可奈何（家族的分裂、無法達成的理想），在項脊軒志的最後提筆寫下他對這段人生的回應。	5分鐘	
(二) 教師交代學生完成回家作業：寫給16歲的一封信的寫作練習		

參考資料：
羊咩老師《上一堂人生國文課》（遠流，2022年1月26日）

附錄：
學習單

附錄一

穿越古今的生命折線

班級：＿＿＿＿＿ 座號：＿＿＿＿＿ 姓名：＿＿＿＿＿

一、有光的生命折線圖

請藉由課本中的作者介紹以及老師的上課內容，依序填寫作者的生平大事件，將其畫在下方折線圖中，透過上下折線，表現作者經歷事件的情緒變化。

1507年　歸有光出生，大家庭日漸中落

1515年　喪母

1525年　寫項脊軒志，考取貢生

1530年　娶第一任妻子衛氏

1535年　衛氏和長女過世

1537年　娶第二任妻子王氏

1542年　科舉不順，遷居嘉定講學，寫項脊軒志補記

1565年　中進士

1571年　去世

（楷體字為參考答案）

二、畫自己的生命折線圖

請你列出自己0～16歲生命中發生過的大事件（例如：第一次上學、大考、學會騎腳踏車等），並依照事件引發的情緒畫出折線，完成屬於自己的生命折線圖。

附錄二

全能改造王

班級：＿＿＿＿＿＿　座號：＿＿＿＿＿＿　姓名：＿＿＿＿＿＿

　　作者的書房項脊軒在修葺前後分別有哪些特點？請依照文本描寫修葺前後的書房特徵，從中擷取適當的文字內容寫在下方，並發揮你的創意，將文字描寫的外觀轉換成圖畫，畫出改造前後的房子樣貌吧！

修葺前	修葺後

修葺前

1. ＿＿＿＿塵泥滲漉，雨澤下注＿＿＿＿＿＿＿＿＿＿＿＿＿

2. ＿＿＿＿又北向，不能得日，日過午已昏＿＿＿＿＿＿＿＿

3. ＿＿＿＿舊時欄楯＿＿＿＿＿＿＿＿＿＿＿＿＿＿＿＿＿＿＿

修葺後

1. ＿＿＿＿余稍為修葺，使不上漏＿＿＿＿＿＿＿＿＿＿＿＿＿

2. ＿＿＿＿前闢四窗，垣牆周庭，以當南日，日影反照，室始洞然＿＿

3. ＿＿＿＿雜植蘭桂竹木於庭＿＿＿＿＿＿＿＿＿＿＿＿＿＿＿

（楷體字為參考答案）

附錄三

刻在我心底的名字—生命中的重要他人

班級：_____　座號：_____　姓名：_____

　　歸有光的生命中，有祖母、母親、妻子三位重要他人，對他的人生、感情、自我期許產生不小的影響，請你想想看，在自己目前的生命旅程中，有哪些人是你的重要他人，請寫出三個人的名字，並簡單書寫他對你形成了哪些影響。

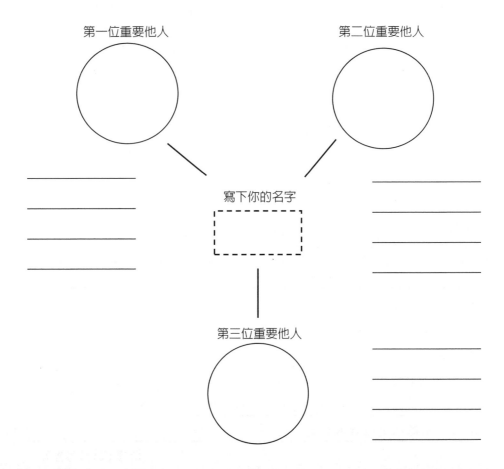

附錄四

再見說明書

班級：＿＿＿＿＿　座號：＿＿＿＿＿　姓名：＿＿＿＿＿

　　在人生的旅途中，我們免不了經歷「失去」這項課題，就像作者從出生到書寫項脊軒志的過程中，也面臨重要他人離世的傷痛，請你依照課文，找出歸有光經歷的失去及其面對失去的步驟與方法並填寫，再以他的經歷思考，寫下自己到目前為止的生命旅程中，曾經經歷過的「失去」經驗和感受，並貼著再見說明書學習單的步驟填寫，學習如何面對失去，練習好好說再見。

> 再見三步驟
> 1. 回想：過去一起經歷過的生活和事件
> 2. 當下：面對失去時當下會產生的情緒和行動
> 3. 未來：經歷失去後如何自我療傷，並帶著癒合後的傷口繼續前行

　　歸有光經歷的「失去」：＿＿妻子離世＿＿
　　回想→回憶和妻子在軒中學寫字的畫面
　　當下→過度傷心，喪失生活動力，無心也無力整修壞掉的書齋。
　　未來→重振之後，決定修繕兩人共有回憶的書房，看著茁壯的枇杷樹，帶著對妻子的想念，繼續生活下去。

你經歷的「失去」：＿＿＿＿＿＿＿＿＿＿＿＿＿＿
你對「失去」的感受：＿＿＿＿＿＿＿＿＿＿＿＿＿

你的再見三步驟

回想→_____

當下→_____

未來→_____

（楷體字為參考答案）

【歸去來兮】

面對生命中的失落——〈歸去來兮〉

領域／科目	語文領域／國語文	設計者	賴柏蓁
實施年級	普通高級中學三年級	總節數	共4節，200分鐘
單元名稱	面對生命中的失落——〈歸去來兮〉		

設計理念	陶淵明棄官歸田後，作〈歸去來兮辭〉。這篇辭體抒情詩，不僅是陶淵明一生轉折點，也是中國文學史上歸隱之作的創作之高峰。全文描述了作者在回鄉路上和到家後的情形，並設想了日後的隱居生活，從而表達了作者對當時官場的厭惡和對農村生活的嚮往。另一方面，也流露出詩人的一種樂天知命的思想。 　　本教案設計聚焦陶淵明〈歸去來兮辭〉，融合生命教育五大核心素養中的哲學思考與靈性修養，由陶淵明失業後歸家的人生經歷，引導學生反思面臨生命中的失落時該如何覺察自己的情緒，並思考該以何種態度面對及該如何解決難題。

設計依據				
學習重點	學習表現	5-V-3 大量閱讀多元文本，探討文本如何反應文化與社會現象中的議題，以拓展閱讀視野與生命意境。 6-V-4 掌握各種文學表現手法，適切地敘寫，關懷當代議題，抒發個人情感，說明知識或議論事理。	核心素養	國S-U-A2 透過統整文本的意義和規律，培養深度思辨及系統思維的能力，體會文化底蘊，進而感知人生的困境，積極面對挑戰，以有效處理及解決人生的各種問題。
	學習內容	Bb-V-4 藉由敘述事件與描寫景物間接抒情。 Cc-V-2 各類文本中所反映的矛盾衝突、生命態度、天人關係等文化內涵。		
議題融入	實質內涵	生U6 覺察人之有限與無限，體會人自我超越、追求真理、愛與被愛的靈性本質。		

所融入之學習重點	〈歸去來兮辭〉各段落分別交代了陶淵明從辭官返家、排遣傷懷、與農人出遊、樂天知命的心理轉變，以及不對現實低頭的高尚情懷，不只表達了對大自然和隱居生活的嚮往和熱愛，更是蘊含了面對人生挫折該如何應對的智慧。
與其他領域／科目的連結	
教材來源	〈歸去來辭並序〉
教學設備／資源	課本、投影片、影片、學習單

學習目標

1. 學生能透過文本分析陶淵明生命中的轉折與失落。
2. 學生能思考面對挫折的處理方式，並明白該如何與自己的負面情緒共處。
3. 學生能感知負面情緒，並以適當管道紓解心理壓力。

學習脈絡

節次	學習脈絡	閱讀認知歷程	學習單
1	1. 認識作者 2. 理解課文 3. 統整作者辭官之因	廣泛理解 檢索訊息	學習單㈠
2	1. 觀察作者歸家途中之情緒 2. 推測作者對理想生活的追求 3. 練習短文創作	檢索訊息 發展解釋 省思運用	學習單㈡
3	1. 理解課文 2. 探究作者生命的終極追求 3. 鳥瞰全文	檢索訊息 發展解釋	學習單㈢
4	1. 分析生命中的失落 2. 連結自我生命經驗 3. 總結與複習	省思運用	學習單㈣

教學活動設計

教學活動內容及實施方式	時間	備註
第一節：陶淵明的內心世界 **一、課堂準備** ㈠學生：課本 ㈡教師：投影片、學習單		搭配學習單第一頁，溫故知新，回顧陶淵明的生平及其辭官之因。

二、引起動機：預計10分鐘。		一題：在1600年前
㈠溫故知新	10分鐘	有一位詩人向我們
1. 教師提問學生，並搭配學習單㈠喚醒學生對〈桃花源記〉的記憶。（題目大致如備註欄所述。）		描述了一個理想的烏托邦，那是一個
㈡將〈桃花源記〉與〈歸去來兮詞並序〉做連結。		沒有壓迫、剝削的社會—桃花源。請
1. 教師將〈桃花源記〉比喻為陶淵明心理的理想世界，而〈歸去來兮辭〉正是陶淵明向眾人宣布他要遠離俗世，去追求心中的桃花源。		問這位詩人是誰？
三、主要內容／活動：預計35分鐘。		第二題：陶淵明為什
㈠陶淵明的生命歷程（10分鐘）	10分鐘	麼決定棄官歸田？
1. 教師介紹晉代的門閥制度，這一時期士族於政治、經濟、文化、通婚上皆擁有特權。		
2. 教師講述陶淵明的家世背景，以及因上述門閥制度的階級劃分，更使他的官途生涯坎坷難行。		
㈡陶淵明之所以歸隱的原因（10分鐘）	10分鐘	
1. 教師說明陶淵明棄官回歸田園的轉折事件：不為五斗米折腰。		
㈢教師講解歸去來兮辭的序（15分鐘）	15分鐘	
1. 教師帶領學生剖析課文，逐字逐句解釋。		
⑴字詞解釋，例如：「幼稚」盈室、「矯厲」。		
⑵提醒學生不常見讀音，例如「靡ㄇ一ˇ」、「憚ㄉㄢˋ」、「歟ㄩˊ」。		
⑶還原白話，補述省略之主語與連接詞，梳理文句。		
2. 教師統整各段落重點		
⑴因家貧，而去當官。		
⑵當官後，發現有違平生志願。		
⑶家妹過世，提出辭呈。		
⑷因辭官逐了心願，故寫此序。		
3. 教師總結		
⑴作者辭官的原因。		
⑵作者辭官的事件轉折點。		

四、總結活動：預計5分鐘。	5分鐘	
㈠總述陶淵明的人生追求		
1. 教師總結陶淵明的人生故事以及他的理想追求。		
2. 請學生回家後完成學習單的全部內容。		
第二節：陶淵明的離職宣言—歸去來兮辭並序		事先要求學生分組， 按照小組調整座位。
一、課堂準備		
㈠學生：課本		
㈡教師：投影片、學習單		
二、引起動機：預計5分鐘。	5分鐘	
㈠檢討學習單		
1. 教師複習陶淵明之所以選擇棄官歸田的原因，並 針對敘寫優秀的同學給予鼓勵。		
三、主要內容／活動：預計35分鐘。		
㈠課文第一段講解（15分鐘）	15分鐘	
1. 教師請學生朗讀第一段課文後，提問學生此段之 段落大意為何，並及時給予回饋。		
2. 教師說明主題：陶淵明從決定辭官到歸家的過 程。		
3. 教師分析段落結構		
⑴田園將蕪的自責之情。		
⑵迷途知返，厭惡官場之感。		
4. 教師帶領學生閱讀課文，講解字義、解釋字句		
⑴深難字詞解釋，例如：「奚」、「胡」。		
⑵敘述作者心態變化、昔今對比。		
⑶講解課文修辭：「舟搖搖以輕颺，風飄飄而 　　吹衣」為對偶修辭。悟「已往」之不諫，知 　　「來者」之可追，為映襯修辭。		
5. 教師總結第一段，並提問學生作者之感慨為何， 呼應序和段一主題。		
㈡課文第二段講解（15分鐘）	15分鐘	
1. 教師說明第二段主題：陶淵明回家後的日常生 活。		
2. 教師將第二段課文剖析成兩部分		
⑴第一節寫飲酒自遣，這是室內之樂。		
⑵第二節寫涉園觀景，這是園中之樂。		

3. 教師帶領學生閱讀第二段，逐字解釋艱難字詞 　(1) 教師提醒學生不常見讀音，例如：眄（ㄇㄧㄢˇ）、岫（ㄒㄧㄡˋ）、翳（ㄧˋ）。 　(2) 講解「三徑就荒，松菊猶存。」陶淵明喜愛松菊的原因，說明松菊之於古代文人所象徵的意涵。 4. 教師總結第二段：作者心中對理想生活的憧憬。 ㈢問題與討論（10分鐘） 1. 教師請學生和組員分享，心情不好時能立刻讓心情好起來的方法。（題目大致如備註欄所述。） **四、總結活動：預計5分鐘。** ㈠教師口述，歸納重點 1. 總結課文一、二段重點，並交代學生回家要完成學習單全部內容。	5分鐘 5分鐘	搭配學習單第二頁，引導學生提煉文本內容，思考陶淵明的紓壓方法，並與同學分享自己獨特的紓解心情之法。 問題與討論：每個人都有心情低落的時候，陶淵明透過飲酒、觀園紓解憂鬱的心情，那請問你心情不佳時，有什麼讓你立刻重獲好心情的方法嗎？ 事先要求學生分組，按照小組調整座位。
第三節：我的理想生活與生命之樂 **一、課堂準備** ㈠學生：課本 ㈡教師：投影片、學習單 **二、引起動機：預計 5 分鐘。** ㈠教師喚醒學生記憶 1. 教師提問第一段和第二段的段落主旨分別為何。 **三、主要內容／活動：預計35分鐘。** ㈠課文第三段講解（20分鐘） 1. 教師說明第三段主題：陶淵明在農村的出遊經歷。 2. 教師將第三段再拆分成四節 　(1) 重申辭官歸田之志。 　(2) 跟鄉里故人和農民的交往。	5分鐘 20分鐘	

⑶出遊方式。 ⑷作者的人生觀。 3. 教師帶領學生閱讀課文，講解字義、解釋字句，並介紹本段課文出現的：類疊、映襯、對偶修辭。 4. 教師總結第三段：陶淵明對官場的厭惡，以及對回歸田園的嚮往。		
㈡課文第四段講解（15分鐘） 1. 教師講述第四段課文。 2. 教師翻譯文句、解釋生難字詞，以及說明陶淵明對富貴和官場的想法。 3. 講述「樂天知命」的人生觀。	15分鐘	第一題：＿＿＿＿和皆不是陶淵明的志願。 第二題：那請問什麼才是陶淵明的畢生所願？
㈢分組討論（5分鐘） 1. 教師請學生與組員共同討論學習單上的問題（題目大致如備註欄所述。）	5分鐘	
四、總結活動：預計5分鐘。 ㈠教師口述，歸納重點 1. 總結課文三、四段重點，並請學生回家完成學習單全部內容。	5分鐘	
第四節：中年失業─如何面對人生中的失落 一、課堂準備 ㈠學生：課本 ㈡教師：投影片、學習單		事先要求學生分組，按照小組調整座位。 影片內容：在悲觀之後自然會樂觀，因為你已經想過了最沒有意義的狀況、最空虛的狀況，然後你接受，你就會變成一個輕鬆而樂觀的人。
二、引起動機：預計10分鐘。 ㈠檢討學習單 1. 教師公布上節課學習單的答案。 　⑴富貴及做官皆不是陶淵明的志願。 　⑵回歸本真、自我、樂天知命才是他一生所願。 2. 針對敘寫優秀的組別給予鼓勵。	10分鐘	第一題：請問陶淵明是如何排解他的情緒？（請從課文中尋找例證。）
三、主要內容／活動：預計35分鐘。 ㈠影片欣賞（5分鐘） 1. 教師播放影片，並請學生摘錄影片中的金句： 　【今周刊】別逃避負面情緒　蔡康永：你應該擁抱它（約3分37秒）	5分鐘	第二題：你的生命中是否也發生過令人失

㈡問題與討論（25分鐘） 1. 請學生討論並回答學習單㈡的第一題。（題目大致如備註欄所述。） 2. 教師隨機抽兩組學生上臺發表自己的答案。 **四、總結活動：預計10分鐘。** 1. 教師即時根據學生回答給予回饋，針對表現良好的同學進行平時成績加分，並再次複習課文。	25分鐘 10分鐘	落的事？當下有什麼樣的感受？ 第三題：自己是如何消化這些負面情緒的？或者是今天從課文、影片中，學會了哪些化解壞心情的好方法？

參考資料：

1. 讀古詩詞網：https://fanti.dugushici.com/ancient_proses/70573
2. 【今周刊】別逃避負面情緒 蔡康永：你應該擁抱它：https://www.youtube.com/watch?v=RzheVYMsqyQ&t=109s

附錄一　學習單（一）（表一：作者賴柏蓁自繪）

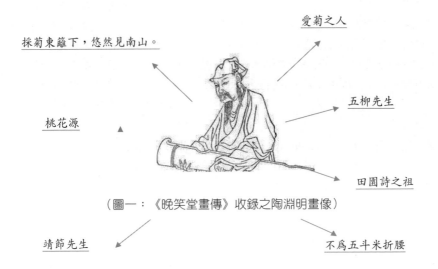

（圖一：《晚笑堂畫傳》收錄之陶淵明畫像）

Q1：在 1600 年前有一位詩人向我們描述了一個理想的烏托邦，那裡有著桃之夭夭、土地平曠、屋舍儼然、雞犬相聞、男女耕作的田園農村美景，也有淳樸熱情的民風，那是一個沒有壓迫、剝削的社會─桃花源。請問這位詩人是誰？<u>陶淵明</u>

Q2：陶淵明為什麼要棄官歸田，是因何事讓他萌生了想辭官的想法？
起初他是因為家裡窮，又有很多孩子，才去當官養家糊口，但他還是思念家鄉，心懷田園。他看透了官場的黑暗面，不願再為五斗米折腰。壓倒陶淵明的最後一根稻草是，嫁到程家的妹妹逝世，一心只想快點去奔喪，於是自請免去官職。

（楷體字為參考答案）

附錄二　學習單（二）（表二：作者賴柏蓁自繪）

小組討論時間

Q1：每個人都有心情低落的時候，陶淵明透過<u>飲酒</u>、<u>觀園</u>紓解憂鬱的心情。

Q2：那請問你心情不佳時，有什麼讓你立刻重獲好心情的方法嗎？

我會獨自一個人戴上耳機聽歌，從歌詞中尋求共鳴，得到安慰。

（楷體字為參考答案）

個人寫作練習

　　家是溫暖的避風港，有家可歸，心才得以安放。對於陶淵明而言，當他遭遇失業打擊後第一反應就是想歸家，並且歸隱田園之中，享受農耕之樂。請同學試想，若自己心情不好時，最想馬上躲進去的避風港是哪裡呢？為何？在這裡你可以做什麼來舒緩自己的心情？請以此為發想，書寫一篇文章—「我的歸去來兮詞」（文長至少400字）。

學生自行發揮。

附錄三 學習單（三）（表三：作者賴柏蓁自繪）

請重新回顧文本，並從課文各段中提煉出陶淵明棄官歸田的心路歷程。

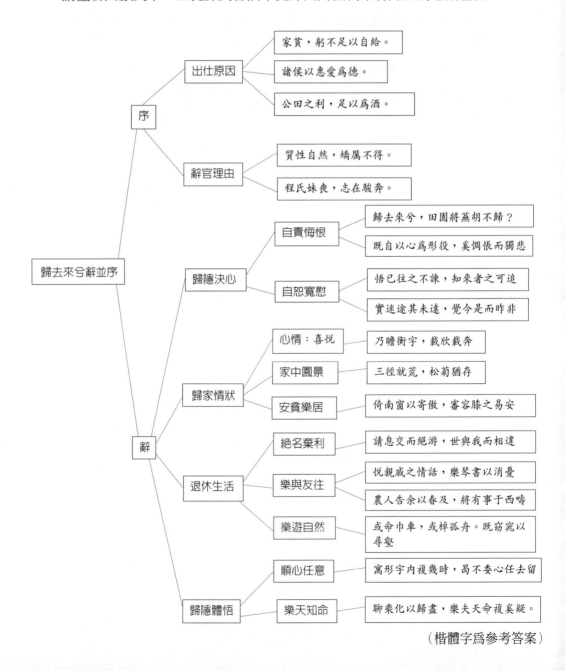

（楷體字為參考答案）

附錄四　學習單（四）（表四：作者賴柏蓁自繪）

【今周刊】別逃避負面情緒 蔡康永：你應該擁抱它

（出處：圖三：引用自《今周刊》別逃避負面情緒 蔡康永：你應該擁抱它，2019年）

一、請摘錄自己在影片中所聽到的金句：

1. 你在悲觀之後，自然會樂觀。因為你已經想過了最沒有意義的狀況、最空虛的狀況，然後你接受。

2. 所有的負面情緒背後都有個動力在，就是你的後悔和自卑會讓你想去做別的，你這次沒有做好，很後悔，下一次會做的比較好。

3. 如果沒有意義，我們還是得活著，那你就要有志氣的面對這個狀態。

二、從上述影片中，我們了解到學著擁抱負面情緒、與負面情緒共存的好處。在陶淵明的〈歸去來分辭〉中我們看到了他懷才不遇的鬱卒、不甘低聲下氣的做一個社畜，憤而選擇離職，遠離俗世，這是他生命中的失落。

Q1：請問陶淵明是如何排解他的情緒？（請從課文中尋找例證。）

(1) 引壺觴以自酌，眄庭柯以怡顏。

(2) 園日涉以成趣，門雖設而常關。

(3) 請息交以絕遊。

(4) 悅親戚之情話，樂琴書以消憂。

Q2：你的生命中是否也發生過令人失落的事？當下有什麼樣的感受？

　　學生自行發揮。

Q3：自己是如何消化這些負面情緒的？或者是今天從課文、影片中，學

　　會了哪些化解壞心情的好方法？

學生自行發揮。

（楷體字為參考答案）

Note

Note

國家圖書館出版品預行編目(CIP)資料

生生不息：生命教育議題融入國文教學教案設
　計／方薪喻，丘慧瑩，吳玟臻，林庭慧，夏
　千芊，袁嘉良，張力元，張恩慈，許琨婉，
　黃辰奕，黃郁淇，黃婷微，黃玲錚，陳學
　積，陳傑豪，陳法融，游清桂，彭海峰，鄭
　羽倢，楊曉菁，楊菁，賴柏蓁，鄭惠文，蕭
　羽涵著. -- 初版. -- 臺北市：五南圖書出
　版股份有限公司，2023.10
　面；　公分
　ISBN 978-626-366-247-6(平裝)

1.國文科　　2.教學方案
3.生命教育　4.高等教育

820.33　　　　　　　　　112009779

1XNG

生生不息
生命教育議題融入國文教學教案設計

主　　　編 ─ 丘慧瑩、楊菁、楊曉菁

作　　　者 ─ 方薪喻、丘慧瑩、吳玟臻、林庭慧、夏千芊
　　　　　　　袁嘉良、張力元、張恩慈、許琨婉、黃辰奕
　　　　　　　黃郁淇、黃婷微、黃玲錚、陳學積、陳傑豪
　　　　　　　陳法融、游清桂、彭海峰、鄭羽倢、楊曉菁
　　　　　　　楊菁、賴柏蓁、鄭惠文、蕭羽涵

發 行 人 ─ 楊榮川

總 經 理 ─ 楊士清

總 編 輯 ─ 楊秀麗

副總編輯 ─ 黃惠娟

責任編輯 ─ 陳巧慈

封面設計 ─ 姚孝慈

出 版 者 ─ 五南圖書出版股份有限公司

地　　　址：106台北市大安區和平東路二段339號4樓

電　　　話：(02)2705-5066　　傳　　　真：(02)2706-6100

網　　　址：https://www.wunan.com.tw

電子郵件：wunan@wunan.com.tw

劃撥帳號：01068953

戶　　　名：五南圖書出版股份有限公司

法律顧問　林勝安律師

出版日期　2023年10月初版一刷

定　　　價　新臺幣420元

經典永恆·名著常在

五十週年的獻禮——經典名著文庫

五南，五十年了，半個世紀，人生旅程的一大半，走過來了。

思索著，邁向百年的未來歷程，能為知識界、文化學術界作些什麼？

在速食文化的生態下，有什麼值得讓人雋永品味的？

歷代經典·當今名著，經過時間的洗禮，千錘百鍊，流傳至今，光芒耀人；

不僅使我們能領悟前人的智慧，同時也增深加廣我們思考的深度與視野。

我們決心投入巨資，有計畫的系統梳選，成立「經典名著文庫」，

希望收入古今中外思想性的、充滿睿智與獨見的經典、名著。

這是一項理想性的、永續性的巨大出版工程。

不在意讀者的眾寡，只考慮它的學術價值，力求完整展現先哲思想的軌跡；

為知識界開啟一片智慧之窗，營造一座百花綻放的世界文明公園，

任君遨遊、取菁吸蜜、嘉惠學子！